문화풍류

제4호 / 봄 · 여름호

2017

Vol. 4
봄·여름

시대의 풍류, 세상을 담다.

문화풍류

제호 : 율산 리홍재

여는시　강은교 | 기차 • 04

화류춘몽　조기현 | 달을 술에 적시다 • 06

고금란 | 고동골 편지 • 15

이동순 | 낙화유수와 김영환의 생애 • 22

인문학 수프　양선규 | 감언이설 • 27

이 계절의 시　홍승우 | 젊은 도둑의 독백 외 • 34

김종미 | play 외 • 35

신정민 | 하수종말처리장 외 • 37

이정모 | 지금 외 • 41

김나원 | 뒷북 외 • 44

박　솔 | 말할 수 없는 비밀 외 • 48

다시 읽는 시　이태수

침묵의 벽 외 5편 • 52

시론: 나의 시 나의 길 • 61

발 행 인 : 김원일 양왕용
편집위원 : 박홍배 박희섭 홍승우 박명호 조성래 배재경 신정민 구해인

연변문학의 어제와 오늘

석화 | 중국조선족시문학의 흐름 • 70
우상렬 | 중국 조선족 문학 흐름 스케치 • 86
　　　 – 소설을 중심으로

시
석화 | 밥이시여 외 2편 • 98

소설
우광훈 | 추억이 아닌 어느 날의 기억 • 103
최국철 | 제5의 계절 • 125

단가 서 태 수 • 177

소설
설정실 | 가을풍경 • 182
박명호 | 범 • 202

국립중앙도서관 출판예정도서목록(CIP)

문학풍류 : 시대의 풍류, 세상을 담다. 제4호 / 저자명: 강은교 외 — 부산 : 작가마을, 2017
　p. ; ㎝

ISBN 979-11-5606-070-3 03810 : ₩10000

문집[文集]
한국 현대 문학[韓國現代文學]

810.82-KDC6
895.708-DDC23　　CIP2017011129

정가 **10,000**원
발행처 문학풍류　　**발행일** 2017년 5월 10일
주소 부산시 중구 대청로 141번길 15-1 대륙빌딩 301호
전화 051)248-4145　　**팩스** 051)248-0723
이메일 pungryu3366@hanmail.net

기차

강은교

봄이 오면 기차를 탈 것이다
꽃 그림이 그려진 분홍색 나무의자에 앉을 것이다
워워워, 바람을 몰 것이다

매화나무 연분홍 꽃이 핀 마을에 닿으면
기차에서 내려
산수유 노란꽃잎 하늘을 받쳐 들고 있는 마을에 닿으면
또 기차에서 내려
진달래 빛 바람이 불면
또또 기차에서 내려

봄이 오면 오랜 당신과 함께 기차를 탈 것이다
들불 비치는 책 한 권 들고
내가 화안히 비치는 연못 한 페이지 열어 제치며

봄이 오면 요기 여기 봄이 오면
당신의 온기도 따뜻한 무릎에 나를 맞대고
세상에서 가장 부드러운 여행을 떠날 것이다

은난초 흰 꽃 커튼이 나풀대는 창가의 의자에 앉아
광야로 광야로
떠날 것이다, 푸른 목덜미 극락조처럼 빛내며

강은교 | 함경남도 홍원출생. 1968년 《사상계》 등단. 시집 『허무집』, 『빈자일기』, 『바리연가집』 외.
산문집 『젊은 시인에게 보내는 편지』 외. 한국문학작가상, 구상문학상 등 수상.

화류춘몽

조기현 I 달을 술에 적시다

고금란 I 고동골 편지

이동순 I 낙화유수와 김영환의 생애

달을 술에 적시다

조 기 현 (시인)

문인이라 하면 으레 애주가이리라 여기지만, 기실 겪어보면 시인들 중에는 술을 잘 마시지 못하는 쪽이 더 많다. 물론 나도 그런 부류이나, 술을 좋아하다보니 더불어 술 담기 취미까지 갖게 되었다. 문인들이 술을 멀리하는 듯이 보일 때면 안타까움도 느끼지만, 술을 애써 끊으려 하는 분에게서는 비장감도 느낄 때가 있다. 그러나 술을 마시고, 마시지 않고의 사이는 엷은 칸살에 비치는 달빛의 안팎일 뿐 외로운 심사는 마찬가지가 아닐까.

1.
대구에 살다가 떠난 지가 스무 해를 훌쩍 지났지만, 한 동안 오래도록 여전히 대구사람으로 살던 적이 있다. 비록 태어나서 서른을 훌쩍 넘기도록 살았기 때문이라 하지만 그처럼 떠나 살게 된 사람이 어디 한 둘이랴. 그럼에도 대구가 유독 그리웠던 것은 그곳이 문학 청년시절을 보낸 곳이기 때문이다.

다시 오지 않을 시절이지만, 그 시절 80년대 초반에 대구는 청년문학이 흥성했다. 〈오늘의 시〉, 〈분단시대〉, 〈국시〉, 〈시와 해방〉 등의 동인지들이 잇달아 출간되고, 동성로와 공평동 일대의 문화 카페는 시화전이 이어지고, '곡주사할매집'이 있던 염매시장 파전 골목에는 언제라도 삼삼오오 모여서 토론하고 노래하던 소리가 밤이 깊도록 끊이지 않았다.

운이 좋아서였을까, 고등학교 시절 김춘수와 김수영의 시집부터 읽었던 덕분에 모던한 감성을 좋아했고, 비교적 일찍 문단에 이름자를 올렸었기에 연배를 불문하고 많은 문우들과 교우할 수 있었다. 그러나 그 시절 나의 문제는 한 잔에 얼굴이 붉어지고 석 잔이면 어느새 속이 울렁거려 가눌 수가 없을 지경이 되는 체질이었다. 그럼에도 자주 그 말석에 붙어 앉아 술을 배우느라 나날이 애를 먹던 그 시절이 지금도 눈에 선하다.

하지만 요즘에 다시 대구를 가보면 어찌 이런 곳에 다시 살 수 있겠나 하는 씁쓸함이 들어 스스로 놀란다. 후기 산업사회의 도시화가 지배한 대구는 이미 내 감성으로 감당할 선을 넘어서 있다. 다시 그곳에서 살며 감옥의 회랑을 걷거나 암벽을 등반하듯이 절박하게 살아간다면 다시 치열하게 시를 쓰게도 될는지 모를 일이다. 하지만 그게 어쩔 수 없는 일로 나를 가두어오지 않는다면, 내가 자진해서 그리로 되돌아갈 일은 없을 터이다.

도시 분위기만이 아니라, 문인들을 만나도 그렇다. 모이면 으레 술을 나누고 열변을 토하였던, 흥성하던 문학판은 내 곁에서 사라져버리고, 문인들이 모인 자리에 가더라도 술을 마시는 분위기는 눈을 씻고 찾아보기 어려워졌다. 다들 술을 좋아하지 않는 사람들이거나, 마시지 않는 사람들로 변해버렸다. 세월이 변한 탓인지, 이제는 그런 분위기가 없어진 탓인지 그 시절 토해내듯, 노래하듯이 쓰던 시들도 만날 수가 없게 된 듯하다.

어쨌든 그렇게 한동안 나는 대구로 돌아가지 못하는 자의 심정으로 마치 유배객처럼 살아왔다. 그러면서 오랫동안 시도 쓰지 못했고 죽지도 않았으니 오직 절필에 가까운 침묵으로 외로움을 지키는 일이 그간의 내 분수였다.

2.

술 담기를 시작한 지도 어느덧 10년 세월이 지났다. 대구를 떠난 지 대략 십년이 지나면서 차츰 대구 사람이 아니게 된 것을 스스로 인정하기 시작하던 때였다. 그저 한 사람의 사람이 되어가는 것이 편안하게 여겨질 때 쯤, 술 담기를 시작하고 있었던 거였다.

술을 빚으며 또한 알게 된 것들이 많지만, 그 중에 한 가지가 술의 시작이 외로운 여인에게서 비롯되었다는 사실이다. 중국 상고시대 하(河)나라에서 전하는 이야기다.

황하의 치수(治水)를 위해 동분서주하던 우(禹)왕이 서른 살 되던 해에 대상(臺桑)에서 미모의 여인을 만나 사랑에 빠지게 된다. 도산 씨(塗山氏)의 여인이라 전해오는 여교(女嬌), 그녀는 노래와 미모에 출중한 여인으로 우의 비(妃)가 된다. 여교가 우를 유혹하여 처음 사랑을 나누던 곳이 뽕나무 밭이라는 것도 공교로운 일이지만, 기록은 이렇게 전한다.

> 우는 공적을 쌓고 도산의 여인을 만났다. 우가 아직 배필을 만나지 못하고 남쪽의 땅을 돌면서 살피고 있는데 도산 씨의 여인은 이내 그 하녀를 시켜 도산의 남쪽에서 우를 맞아들이게 하였다. 그리고는 노래를 지어 "그대를 기다리고 있지요."라고 불렀으니 실제적으로 남음(南音)의 시초가 되었다.
>
> -『여씨춘추 음초편(呂氏春秋音初篇)』에서

여교는 우를 따라 도읍지로 오지만 그곳 생활이 낯설었다. 더구나 짧은 신혼 생활 끝에 신랑이 떨치고 나가서는 치수 대업(治水大業)으로 13년 동안이나 집으로 돌아오지 않자, 여교는 우를 그리워하며 세월을 보내야만 했다. 독수공방에 가슴 찢어지는 설움과 고향에 대한 그리움을 잠시나마 잊으려고 오로지 의적이 만들어 준 술에 의지하였고, 그렇게 여교는 기나긴 외로움을 버텨낼 수 있었다. 그녀의 노래가 남쪽 시풍(南音)의 시초라 하였으니 그녀는 이른바 최초의 서정 시인이다.

의적이 빚은 그 술은 맛이 어떠했을까. 술의 시초인 과일주는, 이를테면 원숭이가 과일을 따서 나무구멍이나 바위틈에 저장해 둔 것이 발효되어 술이 된 것을 사람이 발견하여 마시기 시작한 것인데 시큼한 맛이 강했다. 그러나 농경시대에 이르러 사람이 빚은 곡주는 대개 과일주보다 도수가 높고 풍미가 좋아졌다. 그녀의 고향 대상(臺桑)은 뽕나무가 많은 지방이었고, 이미 오디술을 담는 전통이 전해왔을 것인데, 의적은 한 걸음 더 나아가 뽕나무 잎으로 싼 밥을 발효시켜 새로운 술을 빚어냈던 것이다. 아마도 오디술을 밑술로 삼아 덧술을 하여 빚은 곡주였을 것이다.

본의 아니게 객지에 살며 술을 빚던 의적의 심정은 어떤 것이었을까. 비록 여교를 위해서였다고 하지만 그 자신도 외롭고 심심해서였을 것이다. 그 역시 타향살이의 외로움을 안고 살아야 했을 터이니, 동기감응(同氣感應)을 나누었으리라 짐작된다. 술을 빚되 술맛을 잘 내려면 누군가를 위하는 설렘도 있어야 하지만 심심함도 있어야 한다. 물과 쌀과 누룩의 비율과, 계절에 맞추는 도량도 중요하고, 특히나 새로운 술을 빚으려면 많은 연구와 고심이 뒤따른다.

시인이라는 자도 의적과 같은 위치에서 살아가는 자가 아닐까 싶다. 술 담는 일도, 시를 쓰는 일도 누군가를 위한 노작(勞作)이다. 그때나 지금이나 외로운 사람은 술을 마시고, 그를 위해서는 누군가 술을 빚어야하는 것처럼, 사람이 외롭게 살아간다면 누군가는 시를 쓰게 될 것이다. 시를 쓰되 기술로만이 아니라 누군가를 생각하는 설렘으로 쓴다면, 새로운 시를 쓰기 위해 그 나름 연구와 고심을 하여 얻은 시라면, 많은 이들에게 감동을 주게 되지 않겠는가.

3.

요즘 '혼술'이라는 말을 자주 듣는다. 혼자서 술을 마셔도 흥취가 있을까, 지기(知己)가 없이 홀로 마시는 그 외로운 흥취를 누구보다 잘 표현한 문인은 시인 이백(李白)이다. 〈월하독작(月下獨酌)〉이라는 제목으로 모두 네 수를 지었는데 그 중에 내가 가장 좋아하는 것이 제 1 수이다.

> 꽃 사이에 술 한 병 놓고
> 벗도 없이 홀로 마신다.
> 잔을 들어 밝은 달을 맞이하니
> 그림자 비쳐 셋이 되었네.
>
> ―이백, 「월하독작」 중 첫 4행

술이 외로움과 긴밀하다는 걸 누구보다 잘 알고 쓴 시다. 달조차 술에 적시게 하는 취흥이니, 이에 호응할 시가 동서고금에 또 있겠는가. 이백의 월하독작은 일상적 삶의 허무에 얽매이지 않고 흥취와 풍류로 나아가서 초탈을 구하는 마음이 읽혀진다.

그러나 '혼술'도 심드렁하면 결국 누구든 불러서 판을 열어야 한다. 그걸 가르쳐준 이가 이하석 시인이다. 평소 대구에서 교유할 때와 달리 변방에서 존재감 없이 지내는 이 후배의 외로운 처지를 알아서였겠지만, 술을 담고 있다는 내 근황을 듣고서는 "살구꽃 필 때, 경주에서 모여 한 번 마셔 보자."고 제안하시니, 그 말 속에 번뜩하며 머릿속을 치는 게 있었다. 이내 옛글을 살피며 무슨 말씀인지를 깨달을 수 있었다.

전날 아침에 일어나 우연히 내 책 상자 속에 저장해 두었던 시고를 보니, 시권 중에 기록된 평소에 더불어 교유하던 여러 벗과 옛 친구의 이름 중에 그 절반은 이미 죽었거나, 그 나머지는 각각 사방 천리에 뿔뿔이 흩어져 그 소식을 서로 듣지 못한 자도 많으므로, 나도 모르는 사이에 실성하고 놀라 소리쳤습니다. (중략) 우리 집에서 요사이 술을 빚었는데 매우 향기롭고 텁텁해서 가히 마실 만하니 차마 그대들과 함께 마시지 않을 수 있겠습니까? 하물며 요사이는 붉은 살구꽃이 반쯤 피었고, 봄기운이 화창하여 사람의 정으로 하여금 도취되어 다감하게 하는 이와 같이 좋은 시절인데, 술을 마시지 않고 무엇을 하겠습니까?

– 이규보, 「술이 익으니 살구꽃이 핀다」에서

이규보는 13세기 고려 사람이지만, 이 좋은 생각이 어찌 끊어질 수가 있으랴. 그 생각을 육백년 뒤 정약용이 이어서 이렇게 썼다.

　내가 일찍이 이숙 채홍원과 더불어 시동인을 결성하여 함께 어울려 기쁨과 즐거움을 나누자고 의논한 일이 있었다. (중략) 모임이 이루어지자 서로 약속하기를, "살구꽃이 처음 피면 한 번 모이고, 복숭아꽃이 처음 피면 한 번 모이고, 한여름 참외가 익으면 한 번 모이고, 서늘한 초가을 서지(西池)에 연꽃이 구경할 만하면 한 번 모이고, 국화꽃이 피면 한 번 모이고, 겨울이 되어 큰 눈 내리는 날 한 번 모이고, 세모에 화분의 매화가 꽃을 피우면 한 번 모이기로 한다. 모일 때마다 술과 안주, 붓과 벼루를 준비해서 술을 마셔가며 시가(詩歌)를 읊조릴 수 있도록 해야 한다.(하략)"

– 정약용, 「죽란시사첩서(竹欄詩社帖序)」에서

세상의 축제란 것도 이렇게 해서 열리고 또 이어져온 것이 아닐까. 그렇게 시작해서 지금까지 봄철에 몇 번 경주에서 문인들이 음주 모임을 열어왔는데, 마지막이 재작년이다. 참꽃이 필 무렵쯤 해서 경주 남산(南

山) 포석골에서 모였다. 대구에서 이하석, 김선굉, 송재학, 장옥관, 박진형, 박기섭, 이정환, 이종문, 엄원태, 윤일현, 서담 시인과 문형렬 소설가, 부산에서 박명호 소설가, 그리고 포항에서 이종암 시인이 왔다. 그날 모임의 제목을 '술에 달을 적시다'라고 붙이고, 내가 미리 준비한 술 석탄주(惜呑酒)를 내었다.

석탄주란 삼키기 아까울 만큼 달콤하다 하여 이름 붙인 우리 전통주의 하나다. 석탄주는 이양주(두 차례 담그는 술)인데, 먼저 쌀을 갈아 죽을 쑤고 누룩을 쳐서 밑술을 담아 발효를 시킨 다음 재차 찹쌀로 고두밥을 쪄서 덧술을 안친다. 그런 후 대략 한 달 남짓 발효 숙성 과정을 거쳐서 채주하게 된다. 모임이 4월 초순이니 3월 초순에 담아도 되었건만, 1월 중순에 담금을 시작하여 2월 하순에 채주를 했다. 일부러 기간을 길게 잡고서 저온 발효를 통해 술맛을 내보려 한 것이다. 채주를 하고서도 저온 숙성을 해서 때에 맞추었다. 전통 곡주가 지금 우리가 흔히 마시는 소주니 맥주니 막걸리니 하는 술과 다른 점은 생화학적 발효과정에서 맛을 보는 술이며, 그 풍미(風味)가 담는 때와 담는 이에 따라, 누룩과 쌀과 물의 품질과 비율에 따라 달라진다는 것이다.

평소 주량을 아는 터라 충분히 준비한다고 하였건만, 새벽에 이르러서는 동이 나고 말았다. 기어코 술 귀신들이 울부짖는 소리가 새벽 포석골에 울려 퍼졌으나, 마침 그곳이 산속의 독가(獨家)라 다만 신령들과 혼령들만이 귀여워하며 들었을 것이다. 하지만 그 후유증으로 나는, 대구에 갈 적마다 듣던, 왜 시를 쓰지 않느냐는 꾸지람에 더하여, 그때처럼 술인심이 그렇게 박해서는 못쓴다고 두고두고 욕을 먹어야 했다.

결국 지난겨울 다시 모임을 갖자고 내 먼저 약속을 하고 말았기에 지금 술을 빚을 날짜를 고르고 있건만, 모임이 꼭 이루어지리라고 장담할 수는 없다. 문우들을 불러 판을 벌이고 싶은 생각이야 더 간절하지만, 그 또한 해가 갈수록 쉬운 일이 아니라 생각되는 것이, 지난 번 문인수

시인의 목월문학상 수상을 축하하러 시상식에 대구 문우들이 많이들 오리라 예상하고 호텔방을 두 칸이나 준비하여 하룻밤 묵어가게 하려 하였으나 정작 발심한 이는 문형렬뿐이었기 때문이다.

무릇 세월에 늦어서는 안 될 일이건만, 다들 그 즈음에 이르고 있나 보다. 그러기에 술친구를 청하는 일은 체면 차리지 말고 서둘러야 하며, 여럿이라면 아예 때를 정하고 규약으로 적어 서약해야 한다는 걸 이규보와 정약용 두 선생이 이미 본을 보여주지 않았던가. 조선의 문사 이정보(李鼎輔)는 이렇게 썼다.

> 꽃 피면 달 생각하고 달 밝으면 술 생각하고
> 꽃 피자 달 밝자 술 얻으면 벗 생각하네
> 언제면 꽃 아래 벗 데리고 완월장취(玩月長醉)하려나

그런 날이 언제면, 올까, 절로 오던 것도 이제는 쉽게 오지 않게 될 것이니, 나는 이에 화답하여, 근간에 쓴 시 중에 누룩곰팡내 나는 졸고(拙稿) 하나 꺼내어 문우들을 초대해 본다. 이와 더불어 술맛과 인심을 넉넉히 하는 일은 오히려 장담할 수 없더라도, 우선은 왜 시를 쓰지 않느냐는 질타에 대해서만큼은 이제부터 면하려는 심사가 절박하다는 걸 알리고 싶고, 그 나머지로 문우들께서 궁벽한 곳에 묻혀 지내는 후배의 어리석음을 혹여 술김에라도 호되게 깨우쳐주기를 기꺼이 기대하여 보는 거다.

탱자나무술집에
– 가양기(家釀記)

엊그제 다시 술밑[1]을 담갔다네. 밤새 벗꽃이파리가 골목길을 덮었더군. 이 봄 다 보내기엔 모자랄듯해서 말이야.

지에밥을 쪄서 식히면 밥알에 잔금이 무수히 지는데 그리로 누룩물이 스며들어 술이란 게 된다네. 아내가 잔소리를 달고 살아 누룩 곰팡내가 나지만, 서녘 놀에 비쳐보니 구름이 침어(浸魚)²인가 싶더군.

오늘은 종일 사기(史記)를 읽으며 보냈다네. 제(齊)나라 사람들 이야기가 재미있었지. 물론 짬짬이 독에 귀를 대보곤 하였네. 그새 술이 괴는지. 정자 옆으로 개울이 흐르고, 참새가 떼거리로 지저귀어대는 게, 바로 제나라 도성 밖 탱자나무술집이었다네. 하여 거푸 석 잔을 마시고는 곧바로 그 틈서리로 끼어들어 갔지. 어떻게 해야 바람을 타고 오를 날개를 얻을 수 있을까. 사조(謝朓)³를 만나곤 이내 흥이 올라 괜히 시(詩) 같지도 않은 걸 지껄여대고는 했다네. 스며라, 내 가슴 잔금에도! 노래여, 헛소리여, 매운 누룩향내여! 하며 말일세.

돌아오는 길엔 어룽어룽 붉은 달을 보았다네. 그러다가 눈을 감은 건 뭔가 어찌할 수 없어서였어. 저 꽃잎 다 지기 전에 또 만나세.

---

*1) 술밑: 누룩을 섞어 버무린 지에밥.
*2) 침어(浸魚): 서시는 춘추 시대 말 월나라의 여인인데. 서시의 아름다운 모습을 본 물 속의 물고기가 헤엄치는 것을 잊고 천천히 강바닥으로 가라앉았다 하여 '침어'라는 칭호를 얻게 되었다고 함.
*3) 사조(謝朓) : 제나라 시인. 시 「直中書省」 중 시구 '安得凌風翰'을 번역 인용함.

조기현 | 대구 출생. 〈시와 해방〉 동인(1983), 〈시문학〉(1986) 추천 등단. 시집 『길들의 여행』(1989), '시오리' 자선 시집 『오리시집』(2008) 참여. 그 외 문학평론 활동. 경북대 국어국문학과 동대학원 박사과정(현대시 전공) 수료.

고등골 편지

고금 란 (소설가)

한동안 따뜻한 날씨가 계속되더니 갑자기 추워지기 시작했습니다. 그대여, 당신은 이 겨울을 어떻게 보내고 있는지요? 독감이 기승을 부린다는데 행여 불청객이 오지나 않았는지 궁금합니다. 하지만 손사래를 쳐도 이미 찾아온 손님이라면 잘 대접해서 보내야할 것입니다. 나는 감기에 자주 걸리는 편은 아니지만 한번 왔다하면 심하게 앓는 편입니다. 젊은 시절 한창 일을 할 때는 모처럼 마음을 놓고 쉴 수 있는 기회였고 열감기 끝으로는 대청소를 한 것처럼 몸이 가벼워질 때도 있었습니다. 그래서 감기를 염려하여 예방주사를 맞아본 적이 없습니다. 어차피 몸뚱이란 놈이 고분고분 말을 들을 것도 아니니 적당하게 때에 따라 타협을 하며 살아가는 셈입니다.

얼마 전 이웃 마을에 사는 동동 할머니가 우리 집에 왔습니다. 멧돼지가 밭에 내려와서 마늘과 양파를 해치지나 않았을까 보러가는 길이라고 했습니다. 할머니는 자가용과 다름없는 유모차를 뒤지더니 고추장아찌한통을 꺼내주었지요.

"끝물 고추 삭혔더니 맛이 깔끔해서 조금 가져왔지, 한번 묵어봐라."

그러고는 두 손으로 허리를 짚고 몸을 뒤로 젖히며 가쁜 숨을 내쉽니다. 허리와 다리가 펴지면서 키가 잠시 늘어나지만 이내 고무줄처럼 제

자리로 돌아옵니다. 유모차를 밀며 돌아가는 할머니의 굽어진 등에 팔십 년 세월의 무게가 고스란합니다. 그러고 보니 대보름날이면 북과 장구를 치며 집집마다 지신을 밟으러 다니던 어르신들도 거의 보이지 않습니다. 무엇보다 뒤늦게 효도해 보겠다고 모시고 왔던 시어머니가 저세상으로 가신 지도 삼년이 되었습니다. 올해 다섯 살 된 손녀는 가끔 비어있는 방문을 열어보며 내게 묻습니다.

"할머니, 왕할머니는 어디로 갔어요?"

나는 손가락으로 하늘을 가리키며 열심히 설명을 하지만 아이는 고개를 갸웃거리며 혼잣말을 합니다.

"왕할머니 참 보고 싶다."

고등골 겨울 마당은 추수를 모두 끝낸 다랑논처럼 깨끗합니다. 며칠 전 햇살이 잘 드는 담벼락 모퉁이에서 노랗게 꽃을 피운 민들레를 만났어요. 전국이 한파주의보에다 대설특보까지 내려진 상태인데 철모르고 피어난 그 여린 꽃잎이 어떻게 견디고 있을지 마음이 쓰입니다. 텔레비전 속에는 폭설에 거북이걸음을 하는 차량들의 행진이 이어지고 있습니다. 행여나 창문을 열어 보지만 여기는 눈이 내릴 기미가 없습니다. 그러나 멀리 가지산 봉우리가 하얀 모자를 쓰고 있는 것으로 보아 그저께 내렸던 겨울비가 그곳에서는 눈이었던 모양입니다. 언젠가 그 산꼭대기 어디쯤에 서서 손차양을 하고 내가 살고 있는 고등골 마을을 찾아본 적이 있었지요. 산자락과 들판 곳곳에 옹기종기 자리 잡은 마을들이 한눈에 들어왔습니다. 인간의 차원을 넘어선 어떤 큰 힘이 작용하지 않고서야 어찌 사람들이 그리도 골고루 모이고 흩어져서 살고 있는지 신비로웠습니다.

그대여, 오늘 문득 당신에게 편지를 쓰게 된 것은 몇 년 전 당신이 선물한 시화 때문입니다.

－ 소리는 익어 가락이 되고 몸짓은 익어 춤사위가 되는

경계도 없는 허공에 무애의 처소를 두고

육십 치마폭에 열 두 사랑 품었다 낳고 낳는다. －

언감생심, 시인의 눈으로 본 내 모습을 받아들일 수가 없지만 그런 자유인이 되고 싶은 욕심은 지금도 변함이 없습니다. 나는 50대 초반에 풍류도 수련을 한 적이 있었습니다. 우리를 가르치던 젊은 스승은 생각 없이 북과 장구를 치다보면 리듬을 타게 되고 그 리듬을 따라가다 보면 본성을 만날 수 있다고 했습니다. 단순한 마음으로 찾아간 나에게는 풍류인이라는 용어가 아주 귀에 설었습니다. 그러나 풍류도의 궁극적인 목표는 자연의 순리대로 살아가며 존재하는 모든 생명에게 이로움을 주는 사람이 되는 것이라고 하니 한번 해보자 싶었습니다. 한동안 열심히 춤과 노래와 운동을 하면서 풍류인의 흉내를 내었습니다. 그 해 늦은 가을 밀양 호박소 부근으로 수련을 갔습니다. 남녀노소 구분없이 비슷한 마음으로 모여든 삼십여 명의 회원들이 마당에 장작불을 피워놓고 놀았습니다. 모두들 원시인들처럼 불가를 빙빙 돌면서 소리를 질렀고 젊은이는 장작불 위를 훌쩍훌쩍 뛰어 넘었으며 나무를 끌어안고 우는 사람도 있었어요. 그런 사람들을 보는 중에 갑자기 나의 웃음보가 터져버렸으니 분위기가 어땠는지 짐작이 가실 겁니다. 새벽녘까지 우리는 북소리에 맞추어 춤을 추었고 다음 날 아침 너나없이 달덩이처럼 훤해진 얼굴로 아침밥을 먹었습니다. 그러고는 산책을 나갔는데 누군가가 미끄러져 작은 폭포에 빠졌습니다. 그것이 신호가 되어 모두들 옷을 입은 채로 물속으로 뛰어 들었지요. 차가운 물에 온몸을 담그는데 비로소 한 생각이 일어났습니다.

"내가 지금 산 굿 한판 잘 벌이고 있는 중이구나."

풍류도라는 표현은 통일신라 때 학자였던 최치원의 난랑비 서문에 처음 등장합니다.

"나라에 현묘한 도가 있으니 풍류라 하는데, 이는 삼교의 가르침을 내포한 것으로 뭇 생령과 접하여 이들을 감화 시킨다."

바람 風과 물 흐를 流가 합쳐져 된 풍류라는 말은 굳이 바람이나 물의 흐름만을 뜻하지 않습니다. 물과 바람처럼 걸림이 없는 성품으로 살아갈 수 있다면 인간관계에 있어서도 유연할 수 있겠지요. 그러기 위해 가무를 즐기고 철따라 물 좋고 산 좋은 경관을 찾아 기상을 키워나갔습니다. 춤과 노래는 쉽게 본성의 자리를 찾을 수 있는 도구였던 것입니다. 그러므로 허랑방탕한 한량들에게 풍류라는 말을 함부로 쓸 수 없다고 합니다. 신명나게 놀 줄 아는 사람이 삶을 잘 경영한다는 말처럼 실제로 우리 조상들은 노는 것을 노동과 연결시켰습니다. 어려운 상황에서도 매달 놀았고 대동제를 벌이는 것으로 에너지를 모아서 노동에 사용했습니다. 그런 근원을 알았기 때문에 일본이 우리를 식민지로 삼으면서 대동제를 미신이라 치부하며 놀이 문화부터 말살시켰던 것이지요.

풍류도 공부를 하면서 나는 우리말의 어원을 많이 배웠습니다. 〈논다〉라는 말이 〈놓다〉에서 나왔으며 거기서 파생된 단어가 〈노래하다〉와 〈놀이하다〉입니다. 노는 것도 흥이 나서 노는 것이 있고 얼이 빠져서 노는 것이 있는데 잘 놀 때 나오는 것이 노래가 되고 엉뚱하게 풀려서 하는 짓이 놀음, 즉 노름이 된다고 합니다. 그 중에서도 〈한바탕 놀아버리자〉라는 말이 있는데 그것은 놀면서 버린다, 잘 놀다보면 저절로 버려진다라는 뜻입니다. 어린이라는 말이 〈얼이 깃든 이〉라는 뜻이고 어른이란 〈얼이 큰 사람〉이며 어르신이라는 말은 〈얼이 커서 신〉처럼 되신 분을 일컫는다는 것도 처음 알았습니다. 그리고 잘 노는 사람이 잘 버리고 잘 버리는 사람이 잘 살게 되어있으며 세상을 떠날 때도 여한없이 갈 수 있을 거라고 믿게 되었습니다. 결론적으로 잘 논다는 것은 좋아하는 일에 몰입하는 시간이 많다는 뜻입니다. 몰입하는 시간이 많으면 많을수록 실력이 쌓이게 되니 그 분야에서 뛰어난 사람이 되기 마련입니다. 소설가 조정래 선생님의 작품 중에 황홀한 글 감옥이라는 제목의 책이 있습니다. 나는 그분이 스스로 만든 감옥 속에서 글과 노는 방법을 터득한 사람이라고 생각합니다.

어릴 때 자주 듣던 노래 중에 이런 것이 있습니다.

"노세 노세 젊어 노세 늙어지면 못 노나니 화무는 십일홍이요 달도 차면 기우나니라." 내 기억으로 어른들이 노는 자리에는 차차차 가락의 이 노래가 빠지지 않았습니다. 남자들은 골목이 비좁도록 멱살다짐을 하다가도 밤이 되면 술상을 벌여놓고 젓가락 장단에 맞추어 놀았습니다. 그 노래 속에 젊을 때부터 마음을 다스리는 법을 연마해야지 늙어서 힘이 떨어지면 집착에서 벗어나기 힘들다는 가르침이 들어 있다는 것을 어찌 알았겠습니까? 삶을 살아본 사람들은 한결같이 말합니다. 인생의 비극은 우리가 너무 일찍 늙어버리고 너무 늦게 철이 드는데 있다고요. 그대여, 다행히 나는 천성적으로 놀기 좋아하는 사람인 것 같습니다. 다시 말하면 노는 것을 너무 좋아해서 나름 부지런한 사람입니다. 일을 미루지 않고 후딱후딱 해치우는 것은 빨리 끝내놓고 자투리 시간을 즐기고 싶어서입니다. 그런데 진짜 고수는 일하는 그대로 쉬고 쉬는 그대로 일을 한다니 몸은 바빠도 마음이 여여 하다면 일하는 것이나 쉬는 것에 구분이 없다는 뜻일 것입니다.

허균의 한중록을 보면 풍류에 대한 이야기가 나옵니다. 한 선비가

"상제님, 제가 절대로 큰 것을 바라지 않습니다. 그냥 비를 피할만한 집이 있고 끼니 거르지 않을 정도로 생활하며 자연 속에서 유유자적 여생을 보내게 해주십시오."

하고 기도를 했더니 상제가 응답을 하더랍니다.

"네 꿈이 너무 크구나, 그것이 바로 신선의 도인데 만약에 부와 명예

를 달라고 한다면 바로 줄 수 있는데... 그것은 나도 참 어렵구나."

상제의 수준에서도 그런 팔자가 부러움의 대상이 된다는 것이니 나처럼 호기심과 욕심이 많은 사람이 어찌 받아들일 수 있었겠습니까? 인간은 새로운 장난감에 혹하는 어린아이와 같아서 가진 것에 만족하며 살기가 어렵습니다. 하지만 자연스럽게 일어나는 그 욕망들을 스스로 알아차리고 조절을 할 수 있다면 세속적인 성취나 실패의 유무를 떠나서 이미 도인의 길에 들어섰다고 생각합니다.

그대여, 내가 고등골에 온 지도 12년이 되었습니다. 그때만 해도 나는 간장과 된장을 만들어 100가구에 공급하며 노후를 보내겠다는 야무진 계획이 있었습니다. 주거 환경이 바뀌면서 장 담그는 집이 줄어들고 잘생긴 장독들이 장식물로 전락하는 것도 안타까웠습니다. 부산에서 살 때도 지인들과 함께 장을 담아서 나누어 먹었으니 새삼스러운 일이 아니었습니다. 장은 샛별의 기운으로 자라는 콩이 주인공처럼 보이지만 소금과 물이 없으면 턱도 없는 일입니다. 거기다가 햇살과 바람과 곰팡이 속의 착한 미생물들이 사이좋게 어울려 놀아야 맛이 나게 되어 있습니다. 고등골 마당은 넓고 나는 연륜이 깊은 장독과 간수를 충분히 뺀 소금을 확보해 두었으니 어려움 없이 일을 시작할 수 있었습니다. 하지만 3년 만에 꿈을 접고 말았지요. 장 담그는 일은 많은 노동과 지속적인 관리가 필요한데 시골에서는 오히려 그런 일을할 사람을 구하기가 어려웠던 것입니다. 나는 그 실패의 과정을 통하여 아무리 머리가 좋고 조건이 잘 갖춰진 사람이라도 혼자서는 아무 것도 할 수 없다는 사실을 깨달았습니다.

그대여, 지금은 혼자 사는 것이 익숙해진 시대입니다. 모두들 문을 꽁꽁 걸어 잠그고 혼자 밥을 먹고 혼자 잠을 자며 혼자 술을 마시거나 여행하는 사람들이 늘어납니다. 자의건 타의건 혼자 있는 시간은 반드시 필요하지만 사람들과 어울리는 시간 또한 그에 못지않게 중요하다고 생각합니다. 그래서 행복이란 다른 사람과 어울리는 법을 배우고 그들을 내 삶에 초대하는 과정에서 만들어진다는 말에 공감을 합니다. 나와 생각이 다른 사람과의 관계에서는 크고 작은 마찰이 일어나기 마련이지만 우리는 그런 부딪침과 상처를 통해 성장하고 의식이 확장되는 것이 아닐까요?

나는 해마다 진달래꽃이 피는 봄을 그냥 맞을 수 없어서 화전을 만듭니다. 노루꼬리만큼 남은 해를 그대로 보내기 싫어서 동지 때가 되면 가마솥에 팥죽을 끓입니다. 그것이 오는 봄에 대한 예의가 아니겠느냐고, 그것이 한해를 거두고 새로운 해를 펼치는 우주에 대한 인사가 아니겠느냐고 너스레를 떨면서 친구들을 불러 모읍니다.

그대여, 참으로 소란스럽고 불안한 나날들이 계속되고 있습니다. 같은 상황을 두고 사람들의 생각과 행동이 극명하게 나뉘면서 서로가 서로를 탓하고 있습니다. 그러나 잠시만 정말 잠시만이라도 사심과 고정된 나의 관념에서 벗어나 사물을 있는 그대로 볼 수 있다면 무엇이 옳고 그른지 자명하게 알 수 있는 일입니다. 그리고 우리의 본성이 너나 다를 바 없다는 사실도 깨닫게 될 것입니다.

눈바람을 타고 봄이 우리 곁에 오고 있습니다. 연분홍 여린 참꽃이 우렁우렁 소리를 내며 고등골 마당에 도착하는 날 그대의 고운 얼굴을 볼 수 있기를 바라며 이만 안녕.

고금란 | 부산영도 출생. 1995년 농민신문 당선. 소설집 「저기 사람이 지나 가네」 외 3권.

'낙화유수'와 김영환의 생애

이동순(시인)

마지밤 하늘에 휘영청 밝은 달을 물끄러미 바라보고 있노라니 어린 시절, 아버님의 품에 안겨서 배웠던 노래 하나가 떠올라 나도 모르게 입으로 흥얼거렸습니다. 그 노래의 첫 소절은 아름답고 환상적인 가을달밤의 고즈넉한 풍경과 분위기로 펼쳐집니다.

바로 그 노래, 한국 최초의 창작가요였던 '낙화유수(落花流水)'에 대한 이야기보따리를 한번 펼쳐볼까 합니다. 낙화는 떨어지는 꽃, 유수는 말 그대로 흘러가는 물이란 뜻입니다. 떠나가는 봄, 한때 번성했던 세력이 보잘 것 없이 쇠퇴해가는 것을 비유해서 쓰는 말이기도 합니다. 세속적 권위가 영원무궁한 것은 아마도 이 세상에선 없겠지요. 그런데 어리석은 사람들은 자신의 세력이 영원할 것으로 착각하며 터무니없는 호기와 만용을 부리고 거드름까지 피웁니다.

한국가요사에서는 낙화유수란 제목의 두 가지 노래가 있었습니다. 일반적으로 널리 알려진 낙화유수는 가요황제 남인수가 불렀던 노래 "이 강산 낙화유수 흐르는 봄에"로 시작되는 작품입니다. 다른 하나는 우리에게 '강남달'로 알려진 노래 "강남달이 밝아서 님이 놀던 곳"으로 시작되는 작품입니다. 흔히 '강남달'로 불리기도 하는 이 노래의 원제목은 낙화유수입니다.

1927년, 그러니까 지금으로부터 무려 88년 전, 극장 단성사(團成社)에서 상영되었던 무성영화 낙화유수의 주제가로 이 노래가 처음 발표되었습니다. 영화는 만능 대중연예인 김영환(金永煥)에 의해 제작되었는데, 개봉되던 날, 단성사 무대 아래에서 12세 소녀가수 이정숙(李貞淑)이 파들파들 떨리는 가련한 목소리로 이 노래를 마이크 앞에서 불렀습니다. 이정숙은 이 영화의 감독을 맡았던 이구영(李龜永, 1901~1973)의 누이동생으로 유명한 음악가 홍난파 선생으로부터 동요를 지도받고 있었지요.

> 강남달이 밝아서 님이 놀던 곳
> 구름 속에 그의 얼굴 가리워졌네
> 불망초(不忘草) 핀 언덕에 외로이 서서
> 물에 뜬 이 한밤을 홀로 새우네
>
> 멀고 먼 님의 나라 차마 그리워
> 적막한 가람 가에 물새가 우네
> 오늘밤도 쓸쓸히 달은 지노니
> 사람의 그늘 속에 재워나 주오
>
> 강남에 달이 지면 외로운 신세
> 부평(浮萍)의 잎사귀에 벌레가 우네
> 차라리 이 몸이 잠들리로다
> 님이 절로 오시어서 깨울 때까지

— 「낙화유수」(강남달) 전문

영화각본을 쓰고, 주제가의 작사, 작곡까지 도맡았던 김영환은 1898년 경남 진주에서 출생했습니다. 작사, 작곡활동을 할 때는 김서정(金曙

汀)이란 예명, 변사활동을 할 때는 본명 김영환으로 단성사와 조선극장의 주임변사 노릇까지 담당했던 당대 최고의 인기인이었으며 영화감독에다 바이올린 연주까지 잘 했으니 참으로 다재다능한 그에게 이목이 집중되었고, 장안의 화제가 드높았던 것은 당연한 일이라 하겠습니다.

서울 휘문의숙을 졸업하고, 1924년 영화 '장화홍련전' 감독으로 첫 데뷔했던 김영환에게는 그러나 시울 수 없는 출생의 아픔과 상처가 있었습니다. 그의 어머니는 진주권번 기생으로 김씨 성의 청년화가와 사랑에 빠져서 임신을 하게 되었는데 그 태어난 아기가 바로 김영환입니다. 하지만 권번대표는 기생을 다른 부잣집 첩실로 들여보내려 합니다. 이 과정에서 청년화가는 오해를 품고 냉정하게 애인을 떠나버립니다. 낙담에 빠진 기생은 아기를 혼자 남겨둔 채 진주 남강으로 나가서 투신자살로 생을 마감하고 말았습니다. 다른 가정으로 입양되어 자란 김영환은 자신의 출생과 관련된 깊은 트라우마를 항시 잊지 못합니다.

마침내 영화감독으로 성공한 김영환은 어머니의 비극적 삶과 죽음을 다룬 영화 한 편을 기획제작하게 되는데, 그것이 바로 무성영화 낙화유수였던 것입니다. 이 영화에서 주인공 기생 춘홍(春紅)의 배역은 충남 보령 출신의 배우 복혜숙(卜惠淑, 1904~1982)이 맡았습니다. 영화의 마지막 장면입니다. 춘홍이 강물로 투신하려가는 장면에서 변사 김영환은 울음 섞인 절규로 목이 메었습니다.

"강남의 춘초(春草)는 해마다 푸르고
세세년년(歲歲年年)에 강물만 흘러간다.
아, 남방(南方)을 향하야 떠난 기생 춘홍의 운명은
장차 어찌나 될 것인가?"

무성영화 시절, 김영환의 인기는 하늘을 찌를 듯했습니다. 항시 말쑥한 용모에 고급스런 양복차림으로 인력거에 앉아서 권번을 향해가는 그의 화려한 모습이 장안 사람들의 화제가 되었습니다. 김영환에게 환심을 얻으려는 여인들이 줄을 이었고, 김영환은 그들에게 물 쓰듯 돈을 뿌려 댔다고 합니다.

하지만 세상의 흐름은 곧 비정하게 변하는 법. 무성영화 시절은 떠나가고, 1930년대부터 토오키(talkie)를 기본으로 하는 발성영화시대가 펼쳐지게 되면서 김영환의 인기는 하루아침에 시들고 말았습니다. 시에론레코드사에서 예전처럼 만담, 난센스, 유행가 가사 등을 만들며 생계를 이어갔으나 이미 그의 전성기는 지나간 다음이었습니다. 뒤이어 찾아온 좌절과 방황을 이기지 못하고 김영환은 아편에 손대기 시작하다가 기어이 마약중독자 신세가 되었습니다. 길가에서 구걸하는 거지로 떠돌아다니다가 1936년, 비참하게 죽었다고 합니다.

영화 〈낙화유수〉의 여주인공 역을 담당했던 배우 복혜숙은 충무로에서 구두닦이를 하고 있던 김영환을 직접 만나 약간의 용돈까지 전해주었다는 회고담도 있지만 사실여부를 확인할 길은 없습니다.

모든 예술작품은 작가의 구체적 삶을 바탕으로 만들어진다는 말이 있습니다만, 화가와 기생 사이에서 태어난 재주꾼 김영환은 자신의 출생과정에 얽힌 자전적(自傳的) 슬픈 이야기를 작품 속에 고스란히 담아냄으로써 영화 낙화유수는 한국근대민족문화사에서 영원히 살아있는 **훌륭한 유산**이 되었습니다.

노래 낙화유수는 한국가요사에서 최초의 창작가요로 자리매김했습니다. 비록 비전문음악인의 손에서 만들어진 가요작품이었지만 일찍이 중심을 잃고 방황하던 식민지 시절에 대중문화의 진정한 방향성을 제시해 준 중요한 방향키 역할을 담당했다고 평가할 수 있습니다. 10편 가량의 영화작품과 20편 가량의 가요작품으로 초창기 한국대중문화사의 빛나는 별이 되었던 대중연예인 김영환! 비록 그의 삶은 굴곡이 많고 불행하였으나 그가 흘렸던 땀과 노력은 보석처럼 반짝이며 영원한 생명을 얻은 것입니다.

이동순 | 시인. 영남대 명예교수. 계명문화대 특임교수. 한국대중음악힐링센터 대표

인문학 수프

양선규 대구교대 교수

감언이설

감언이설(甘言利說)
-하는 일 없이 사랑받고 싶으면

양선규(대구교대 교수)

노(魯)나라 애공(哀公)이 중니(仲尼)에게 물었다. "위(衛)나라에 추남이 있는데 그의 이름은 애태타(哀駘它)라 합니다. 그와 함께 지낸 사내들은 따르면서 떠나지를 못하고, 그를 본 여자들은 〈다른 이의 아내가 되느니 차라리 그 분의 첩이 되겠다〉고 부모에게 간청한다 하오. 그 수가 몇 십 명으로 그치지 않는다 하오. 그가 자기 의견을 주장하는 걸 아직 아무도 들은 적이 없고, 늘 남에게 동조할 뿐이라오. 군주의 자리에 있어 남의 죽음을 구해주는 것도 아니요, 쌓아둔 재산이 있어서 사람들의 배를 채워주는 것도 아니오. 게다가 그 흉한 꼴이란 온 세상을 깜짝 놀라게 할 정도이며, 동조하기는 하지만 주장하지 않고, 지식은 사방 먼 곳까지 미치지는 못하오. 그런데도 남녀가 그 앞에 모여드는 까닭은 필경 범인과 다른 데가 있어서일 게요. 내가 불러들여 그를 만나 봤더니, 과연 그 흉한 꼴이란 온 세상을 깜짝 놀라게 할 정도였소. 그러나 나와 함께 있으니 한 달도 안 되어서 나는 그의 사람됨에 마음이 이끌리게 되었고, 1년도 안 되어서 그를 믿게 되었소. 나라에 대신이 없었으므로 나라를 맡기려 했더니, 내키지 않는 얼굴을 하고 있다가 이윽고 응낙했으니, 멍한 모습으로 사양하는 것도 같았소. 나는 부끄러워졌으나 결국 나라를 맡겼소. 얼마 안 있어 내게서 떠나가 버렸소. 나는 뭔가 잃은 듯 마음이 언짢소. 이 나라에 즐거움을 함께 누릴 사람이 없어진 듯하단 말이오. 그는 어떤 사람일까요?"

공자가 대답했다. "저는 언젠가 초나라에 사자로 간 적이 있는데, 그때 돼지 새끼가 죽은 어미젖을 빨고 있는 광경을 봤습니다. 얼마 후 돼지 새끼는 놀란 표정으로 모두 죽은 어미를 버리고 달아났습니다. 어미돼지가 자기들을 봐 주지 않고, 자기들과는 전혀 다른 꼴이 되어 있었기 때문입니다. 그 어미를 사랑한다 함은 외형이 아니고, 그 외형을 움직이는 것을 사랑한다는 뜻입니다. 싸우다 죽은 자는 그 장례식에서 장식 달린 관을 쓰지 않고, 발이 잘린 자의 신은 소중하게 여기지 않습니다. 모두 그 근본이 없기 때문입니다. 천자의 후궁이 된 자는 귀밑머리를 깎거나 귀에 구멍을 뚫거나 하지 않습니다. 새 장가든 자는 집에서 쉬고 관의 일을 시키지 않습니다. 외형을 온전히 하는 것만으로도 그처럼 될 수 있는데, 하물며 온전한 덕을 갖춘 사람이야 더욱 그럴 것입니다. 지금 애태타는 아무 말도 안 하는데 신임을 얻고, 공적이 없는데 친밀해지고, 남이 자기 나라를 맡겨도 그것을 안 받지나 않을까 해서 염려할 정도입니다. 이는 필경 재능이 온전하고 덕이 겉에 나타나지 않는 인물일 겁니다(是必才全而德不形者也)."[『장자』 내편, 「덕충부(德充符)」, 안동림 역주, 『莊子』(현암사, 1997) 참조]

전통적인 해설(엄복의 〈장자평〉)에 따르면, 인용된 부분의 요점은 마지막 구절, '재능이 온전하고 덕이 겉에 나타나지 않는다(才全而德不形)'에 있다고 합니다. 장자가 말하는 '재(才)'는 하늘에서 준 것이고 '덕(德)'은 스스로 이룬 것이라고 할 때 '재전(才全)'이라 함은 천성이 외물(外物)로 인해 전혀 손상되지 않은 상태를 뜻한다고 합니다. 애태타라는 인물은 그러한 '재전(才全)'의 경지에 이른 인물이라는 것입니다. 중니(공자)의 입을 빌어, 내면의 근본을 중시할 일이지 겉으로 드러난 덕(德)에 이끌릴 일이 아니라고 설파하고 있는 대목입니다.

저는 이 대목을 읽으면서 두 가지 반발심을 가졌습니다. 하나는 애태타라는 인물을 들어 '재전(才全)'을 설명한 부분에 선뜻 동조하기가 어려웠고요, 다른 하나는 돼지새끼들이 죽은 모체를 버리고 선뜻 떠난다는 예화가 잘 납득이 되질 않았습니다. 먼저 '돼지새끼들의 경우'부터 말씀드리겠습니다. '죽은 모체와 살아남은 새끼'의 예화는 공자가 '외형에 관계없이 근본이 없기에 쉽게 떠나는' 상황을 설명하기 위해서 취한 것이었습니다. 그러나 그 반대의 경우도 얼마든지 확인되는 것입니다. 죽은 어미의 사체에서 쉽게 떠나지 못하는 새끼들도 많습니다. 그들 어린 생명들은 어미의 썩어지는 형체에 연연해서가 아니라 잊을 수 없는 '근본'을 쉬이 잊지 못해서 떠나지 못하는 것입니다. 돼지새끼들을 너무 무시하고 박대하는 느낌이었습니다. 그러니 그 돼지새끼를 통한 우의(寓意)는 그리 용의주도한 것이 아니었다는 생각이 드는 것이었습니다.

애태타의 경우도 비슷했습니다. 실제로 그와 유사한 성격을 지닌 인물을 실생활에서도 종종 만납니다(친했던 친구 중에도 두어 명 있었습니다). 섣불리 주장을 내걸지 않고 마지못해 동조하는 일에 능하며, 용모가 출중한 편도 아닌데 여성들로부터 인기를 얻고, 대인관계의 진정성과 의리관계가 분명히 확인된 것도 아닌데 주변의 호평을 받아내는 인물들이 주변에 간혹 있습니다. 그들은 그러한 평판에 기대어 스스로도 자신을 괜찮은 축이라고 여깁니다(다만, 눈치가 좀 없다고 자신을 변호하기도 합니다). 현대판 애태타라 할 만한 이들입니다. 그러나 그렇다고 해서, 그들에게 늘 평안만 있는 것은 아닙니다. 가까이서 그들을 겪어본 입장에서 볼 때 그들은 늘 결정적인 순간에서 실망을 안깁니다. 노나라의 애공도 만약 그를 중용했더라면 결국은 실망했을 겁니다. 그들은 자신의 주장과 결단을 결코 내세우지 않음으로써 모든 책임으로부터 면제받기를 원합니다. 도저한 나르시스트라고 할 수 있는 그들을 재전(才全)의 경지에 이른, 내적으로 덕이 충만한 인물이라고 말하는 이들도 결국은 그와 유사한 인종일 것이라는 생각마저 듭니다. 그들을 시샘해서가 아닙니다. 그 모든 것을 차치하고 서라도, 그들이 '자신에게 쏠리는 그 인정과 애정'을 결코 마다하지 않는다는 사실 하나만 보더라도 그 실상을 알 수 있는 일입니다. 열이면 열, 그들은 예외 없이 그 모든 책임에서부터 자유로운 '인정과 애정'을 즐깁니다. 그러니 당연하게도 타인들로부터의 '인정과 애정'이 없는 삶을 그들은 견뎌내지 못합니다. 그러니 그들의 '애태타적인 삶'은 그들에게는 필생의 과업일 수밖에 없는 그 '인정과 애정'을 받아내기 위한 하나의 숙련된 기술(고육지책?)이라고 봐야 할 것입니다(일반적으로 그런 이들은 가정생활을 방치하는 경향이 농후합니다). 프로이트식으로 보자면, 나르시시스트들이 흔히 취하는 위장 전술, 혹은 위장된 사회적 적응화의 한 양태이기도 한 것입니다.

장자가 말한 애태타의 경우도 그렇습니다. 그가 진정 '재능이 온전하고 덕이 겉에 나타나지 않는 자(才全而德不形者)'였다면 그렇게 쉬이 사람들의 시야에 노출될 일이 없었어야 마땅한 일일 것입니다. 애태타라는 인물은, 못생겼지만 모두에게 사랑받기를 원하는(사랑할 수밖에 없는), 누구나 피해 가지 못할, 자기애(自己愛)의 한 대상이라는 생각이 듭니다. 그 유추가 맞는 것이라면, 장자의 애태타는 이상적인 인물에 대한 묘사가 아니라 우리 안의 한 인물에 대한 묘사였던 것입니다. 하는 일 없이 사랑받고 싶은 우리 안의 헛된 바람을 그렇게 풍자한 것입니다.

사족 한 마디. 사람이 사람을 홀리는(죄송합니다!) 일은 재(才)나 덕(德)으로 되는 일이 아니었습니다. 재나 덕으로 사람을 감복시킬 수 있다고 믿는 것만큼 어리석은 일이 없다는 것은 『장자』에서도 누누이 강조되고 있는 말입니다. 「인간세(人間世)」 편에서 안회와 중니를 등장시켜 시종일관 설파하고 있는 것도 바로 그런 내용입니다(남이 듣기 싫은 이야기는 절대하지 말아라!). 이성적으로 누구를 존경(인정)한다는 것과 이유 없이(모르고) 누구를 좋아한다(따른다)는 것은 전혀 다른 일이었습니다. 비유하자면 그들은 다른 궤도 위를 달리는 두 열차와 같은 거였습니다. 그 두 열차를 한 줄로 세우겠다는 것은 아주 위험한 발상이었습니다. 그 두 열차가 한 궤도 위에 오를 때는 정면충돌할 수밖에 없는 일이었습니다. 어느 것 하나는 궤도를 떠나야 했습니다. 세상에서 사라져야 했습니다. 부득불, 누군가로부터 인정이나 애정을 받고 싶은 사람은 그 둘을 교묘히(용의주도!) 분리시켜 운용해야 된다는 것을 인정하지 않을 수 없었습니다. 살아있는 어미 돼지가 되거나(어미의 젖줄을 애타게 찾는 돼지새끼들!) 하다못해 돼지우리라도 되어야(누구든 더럽게 해서도 편히 드나들 수 있는 곳이라야!) 된다는 것을 인정하지 않을 수 없었습니다. 이상은 죽은 어미 돼지의 변명이었으니 설혹 터무니없는 억측이나 못난 편견이 개입되어 있다 하더라도 너그러이 양해해 주시면 고맙겠습니다.

*참조 : 나르시시즘(narcissism) : 자기를 사랑의 대상으로 삼는 자기애(自己愛)

성도착(性倒錯)의 하나로 자기 육체에서 성적 흥분을 느끼는 현상을 말한다. 물에 비친 자기 모습에 반해 물에 빠져 죽은 그리스 신화의 미소년 나르키소스와 연관해 독일의 정신과 의사 P. 네케가 만든 용어이다. S. 프로이트는 이 용어를 정신분석 개념으로 확립하여 리비도가 자기 자신에게 향해진 상태, 즉 자기 자신이 관심의 대상이 되어 있는 상태로 규정했다. 그는 또 나르시시즘을 나와 남을 구별하지 못하는 유아기에 리비도가 자기 자신에게만 쏠려 있는 1차적 나르시시즘과 유아기가 지나면서 리비도의 대상이 나 아닌 남에게로 향하지만 어떤 문제에 부딪혀 남을 사랑할 수 없게 됨으로써 다시 자기 자신을 사랑하는 상태로 돌아오는 2차적 나르시시즘으로 분류했다. 이 용어는 건강한 나르시시즘과 병적 나르시시즘으로 분류되기도 한다.→ 나르키소스 [daum 백과사전]

양선규 | 소설가이자 武士인 양선규는 1983년 7회 오늘의 작가상을 수상했고, 대표작으로 「난세일기」, 「칼과 그림자」, 「고양이 키우기」, 「나비 꿈」 등이 있으며, 인문교양저서로 「소가 진설」, 「감언이설」 등이 있다. 현) 대구교대 교수.

2017 • vol.04

이 계절의 시

홍승우 김종미 신정민
이정모 김나원 박 솔

| 홍승우 |

젊은 도둑의 독백

나는 젊은 도둑, 천 근 무게의 독백으로
거리를 쏘다니는 젊은 부랑아
피가 돌고 심장은 뛰고 호흡이 거칠어
철없이 쏘다니며
훔친 건 언제나 낭만, 사랑, 꽃, 음악, 그리고 시
나는 젊은 도둑,
하루도 빠짐없이 길바닥 꽁초를 찾던
젊은 부랑아
사기가 판치는 혓바닥 피해
새 울음소리 키우던, 난 젊은 도둑
고통과 어둠을 바가지로 훔치고
약삭빠른 지혜와 색깔 있는 그림을 날치기 한
나는 젊은 부랑아

홍승우 | 1955년 경북 경주시 안강 출생. 본명 홍성백. 1995년, 계간 《동서문학》 신인작품상에 시 〈새〉 외 4편이 당선되어 등단. 시집 「식빵 위에 내리는 눈보라」 한민족작가상 본상, 중국 연변 시향만리문학상(해외부문) 수상.

| 김종미 |

play 외 1편

아버지 사무실에 들르면
아버지는 단골 금모래 다방에 커피배달을 시킨다
일회용 커피 인스턴트커피 원두커피 사무실엔 없는 차가 없는데
굳이 전화 걸어 커피를 시킨다
술 좋아하고 마담 좋아하는 아버지
괜한데 돈 쓴다고 나는 방울뱀처럼 갈라진 혀 숨기고
배달 온 아가씨가 슬쩍슬쩍 나를 훔쳐보며 커피를 따를 때
한참을 뜸들이다가 내 딸이야 한마디 하시는 아버지
그때야 나는 아버지 속마음을 눈치 채었다
이제 봉분 속으로 사무실을 옮기신 아버지
내가 찾아가면 바람에게 구름 한 잔 주문하시는지
내 뺨에 닿는 바람의 시선은 팔랑팔랑 호기심이 서리고
구름에서는 커피향이 난다 내 딸이야
자루가 터져버려 흩어지는 오렌지처럼 차르르 굴러가다
되감기는 내 머릿속의 비디오
아버지가 또 눌렀어요?

봄

그것은 삐질삐질 솟아나는 진땀으로 시작되었다
쫙 펼친 내 두 팔보다 훨씬 넓은 미닫이문을
작은 문고리 하나 없는 미닫이문을
주먹으로 한번 꽝 치면 박살이 날 미닫이문을
터무니없이 작은 내가 터무니없이 큰 미닫이문을
죽을 힘을 다해 밀고 있었다
커다란 그림자가 문 밖에 딱 붙어 있었고
미동도 없이 그 그림자가 문을 열려고 하고 있었고
터무니없이 큰 그림자가 터무니없이 작은 나를 죽일 것 같았고
그림자가 창호지문을 다 적셔버릴 것 같았고
더 이상은 버티기 어려워 팔 다리가 덜덜 떨리는데, 그때
누가 나를 툭 쳤다
일순간 미닫이문이 확 열리고 으아아아악 비명을 지르며
번쩍!

꽃순이 터졌다

매화나무 가지마다 비명소리 낭자하다

김종미 | 1997년 《현대시학》 등단. 시집 『새로운 취미』 『가만히 먹던 밥을 버리네』

| 신정민 |

하수종말처리장 외 1편

밤은 몇 개의 수조를 거쳐 아침이 되는가

날이 밝으면 아이들이 견학을 올 것이다

씻어 깨끗해진 너와
눈에 밟히지 않는 나는 물속에 있다

수조에 떠 있는 구름은
구름으로 끝나는 문장을 요구한다

가라앉고 가라앉고 또 가라앉는 오니

아니라고 생각하면 아닌 거다
그래서 우리는 수조에 가라앉은 진흙으로 다시 빚어진다

머리맡에 불을 켜둔 밤과
오랫동안 눈이 멀어온 먹이를 위해

침전은 지옥에서 벌을 가하는 옥졸들의 이름을 쓴다

견학 온 아이들이 가장 오래 들여다볼 마지막 단계에
새벽은 물고기를 풀어놓을 것이다

누군가 우산을 잃어버릴 수 있게 비는 내리고

어두우면 스스로 빛을 내는 혐오는 너와 나를 먹어치운다

유배

입국허가를 기다리는 보스니아 검문소
말린 월계수 잎과 로즈마리를 파는 사내가 다가온다

사람만이 지을 수 있는 표정, 고단함은
아름답단 형용사로 부족해서

으깬 양귀비 씨앗일지 모를 독성毒性

검은 피부의 난민을 따라온 아드리아 해협이
가정부가 되기 위해 건너온 아가씨들을 풀어놓는다

타향은
심해의 무성생물처럼
멕시코 댄서의 치맛자락에 놓인 스팽글처럼 반짝이고

국경 없는 측백나무들
햇볕에 그을린 바람의 종소리 떠나보낸다

가난한 수프에 얹어줄 향기
비닐가방 속에서 나오는 작은 봉지들
다리를 저는 그의 하루, 그 이면에 맺힌 수많은 매듭들

총탄 자국 선명한 발칸을 향해 간다

아무리 먼 곳에 있어도 결국 내 안에 당신이 있다고
하늘은 푸르러 높고 기어이 눈부시다

신정민 ┃ 전북 전주 출생. 2003년 부산일보 신춘문예 등단. 시집 『꽃들이 딸꾹』, 『뱀이 된 피아노』, 『티벳만행』, 『나이지리아의 모자』

| 이정모 |

지금 외 1편

당신 앞에 있는 사람을 사랑하는가
바로 지금 시작하던지 아니면 떠나라

사랑이란 제 몸에 가두지 못하면
언젠가는 얼어붙는 강물이니

이 순간에 배를 띄우지 않으면
이승에서 도착할 행복이란 항구는 없다

농부는 씨앗을 뿌리고 움은 때가 틔우니
그러니, 여인의 봉긋한 가슴이면
한 생은 거뜬하지 싶어도

우리가 알 수 있는 건
끝이 없는 생이란 지금 뿐이라는 것이고
마음에 날개를 다는 건 새가 아니라는 것이다

세월이 차린 상 위에
죽은 날들이 다른 하루로 앉았으니
음복은 사람이 하고 감당은 신이 할 일이다

행방

철새가 구만리장천을 업고 날아가네요
내 어깨도 외로운지 날개를 달려고 해요

우두커니 보고 있는 하늘의 생각을 듣고 싶어
돌멩이 하나를 들어 공중으로 날려요

십리 밖 무심사 맑은 물로 똑 떨어지네요

허공을 헤매었을 문장이 출구를 찾은 것일까요
웃자란 그림자도 따라 왔네요

눈물 한두 방울 찍었을
편견과 상상을 온 곳으로 돌려보내도
공중과 날개의 관계는 오래가지 않으니

떠나는 일 별 일 아니라는 듯
허공에 손 흔들며 툭
꽃으로 내리는 것들의 자리는 어찌 하나요

그래요
평생 이루지 못할 시의 공복空腹과
생에 속은 상처는 모두 받아야 해요
잡동사니 받아들이는 공복公僕의 강처럼

아무 곳에서나 깨어나
날아갈 준비를 하는 오늘이 부럽기 전에

이정모 | 2007년 《심상》 등단. 시집 「기억의 귀」 외. 제1회 심상시인회상 수상.

| 김나원 |

뒷북 외 1편

엔터키를 눌렀다

길이 아니면 돌아서 가자 단풍

노전암 가는 길
태풍이 귀를 덮었다
말이 아니면 돌려서 듣자 단풍
흔들어 놓은 계곡의 너럭바위, 소풍갔던 그 자리가 아니다
널브러진 전선들 여기서부터 계절이 멈춰 있다
포클레인이 잇고 있는 경전

기억의 물줄기, 길이 아니면 돌아서 가자 단풍

잡히지 않는 무엇을 잡으려는지 보살의 발길이 끊이지 않는데 도시
에서 돌아오는 비구니, 나풀거리는 가사에서 피어나는 연기는 아무것
도 알려하지 마라 길가에 달린 연등 잡고 늘어진다 귀가 아니면 말하
지 말자 단풍

시기가 있다는 거

가을은 꼬리를 감추는데 뒤늦게 찾은 일주문, 돌담 안 이파리 떨군 감나무는 아직도 할 말이 남아 촛불을 들고 서있다 문이 아니면 돌아서 가자 단풍

공양간 앞에서 졸고 있는 누렁이 너머 장독 너머 가마솥 밥 냄새, 대웅전보다 먼저 끌어들이는데 냄새로만 맛보지 말자 단풍

바이올린의 나이테

로키산맥 3,000미터
수목한계선에서 자라는 나무는
나이테를 알 수 없다

한계에서의 생존법이란
속이 까맣게 타들어가는 것

폭설과 폭풍에 휘어지고
부러지고
얼고 녹고 얼고 녹고

굽을 대로 굽어
악기로 거듭나는 것

비창의 선율은
얼었던 물이 흐르는 소리

깊고 쓸쓸한 떨림

바이올린의 공명은
나이테가 내는 소리

김나원 | 경남 김해 출생. 2012년 《시와정신》 등단.

| 박 솔 |

말할 수 없는 비밀* 외 1편

– 이다와 다이

북극에 다녀올게
이다가 말했다

(영혼 1° 없는) 다이
입술이 퉁퉁 부었다

이러다가 곧 죽을 것 같아
이다의 두꺼운 가죽신은 자꾸 뒷걸음쳤다
토마토 외투 같은 다이의 얼굴이 바뀌고
칠월이 왔다

우체통을 뛰쳐나온 새가 오후 두 시 방향으로 날아갔다

모든 모과는 일제히 가벼워지기로
모든 토마토는 일지를 간단히 쓰기로

모과는 시간을 어떻게 견디려고
손바닥을 붉은 새의 부리에게 내주나
포르르 바나나 숲으로 날아갔나

새의 부리를 닮은 하얀 해와
바나나 수프가 다이의 허벅지를 타고 흘러내렸다

달의 뒷면에서는 모자를 쓸 수 없는데
이다는 지하세계를 찾을 수 있을까

다이의 이마가 무거운 이유는
벨크로 모자 속에 동굴이 살고 있기 때문
지금도 비행접시의 호위를 받는 고대인의 메시지 가득한

*류걸륜 감독의 영화에서 빌려 옴

박 솔 | 경남 사천 출생. 2014년 계간문예 《다층》으로 등단.

1/N

옥수수 껍질 인형처럼 나는 제대로 말할 수 없었습니다 1984년 나폴리 피자 가게에 앉아 가난과 사랑은 숨길 수 없다고 너는 사진 속 풍경처럼 나를 쳐다보았지요 고백하자면 나는 피자 맛을 제대로 모른답니다 물병에 든 로즈마리처럼 너는 말했습니다 우리가 이렇게 마주 본지 언제였더라 한겨울에 핀 홍매화가 속마음을 아무리 감춘다 해도 그 온기가 뜨뜻미지근할 수만은 없답니다 오이피클이 위장에 신호를 보내도 나는 한쪽으로만 따뜻한 사람 그래요, 지금도 눈에 보이지 않는 눈코입이 중요하다 생각합니다 나는 물속의 작은 나무 자주 흔들리는 부유하는 말미잘 귀에 촉수가 무수히 달린 까르보나라의 솔직함에 뺨이 달아오르기도 하였지요 마지막 연극을 펼친 공범자의 죄책감처럼 화덕은 두텁고 단단해서 곧잘 터질 듯 하지만 문구는 없었어요 뜨거우니 만지지 말라는 이튿날까지 횡경막이 신호를 보내오고 있습니다 삶은 장작처럼 단정하지요 매달리는 삶을 접을 수 없어 레인 스틱을 기울이는 웃는 곰처럼 너스레를 떨어보렵니다 창가에 내려앉은 토요일에게 하릴 없이 나를 쏘아대는 햇살에게

다시 읽는 시

이태수

침묵의 벽 외 5편

시론 / 나의 시, 나의 길

이태수 시인은 1947년 경북 의성에서 태어나 1974년 《현대문학》으로 등단했다. 시집으로는 『그림자의 그늘』, 『우울한 비상의 꿈』, 『물속의 푸른 방』, 『안 보이는 너의 손바닥 위에』, 『꿈속의 사닥다리』, 『그의 집은 둥글다』, 『안동 시편』, 『내 마음의 풍란』, 『이슬방울 또는 얼음꽃』, 『회화나무 그늘』, 『침묵의 푸른 이랑』, 『침묵의 결』, 『따뜻한 적막』 등 13권, 육필시집 『유등 연지』가 있다. 문학평론집으로는 『대구 현대시의 지형도』, 『여성 시의 표정』 등이 있다. 대구시문화상(문학), 동서문학상, 한국가톨릭문학상, 천상병시문학상 등을 수상했다.

침묵의 벽

침묵의 틈으로 앵초꽃 몇 송이
조심조심 얼굴을 내민다
그 옆에는 반란이라도 하듯
빨간 튤립들이 일제히 꽃잎을 터뜨린다
가까이 다가서듯 솟아 있는
성당 종탑에는
발을 오그린 햇살들이 뛰어내린다

한 중년 남자가 저만큼 간다
헐렁한 모자에 얼굴 깊숙이 파묻은 채
호주머니에 두 손을 찌르고 걸어간다
나는 잃어버린 말, 새 말들을 더듬으며
유리창 너머 풍경들을 끌어당긴다

침묵은 이내 제 길로 되돌아가고
봄 아침은 또 어김없이
그 닫힌 문 앞에서 말을 잃게 한다
빗장은 요지부동, 안으로 굳게 걸려
문을 두드릴수록 목이 마르다

새 말, 잃어버린 말들은 여전히
침묵의 벽 속에 가부좌 틀고 앉아 있다

풍경風磬

바람은 풍경을 흔들어댑니다
풍경소리는 하늘 아래 퍼져나갑니다

그 소리의 의미를 알지 못하는 나는
그 속마음의 그윽한 적막을 알 리 없습니다

바람은 끊임없이 나를 흔듭니다
흔들릴수록 자꾸만 어두워져버립니다

어둡고 아플수록 풍경은
맑고 밝은 소리를 길어 나릅니다

비워도 비워내도 채워지는 나는
아픔과 어둠에서 자유로울 수 없습니다

어두워질수록 명징하게 울리는 풍경은
아마도 모든 걸 다 비워내서 그런가봅니다

달빛 속의 벽오동

달빛이 침묵의 비단결 같다
우두커니 서 있는 벽오동나무 한 그루,
그 비단결에 감싸인 채
제 발치를 물끄러미 내려다보고 있다
깊은 침묵에 빠져들어
마지막으로 지는 잎사귀들을 들여다보고 있다

벗을 것 다 벗은 저 늙은 벽오동나무는
마치 먼 세상의 성자, 오로지
침묵으로 환해지는 성자 같다
말 없는 말들을 채우고 다지고 지우는 저 나무,
밤 이슥토록 달빛 비단옷 입고
이쪽을 그윽하게 바라보고 있다

오랜 세월 봉황 품어보려는 꿈을 꿨는지,
그 이루지 못한 꿈속에 들어버렸는지,
제 몸을 다 내려놓으려는 자세로 서 있다
달빛 비단자락 가득히
비단결 같은 가야금 소리, 거문고 소리,
침묵 너머 깊숙이 머금고 있다

눈雪

눈은 하늘이 내리는 게 아니라
침묵의 한가운데서 미끄러져 내리는 것 같다
스스로 그 희디흰 결을 따라 땅으로 내려온다
새들이 그 눈부신 살결에
이따금 희디흰 노랫소리를 끼얹는다

신기하게도 새들의 노래는 마치
침묵이 남은 소리들을 흔들어 떨치듯이
함께 빚어내는 운율 같다
침묵에 바치는 성스러운 기도 소리 같다

사람들이 몇몇 그 풍경 속에 들어
자신도 느끼지 못하는 사이 먼 데를 바라본다
그 시간의 갈라진 틈으로
불쑥 빠져나온 듯한 아이들이 몇몇
눈송이를 뭉쳐 서로에게 던져대고 있다

하지만 눈에 점령당한 한동안은
사람들의 말도 침묵의 눈으로 뒤덮이는 것 같다

아마도 눈은 눈에 보이는 침묵, 세상도 한동안
그 성스러운 가장자리가 되는 것만 같다

지나가고 떠나가고

지나간다. 바람이 지나가고
자동차들이 지나간다. 사람들이 지나가고
하루가 지나간다. 봄, 여름,
가을도 지나가고

또 한해가 지나간다.
꿈 많던 시절이 지나가고
안 돌아올 것들이 줄줄이 지나간다.
물같이, 쏜살처럼, 떼지어 지나간다.

떠나간다. 나뭇잎들이 나무를 떠나고
물고기들이 물을 떠난다.
사람들이 사람을 떠나고
강물이 강을 떠난다. 미련들이 미련을 떠나고

구름들이 하늘을 떠난다.
너도 기어이 나를 떠나고
못 돌아올 것들이 영영 떠나간다.
허공 깊숙이, 아득히, 죄다 떠나간다.

비우고 지우고 내려놓는다.

나의 이 낮은 감사의 기도는
마침내 환하다.
적막 속에 따뜻한 불꽃으로 타오른다.

미시주의, 또는

나는 미시적 거시주의자,
아니, 거시적 미시주의자다
둘 다 맞고 둘 다 틀릴 수 있다
둘 다 틀리고 다 맞을 수도 있다
아니, 맞는 게 틀리고 틀린 게 맞다
날이 가고 달이 가고 해가 가고
날이 오고 달이 오고 해가 오고
다시 오고 가고 다시 오다가 가다가 오고 가고
그 오랜 세월 동안 물방울이나 이슬방울들처럼
풀잎에 맺히듯 글썽이고 싶었다
맑고 투명하게 반짝이고 싶었다
작아지면서도 그 외연을 넓히고 넓혀
이 풍진세상을 안아 올리고 싶었다
풍진을 다 떨쳐낸 세상을, 우주를
꿈꾸며 깊이 끌어안고 싶었다
한없이 작아지고 작아지면서
커지고 또 커지고 싶어진다

나의 시, 나의 길

이 태 수

초기부터 삶의 이상적 경지에 도달하기 위한 내면 탐색을 거듭해왔다. 그 탐색은 몸담고 있는 공간의 구체성보다는 정신적 지향처인 추상성을 중시하는 초월의식과 연계돼 있다. 현실에 뿌리를 두면서도 '지금 · 여기의 세계'라기보다 밝고 투명한 '다른 세계', 또는 '이상 세계'에 주어지는 경우가 많은 것도 그 때문이다. 이 같은 발상은 비루한 현실을 비켜서는 게 아니라 그 극복을 위한 역설적 접근이며, 완곡한 표현의 소산이라 할 수 있다.

초기에는 '실존적 방황'이나 '낭만적 우울'이 빚어내는 헤맴의 빛깔이나 음산하고 공포스런 분위기, 암시적 환기력이 두드러져 있다. 자아를 잃고 가상으로 떠내려가면서 살아가는 자신에 대한 성찰과 소외감이 중심을 이루고 있는 점도 그렇다. 첫 시집 『그림자의 그늘』에 실린 대부분의 시들은 건조하고 황량할 뿐인 일상의 외부 세계와 그 안에서 방황하는 정신의 자화상들이다. 연작시 「그림자의 그늘」의 경우 제목이 암시하고 있듯이, 일상의 흐름 속에 부침하면서 알 수 없는 곳으로 표류하는 현실적 자아(그림자)와 스스로의 주체로서 자신과 현실을 제어할 수 있는 힘을 가지지 못한 채 오히려 그림자에 이끌려 어두운 방황을 거듭하는 내면의 얼굴(그늘)을 교차시키면서 진정한 '내 얼굴'을 잃어버린 아픔을 그린 기록들이다.

두 번째 시집 『우울한 비상의 꿈』에서는 말을 비천하게 만드는 현실에 좌초되면서도 밝고 자유로우며 사랑으로 가득 찬 내일을 향한 꿈을 노래했다. 끝없이 절망하면서도 그것을 초극하려는 완강한 몸짓으로 비전이 없었던 실존적 방황에 상승 이미지를 부여하는 양상을 연출해보기도 했다. 또한 이 시집에는 진정한 말을 향한 갈망이 번져 있기도 하며, 때로는 거기서 뛰쳐나오려는 열망이 더 강렬해지면서 동적인 이미지와 어휘를 낳았던 것 같다.

관념적인 세계 천착(20대), 삐걱거리는 현실에 대한 고통과 그 초극을 향한 터널 지나기(30대 초반)를 거친 뒤 다다른 지점이 바로 세 번째 시집 『물속의 푸른 방』의 역설적인 세계다. 이 무렵에는 걸어가야 할 길이나 다시 찾아야 할 꿈이 설정되고, 그 이전보다는 다소 밝고 맑은 세계를 더듬는 방향감각을 찾게 됐다. 비록 현실은 추하고 불순하지만 그 바깥이나 그 깊숙이 어떤 순결하고 명징한 세계가 있을 수도 있다는 전망이 그 것이었다. 그래서 '내려가기의 꿈', 또는 '낮은 꿈'으로 방향을 바꿨다. 비현실적인 상황의 설정은 역설이며, 새로운 길 찾기의 형이상학적 추구에 다름 아니다.

1990년대로 접어들면서는 다시 '꿈을 뒤집어 꿈꾸기'라는 길을 만들며 걸어가려 했다. 이 같은 정신적 떠돌기의 궤적은 시집 제목들이 어느 정도 암시한다고 할 수 있다. 『그림자의 그늘』(1979, 심상사), 『우울한 비상의 꿈』(1982, 문학과지성사), 『물속의 푸른 방』(1986, 문학과지성사), 『안 보이는 너의 손바닥 위에』(1990, 문학과지성사)라는 제목들은 그런 빛깔을 얼마간씩 드러내고 있다. 그 이후의 『꿈속의 사닥다리』(1993, 문학과지성사), 『그의 집은 둥글다』(1995, 문학과지성사), 『안동 시편』(1997, 문학과지성사), 『내 마음의 풍란』(1999, 문학과지성사), 『이슬방울 또는 얼음꽃』(2004, 문학과지성사), 『회화나무 그늘』(2008, 문학과지성사)이 나오기까지 꿈을 꾸는 양상은 온건한 듯 반드시 그렇지만은 않은 모습들을 드러내고 있다.

네 번째 시집 『안 보이는 너의 손바닥 위에』는 '꿈을 뒤집어 꾸기', 즉 '꿈의 무화'라는 빛깔을 묻히거나 '꿈 버리기의 꿈'으로 풀이될 수 있는 마음의 그림들을 담았다. 그래서 다시 이르게 된 지점이 '그'와 '너'를 그리워하며, 인간적이면서도 인간의 한계를 뛰어넘고, 그러면서도 절대자(신) 보다는 인간에 가까운 존재인 '그'를 목말라 하고 열망하는 길을 나서게 됐다. 하지만 언제까지나 '너'는 '너'일 뿐이어서 '길 밖의 길'을 서성거릴 수밖에 없었다. 이 무렵의 적지 않은 시편들은 무기력하고 상투화된 현대인의 결핍을 충족시켜 본래의 자리로 되돌려줄 정신적 희구의 대상으로서의 '그'를 찾아가는 도정에 주어졌다.

다섯 번째 시집 『꿈속의 사닥다리』는 그 연장선상에서 무화된 꿈을 다시 일으키고 상승작용을 모색하는 '사닥다리 놓기의 꿈', 잃어버린 말과 길 찾기에 주어졌다. 이때부터는 '중심 잡기'의 여유가 어느 정도 개입됐으며, 안 보이던 길이 흐릿하게나마 모습을 드러내고, 잃었던 말들이 차츰 되살아나는, 그 공간이 조금씩 넓어지는, 따스함과 부드러움에 닿게 됐다. 『꿈속의 사닥다리』는 그런 열망의 묶음이라 할 수 있으며, 종래와는 달리 상승 이미지와 하강 이미지의 복합적 구사에 의한 새 꿈에 불 지피기의 양상을 보여주려고도 했다. 그 다음에 마주친 화두가 '둥글음에의 지향'이다. 그런 빛깔과 무늬들이 핵심을 이루는 『그의 집은 둥글다』 (여섯 번째 시집)은 둥글고 푸르고 맑은 이데아로서의 '그'를 찾아 나서고, 나를 포함한 세상이 그런 둥글음의 세계가 될 수 있기를 바라는 기구와 현실 초월에의 의지를 집중적으로 노래했다.

일곱 번째 시집 『안동 시편』은 안동에 한동안 머물면서 쓴 작품들의 묶음이다. 유림의 고장으로 불리는 안동이 거느리고 있는 고즈넉한 정서, 그 안켠에 완강하게 자리 매김한 뿌리의식이나 도도한 선비정신과 마주치면서 빚어진 '정신의 그림들'을 주로 담았다. 이방인으로서의 안동 떠돌기, 잘 안 보이지만 높고 깊게 흐르는 듯한 선비정신 더듬기가 하나의 은밀한 밑그림을 이루고 있다고도 할 수 있다.

여덟 번째 시집 『내 마음의 풍란』은 앞의 시집들이 안고 있는 명제들을 복합적으로 아우르면서 뚜렷한 가치관의 부재와 진실을 담기 어려운 언어, 미궁 같은 삶에 대한 성찰들을 담았다. 이 때문에 나를 둘러싸고 있는 풍경들의 일천함, 현실의 비속함으로부터 벗어나려는 조용하지만 완강한 몸부림(때로는 비실재적인 현상에 대한 그리움)을 되풀이했다. 이 무렵에는 안으로 다져 넣은 형이상학적 고뇌, 더 나은 삶에의 추구와 초월 의지는 들여다볼수록 또렷해지는 묘미를 찾아 나서곤 했다.

등단 30년을 맞아 발간한 아홉 번째 시집『이슬방울 또는 얼음꽃』은 줄기차게 천착해온 서정적 자아의 본질 탐구, 초월적 진리인 '그'에게로 다가가려는 간절한 몸짓, 그러나 거기에 가 닿지 못한 속세의 범부가 겪는 실존적인 불안과 우울 등이 주된 흐름을 이루고 있다. 혼탁한 '세상살이의 길'과 그 가운데서 꿈꾸어보는 '초월에의 길' 사이에서 비틀거렸지만, 현실에 대한 '반발의 정신'이 개입되기도 했으며, '일상적인 길'을 뛰어넘어 본질적이고 이상적인 '초월의 길'을 추구했다.

열 번째 시집『화화나무 그늘』은 주로 시적 행로가 내면의 어둠에서 자연 속의 그늘로 나오는 과정과 경위를 표출하는 데 주어졌다. 내면적인 자아가 자연에 놓이는 자아로 이행하는 사유의 변주들이라고 할 수 있다. 한없는 자기 낮추기와 작아지기를 통해 불순하고 뒤틀린 세계를 뛰어넘으려는 초월에의 꿈과 오래 열망해온 '그'에게 다가서려는 몸짓은 낮으면서도 완강한 빛깔을 띠는 건 내 시가 끌어안고 있는 '밑그림'이라 할 수 있다.

열한 번째 시집『침묵의 푸른 이랑』(민음사)과 열두 번째 시집『침묵의 결』(문학과지성사)은 '침묵'에 들기와 떠받들기를 중심으로 '비우기'와 '지우기', '내려놓기'를 화두로 삼았다. 자신을 들여다보는 시간을 늘리면서 말에 대한 외경심이 커지기도 했다. 세상의 말들이 때로는 걷잡을 수 없는 '수다'로 들리고, 그 소음들 속을 어쩔 수 없이 헤매면서, 막스 피카르트의 침묵의 형이상학에 관한 글들이 새삼 마음을 사로잡고 있었기 때문인 것도 같다.

이태수는 언어를 통해서 언어를 넘어선 침묵의 세계를 동경하거나 성스러운 침묵의 언어를 탐구한다. 물론 그의 탐구는 절대적인 '무無'와 초월의 세계에 이르기 위한 것이 아니라 세속적 현실의 세계로 돌아오기 위한 것이다. 마찬가지로 그것은 시의 언어를 떠나기 위한것이 아니라 진정한 시의 언어로 귀환하기 위한 것이다. 그것은 "침묵의 한가운데서", "또 다른 침묵으로 가는 길 위에서" 태어나는 시의 언어는 "침묵만이 말의 깊은 메아리를 낳"기 때문에 자유와 해방을 위해서 언어는 언제나 침묵과의 긴장 관계를 잃지 말아야 한다는 것이다.

문학평론가 오생근 선생님(서울대 명예교수)의 시집 『침묵의 푸른 이랑』 해설 중의 한 부분이다. 열두 번째 시집 『침묵의 결』의 표사에 다음과 같이 썼다.

침묵은 말이 그치는 데서 시작된다. 하지만 침묵은 말이 그치기 때문에 시작되는 건 아니다. 그때야 비로소 분명해지므로 오늘날 은폐돼 있는 침묵의 세계는 말을 위해서라도 다시 분명하게 드러나야 한다. 진정한 말이 눈뜨는 미지의 세계를 품고 있는 침묵은 그 속에 끌어안고 있는 사물들에 신성한 힘을 부여하며, 그 존재성이 침묵 속에서 강화되게 마련이다. 침묵은 늘 제자리에 그대로 있지만, 말은 침묵 없이 홀로 있을 수 없고, 그 배경 없이 깊이를 가질 수도 없다. 말은 침묵에서 나와 다시 침묵으로 되돌아간다. 그러나 침묵은 언제나 절대적인 말을 잉태한다. 시 쓰기란 그 절대적인 말, 신성한 말을 찾아 나서는 일, 침묵 속으로 깊숙이 들어가 그런 말들을 끌어안고 나오는 몸짓이 아닐는지…….

이 시집 해설에서 '예술과 자연, 하나 되다'라는 주제로 쓴 문학평론가 김주연 선생(숙명여대 석좌교수)의 해설 중 한 부분을 인용해 본다.

> 시력 40년의 중진시인 이태수의 근작 시집 『침묵의 결』은 신과 자연, 자연이 함축하고 있는 언어, 인간의 언어와 비인간의 언어 등 이 세계의 본질과 현상에 대한 많은 문제들을 불러 놓는다. 〈중략〉 시인의 소망은 '신성한 말'이다. 그러나 그 말은 멀리서 희미한 빛을 보일 따름이어서 시인은 안간힘으로 그저 길을 나설 뿐이다. 〈중략〉 자연/신성/ 침묵의 포괄항은 때로 시끄러운 인간 세상마저 뒤덮으면서 신성성의 세계를 준다. 인간의 언어로 조직되어 있으면서도 끊임없이 신성을 환기시키는 이태수 시의 핵심은 결국 이러한 명제 둘레를 맴돈다. 〈중략〉 그러나 시인은 절망하지 않고 그 풍경들을 "끌어당긴다." 말을 잃었으나 자연 속의 신성을 기웃거리는 모습은 새로운 소망을 예감케 한다.

열세 번째 시집 『따뜻한 적막』은 '침묵'이 중심 화두인 시집 『침묵의 푸른 이랑』, 『침묵의 결』에 이어 내놓은 시집으로 '적막'을 따뜻하게 끌어안는 마음의 그림들을 진솔하게 담았다고 할 수 있다. 등단 이후 오랜 세월 '초월'을 기본명제로 더 나은 세계 꿈꾸기로 일관해온 것 같지만, 2010년대 들어서는 신과 자연, 자연이 함축하는 언어, 인간의 언어와 비인간의 언어 등 이 세계의 본질과 현상에 천착하면서 신성 환기에 무게 중심을 두어왔던 것 같다.

『따뜻한 적막』은 자연과 어우러진 심상 풍경들을 겸허하고 신성한 언어로 감싸 안고, 적막한 현실 너머의 따스한 풍경에 다가가거나 그 풍경들을 끌어당겨 깊이 그러안으려는 형이상학적인 꿈의 무게를 실어보았다고 할 수 있다. 마음을 내려놓고 비우노라면 적막마저 그윽해진다는 느낌이 확연해지기도 했다. 해설을 통해 문학평론가 김인환 선생은 "시인은 침묵과 적막 속에서 근거 자체에 대한 믿음을 확인한다. 궁극적 근거를 굳게 믿고 있다는 점에서 시인의 적막은 따뜻한 적막이다"라고 했다, 이 시집이 마음 가난하고 적막한 사람들 가까이 다가가 따뜻한 위안이라도 될 수 있었으면 한다. 근래에는 외로움이나 쓸쓸함, 허무와 무명마저도 따뜻하게 끌어안아 착색해보려는 시도를 하고 있다. 요즘은 '위무와 위안의 시', 낮은 목소리로 따뜻한 세계를 지향하는 '긍정의 시'를 빚어 보려 하고 있다.

연변문학의 어제와 오늘

석화 /중국조선족시문학의 흐름

우상렬 /중국 조선족 문학 흐름 스케치

시

석화 /밥이시여 외

소설

우광훈 /추억이 아닌 어느날의 기억

최국철 /제5의 계절

석 화   우상렬   우광훈   최국철

중국조선족 시문학의 흐름

석 화

(시인, 중국 연변)

1. 들어가며

중국조선족은 100년 남짓한 역사행정에서 한반도 한민족의 문화를 계승함과 동시에 중국이란 특정된 사회적 환경에서 기타 민족의 문화를 받아들여 한반도 민족문화와도 구별되고 중국의 전통적 문화와도 구별되는 중국조선족만의 독특한 문화를 형성하였다. 이를 기반으로 형성된 중국조선족문학은 그 발전과정을 대체로 다음과 같은 네 단계로 나누어 볼 수 있다.

첫 번째 단계는 이주초기부터 1930년대까지이다. 이 시기는 한반도와 문학적 상상력이 동일한 이민문학의 단계라 할 수 있다. 중국조선족은 일제강점기라는 특수한 상황에서 우리 민족의 구성원이었던 사람들이 두만강, 압록강을 건너와 형성되었다. 그러므로 그 당시의 문학적 상황은 한반도의 그것과 별반 차이가 없었다. 당시 중국조선족문단에서 활약하던 문인들 대부분은 조선반도에서 망명해온 문학가들이었다. 그러므로 이 시기의 주된 문학적 내용은 고국과 고향을 그리워하거나 나라 잃은 슬픔을 토로하는 것이었다.

1930년부터 1945년 광복이전까지의 문학을 두 번째 단계로 볼 수 있다. 이 시기 중국조선족은 중국의 다른 소수민족들과 공동으로 동북을

개발하고 제국주의, 봉건주의 세력을 반대하는 투쟁을 전개해 나아갔다. 이 시기 역시 일제에 의한 착취와 억압이 성행하던 때였다. 그런 까닭에 일본제국주의를 반대하는 항일문학, 향토문학이 나타나기 시작했다. 그와 더불어 이주민으로서의 강한 정착의식, 망향의식 등 초기의 이주민들의 생활의 애환을 토로하는 내용들이 주류를 이루고 있었다. 이 시기까지만 하여도 한반도의 한민족문학적인 특성을 잃지 않고 있었다.

세 번째 단계는 1945년 '8·15'해방 후부터 1949년 중화인민공화국이 창건될 때까지로 과도기문학이라고 할 수 있다. 광복은 중국대륙에 거주하던 조선반도의 수많은 이주민들이 고국으로 돌아가게 하였다. 그 대열에는 용정이나 신경을 축으로 문학활동을 하던 많은 문인들도 끼어 있었다. 이러한 변화는 한민족문학의 자생력을 상실하는 계기가 되었다. 또한 이 시기는 중국과 한반도 남과 북에서의 정치적 상황이 급변했던 까닭에 문학적 환경도 그에 따라 변하게 되었다.

네 번째 단계는 1949년 새 중국이 창건된 이후 중국조선족 나름의 고유한 문학이 형성된 시기이다. 중국에서 새로운 정부가 수립되자 중국조선족 대부분은 중국의 공민이 되었다. 그런 까닭에 중국조선족문학은 한반도문학과는 다른 이들만의 고유한 특성을 갖게 되었다.

위에서 살펴본 바와 같이 중국조선족문학은 그 내용과 형식에 있어서 이중적 성격을 함유하고 있다. 언어와 문학적 근원에서는 한민족의 고유한 정신을 갖고 있었지만 사회적 환경은 중국의 정치, 경제, 문화생활에 적응하면서 중국문학을 수용하는 형편이었다. 그러나 이중성격이라고 하여 두 가지 특성이 동등한 위치에 놓여 있다고는 볼 수 없다. 이민 초기에는 조선반도의 문학적 특성이 주류를 이루었던 반면에 정착단계에 들어서는 중국문학의 특성이 증가되었다. 그것은 중국조선족 문학의 내용만 놓고 보더라도 주요하게는 중국의 정치, 경제, 사회생활을 반영하고 있으며 또 중국조선족문학으로서의 자체적 특성들을 가지고 있기 때문이다.

상기 시대, 역사적 배경을 전제로 중국조선족시문학의 흐름을 1930년대~40년대의 김조규 시인, 1945년 광복과 1949년 중화인민공화국 성립 이후의 리욱 시인 그리고 1990년대와 2000년대를 걸치는 새로운 역사시기의 석화 시인 등 세 시인의 경우를 들어 살펴본다.

2. 김조규 시인의 경우

시인 김조규(金朝奎)는 1914년 1월 20일, 조선 평안남도 덕천군 태극면 풍전리(德川郡 太極面 豊田里)에서 목사 김영덕(金明德)의 7남 5녀 중 차남으로 태어났다. 1920년 녕원보통소학교에 입학하였고 향리에서 소학교를 마친 그는 1926년 맏형 東奎를 따라 평양 숭실중학교에 입학하였다. 그가 공부한 숭실은 '을사조약반대운동', '105인 사건', '조선국민회사건', '3·1운동', '광주학생운동' 등에 동참하면서 1938년 일제가 강요한 '신사참배'를 거부하여 폐교되기까지 투철하고 일관된 민족운동을 전개한 학교이다. 숭실은 또 양주동 박사를 비롯하여 작가 이효석과 같은 인물들이 교편을 잡고 있던 학교로서 소설가 황순원, 시인 김현승, 민병균, 황성수 등 한국현대문학의 주역을 담당하였던 문인들을 배출한 학교이다.

이와 같이 민족적 각성과 문학적 분위기가 짙은 교정에서 감수성을 키워 시인의 길을 걷게 된 김조규는 1931년 10월 5일 숭실중학시절 《조선일보》에 시 「연심(戀心)」을 발표하고 같은 해 잡지 《東光》 현상공모에 시 「검은 구름이 모일 때」가 1등으로 당선되며 시를 쓰게 되었다.

1937년 함경북도 성진 보신학교에 와서 교편을 잡은 김조규는 관서지방 문인들에 의하여 창간된 문예동인지 《단층》과 《맥》에 「貓」, 「海岸村의

記憶」 등 모더니즘 경향의 작품을 발표하며 활동하였다.

1930년대 말에서부터 1945년 8·15광복에 이르는 시기는 조선에 대한 일본제국주의의 침략과 탄압이 극에 달하는 시기였다. 1941년 12월 8일에는 진주만의 미군함대를 습격하여 태평양전쟁으로까지 확대되었다. 이러한 정세 하에서 일본과 만주의 중간지점이 된 조선은 일제의 대륙침략의 병참기지로서 중요한 위치에 놓이게 되었다. 일제는 조선의 식량과 자원을 약탈하여 전쟁의 수요를 충족시키는 한편 내선일체(內鮮一體), 국체명징(國體明徵)을 내세워 조선민족을 철저하게 황민화 시키려고 하였다.

이와 같은 상황에서 조선 문인들이 당시 조선 땅에서 문학활동을 한다는 것은 거의 불가능하게 되었다. 이중에는 당국의 종용에 의하여 일본어로 작품을 쓰긴 했으나 내용은 민족의 마음을 담은 김사량과 같은 작가이거나 시국적인 제재와 상관없이 신변잡기를 써나가면서 조선어를 갈고 닦은 이태준과 같은 작가 그리고 완전한 침묵은 허락되지 않은 탓으로 극히 적은 작품만을 쓴 이기영과 같은 작가들이 있었으나 대부분 작가들의 앞에는 일제의 강요에 따라 친일문학을 하거나 붓을 꺾고 문단에 나가지 않거나 그렇지 않으면 아예 조선 땅을 등지고 국외로 떠나가는 길이 남아 있을 뿐이었다.

여기서 김조규가 택한 길은 만주행이었다. 조선 국내에서는 일제의 탄압으로 조선어 사용이 전면적으로 금지되고 민족적인 신문, 잡지가 무더기로 폐간, 정간되면서 문학활동의 터전을 박탈당하는 상황이 펼쳐졌지만 이에 대비해 만주국은 상대적으로 우리말과 글의 사용이 허용되는 공간으로서 이는 당시 조선인 작가, 시인들이 자기 글로 창작할 수 있는 유일한 장소였고 말 그대로 마지막 숨통이고 탈출구였다. 그는1938년 초봄, 만주 간도로 건너가 조양천농업학교에서 영어와 어문을 가르쳤다.

벌판우에는
갈잎도 없다. 高粱도 없다. 아무도 없다
鐘樓너머로 하늘이 끊어져
黃昏은 싸늘하단다
바람이 외롭단다
머얼리 停車場에선 汽笛이 울었는데
나는 어데로 가야하뇨?
....

— 庚辰 11月 —
— 〈延吉驛 가는 길〉 부분, 《조광》 63호, 1941. 1.)

김조규의 만주체험시에서 '역'은 '열차'와 함께 자주 나타나는 소재이다. 역은 만남과 이별의 장소이고 만남과 이별은 인간생활에서 매우 보편적인 현상이다. 그러나 어쩔 수 없는 상황에서 떠나야 하는 이별과 다음의 만남을 기약할 수 없는 이별은 너무나 슬픈 것이다. 그리고 이 일방적인 이별을 열차가 수행하고 있다. 열차는 만남의 기쁨도 실어오지만 조국과 고향에서 쫓겨 떠나는 유랑민들에게는 만남의 기쁨이 있을 수 없었던 것이다. 이 시에서 "연길역"으로 가는 길에는 "아무도 없다." 그 우수에 넘실대는 "갈잎"도 만주 땅 지천에 널린 "고량" 마저도 없다. 빈 벌판 그리고 "바람마저 외로운" 공허(空虛)일 뿐이다. 멀리 기적은 울지만 나는 갈 곳이 없다. 유랑과 방황은 이렇게 끝 간 데 없이 이어지고 있다. 목적이 없고 기다림이 없고 즉 다시 "아무도 없다." "종루 너머로 하늘이 무너져 내려" "바람이 유달리 찬 이 저녁" 시적 화자는 이미 열차가 떠나버린 빈 역두를 배회하면서 "외롭지 않으련다. 조금도 외롭지 않으련다."라고 자신에게 말을 건다. 이 아이러니한 장면은 역으로 끝없이 외로운 주인공의 심적 상황을 보여주는 것으로 김소월의 "나보기가 역겨

74 | 문학풍류 2017 · 봄 · 여름

워 가실 때에는/ 죽어도 아니 눈물 흘리오리다."와 정서적 맥이 닿아있다.

1942년(강덕 9년) 10월 김조규가 편찬한 《재만조선인시집》이 연길 예문당에서 출간되었다. 박팔양, 김달진, 유치환, 함형수 등 당시 만주국에 거주하고 있던 시인 13인의 작품 50여 수로 묶은 이 시집은 같은 해 9월 박팔양이 편집하고 제1협화구락부문화부에서 발행한 《만주시인집》과 더불어 40년대 상반기 우리 겨레 시문학의 귀중한 자료가 되고 있다. 특히 일제의 태평양전쟁의 확대로 조선 한반도 전체가 일제의 병참기지로 전락되고 전반 조선문화가 말살되던 당시 상황에서 간도와 만주에서 우리 글로 시집이 발간되었다는 것은 특별한 의미를 지니는 것이었다.

1945년 3월경 조선 평남 향리로 돌아온 김조규는 고향에서 '8·15광복'을 맞게 되며 1947년 9월 조선신문사에서 첫 시집 《동방》을 간행하였다. 1948년 김조규는 평양예술대학 교수로 교단에 서게 되었다. 1950년 '6·25동란'이 일어나자 종군작가단에 소환된 김조규는 병사들과 같이 경북 영천지구에까지 종군하였다. 1951년 김조규는 전선에서 돌아와 조선작가동맹출판사 주필을 맡았으며 같은 해 이 출판사에서 전쟁종군의 경력을 담은 시집 《이 사람들 속에서》를 발간하였다. 1952년 3월 조선인민중국방문단 부단장 신분으로 중국을 방문하고 「조선의 형제들이 왔다」 등의 시를 썼고 12월에는 오스트리아 수도 원에서 열린 세계인민평화대회에 대표로 참가하고 「브람쓰의 동상 밑에서」 등 시를 썼다.

1954년 3월 조선작가동맹중앙위원회의 기관지 《조선문학》(월간)의 책임주필을 맡았고 1956년에는 흥남 지구에 파견되어 룡성기계공장에서 노동하면서 시 창작을 하는 한편 공장의 문학 서클를 지도하였다. 1959년 9월 조선작가동맹중앙위원회로 돌아왔다가 1960년 다시 지방에 내려가 량강도 혜산진창작실에 소속되어 창작활동을 하면서 1990년 12월 3일 심장병으로 타계할 때까지 그 곳에서 생활한 것으로 전해지고 있다.

부인 김현숙 여사와는 슬하에 2남 6여를 두었다.

시인은 식민지 조선, 유랑의 땅 만주 그리고 해방 후 조선의 사회체제 등 여러 사회환경 속에서 생활해 오면서 시작품에서도 그만큼 다양한 변모양상을 보여주었다. 특히 민족이 남과 북으로 갈라진 뒤 그의 시적 행적은 민족시단의 변화상을 극명하게 보여주는 하나의 예제가 되며 우리 민족시단의 발전 상황을 파악하고 그 법칙성을 연구하는 데 좋은 자료가 된다.

김조규 시인과 그의 시작품은 "식민 상황과 분단 상황이라는 우리 현대사의 질곡을 가장 처절하게 앓다가 간 시인"으로 이제 한겨레의 하나로 되는 통일문학사를 써가는 길목에서 우리들에게 좋은 안내자가 될 것이라는데 그 의의가 있다.

3. 리욱 시인의 경우

리욱(李旭 원명: 리장원 李章源)은 1907년 7월 15일 러시아 블라디보스토크 신안촌(고려촌)에서 출생하였다. 그의 부모와 가족들은 일찍 중국 길림성 화룡현 강장동 일대에 이주하여 살았는데 생활난으로 이리저리 떠돌며 러시아 원동지역에 까지 흘러갔다가 그가 3살 나던 해인 1910년 봄, 다시 중국 길림성 화룡현 로과향 서호촌으로 이주하여 정착하였다.

리욱의 할아버지는 원근에 이름이 높은 한학자로서 마을 아이들을 모아 서당을 꾸렸는데 리욱은 어린 시절부터 할아버지의 슬하에서 《천자문》과 《소학》 및 한시를 공부하였다. 리욱은 1923년 4월 룡정 동흥중학교에 편입하여 공부하였고 이듬해인 1924년, 훈춘 창동학교에서 교직생활을 하는 한편 농촌의 계몽운동에 참여하였다. 그해 처녀작 시「생명의 례물」을《간도일보》발표하며 시작활동을 시작하였다. 이 시기 그는 또 지역신문《민성보》의 기자로 활약하기도 하였으며 시와 소설을 쓰고 일부 작품을 발표하기도 하였다. 리욱은 1936년《조선일보》간도특파기자가 되었고 일제에 의해 1940년 8월《조선일보》,《동아일보》등이 폐간되자 다시 고향에 돌아왔다.

시인 리욱은 1924년에 처녀작인 서정시 '생명의 례물'을 내놓은 때로부터 시가창작의 길에 들어섰다. 1930년대와 40년대 전반기에 이르러 그는 시인으로서의 자태를 뚜렷이 나타내기 시작하였는데 이 시기에 그가 내놓은 주요 작품으로는 「금붕어」(1936년), 「철촉화」(1942년), 「북두성」(1944년)과 같은 서정시가 있다.

시 「금붕어」에서 리욱은 일제 통치하의 암담한 현실 속에서 자유를 갈망하고 진리를 추구하는 시인의 의지와 리상을 간곡히 표출하고 있다. 이 시편에서의 금붕어는 시인의 상징이기도 하다. 이 작품은 닫혀있음과 열려있음의 이항대립구조를 설정하여 어항에 갇힌 금붕어의 이미지와 무한한 자유를 표상하는 넓은 바다의 이미지의 대립으로 식민지치하의 젊은 지식인의 자유와 해방에 대한 갈구를 선명하게 드러내고 있다. 금붕어는 항시 자유 없는 자기의 기구한 운명을 달가워하지 않고 "칠색무지개를 그리며", "붉은 산호림"을 "까만 안공에 불을 켜고" 애타게 찾고 있다. 대해 속에서의 "붉은 산호림" 그것은 시인이 못내 동경하던 자유로운 리상의 동산을 상징한 것이다.

> 백공작이 날개 펴는
> 바다가 그립고 그리워
> 항시 칠색무지개를 그리며
> 련꽃항아리에서
> 까무러진 상념에
> 툭―툭― 꼬리를 친다

안타까운 운명에
애가 타고나서
까만 안공에
자주 황금갑옷을 떨치나니

붉은 산호림 속에서
맘대로 진주를 굴리고 싶어
줄곧 창 너머로
푸른 남천에
희망의 기폭을 날린다

— 1938년 연길에서

1942년 그는 리학성(李鶴城)이라는 이름으로 연길에서 김조규가 편집, 발간한 시집 《재만조선인시집》에 「나의 노래」, 「철쭉화」, 「오월」 등을 발표하였다.

1945년, 고향에서 광복을 맞은 그는 자기의 필명을 다시 '해 뜨는 모양', '득의(得意)한 모양'의 '아침 해 욱(旭)'으로 바꾸고 새로운 시대의 문단에 등장하였다. 1956년 중국작가협회에 가입하고 1957년 시집 《고향사람들》(북경 민족출판사), 장시 《연변의 노래(한문)》(북경 작가출판사)를 간행하였고 1959년 시집 《장백산하》(북경 작가출판사)를 간행하였다.

시인 리욱은 1984년 장편서사시 「풍운기」 제2부의 집필 중 뇌익혈로 돌아가셨다. 향년 77세였다. 1924년 처녀작 서정시 「생명의 례물」을 《간도일보》 발표하며 시작활동을 시작한 시인은 70여년의 인생에서 옹근 60년을 중국조선족시문학발전에 이바지하였다.

중국조선족시문학 정초자로서 시인 리욱의 작품은 중국조선족시문학

연구의 소중한 텍스트가 되며 이에 대한 진일보의 연구는 중국조선족시 문학의 과거와 현재를 올바로 기록하는 것과 함께 미래에 책임지는 과 제와 겹쳐있다.

4. 석화 시인의 경우

석화(石華. 1958년생)는 새시기 중국조선족의 대표적 시인의 한 사람이다. 1982년 연변대학교 조선언어문학부를 졸업한 후 그는 줄곧 방송국, 출 판사 및 잡지사의 문예편집에 종사하면서 《나의 고백》, 《꽃의 의미》, 《세 월의 귀》, 《연변》 등 시집과 《시와 삶의 대화》, 《윤동주대표시 감상과 해 설》, 《김조규시연구》 등 평론집, 《갈채하는 숲(한중대역시집)》, 《담욱동 동화시집》, 《병법36계》 등 번역서를 냈으며 「어머님 생각」, 「동동타령」, 「노래를 부릅시다」 등 천여 수의 가사와 「살며 생각하며」 등 수백편의 수 필을 발표하였는바 석화의 왕성한 작품 활동은 중국조선족 200만 동포 들 속에서 강렬한 반향을 불러일으키며 평론계와 학계의 상당한 주목을 끌고 있다. (최삼룡. 《새시기 중국조선족의 대표적 시인 석화》)

석화 시인의 1990년대 작품들은 그 내부에 '시골 / 도시'의 이분법을 간직하고 있다. 이 이분법은 당시의 급격한 사회변동에 따른 도시화, 자 본주의화 붐을 시작품 속에 수용하면서 생성된 것이다. 그이 시에 나타 나는 문화적 충격 경험은 개혁개방이 그가 속한 조선족 사회의 결단에 의한 것이라기보다는 중국 정부의 결단에 의한 것이다. 도시화가 가져 온 도시 문화는 자본주의 도시문화이며 그 급속한 확산은 토착적인 공 동체의 문화의 상실과 변화를 수반하게 마련이다. 도시화 확산 속에서 는 공동체 문화가 들어설 자리가 없다. 문화란 원래 공동체의 기억, 공 동체의 가치관, 공동의 윤리와 결부되어 있다. 공동체 문화의 위기와 불안은 이 가치관 윤리관의 위기를 자아낸다. 가치판단이 공동체의 문화에 근거하고 있다고 볼 때, 그 문화의 혼란, 위기는 곧 가치관, 가치 판단의 위기로 이어진다. 석화의 도시경험의 시가 보여주는 여러 혼란과 비판적 거리두기 가치판단은 모두 그가 속한 공동체의 문화, 전통과 관계 깊다. 문화란 공동체에 주어진 삶의 가치 전체에 의해 결정되는 것이다. 이렇게 볼 때, 그의 시에 나타나는 도시의 소비문화에 대한 비판적 태도는 충분히 이해할 수 있다. 그의 시에 나타나는 도시 문화, 도시의 개인주의적 소비문화에 나타난 그의 태도는 비판적인데 그것은 당시 중국 사회에 확산된 서구의 포스트모더니즘(그의 시에 등장하는 용어) 물화에 대한 그 나름의 비판이라고 할 수도 있다. 포스트모더니즘 속에서 공동체 문화는 발을 붙이기 어렵다. 석화 시가 조선족 사회에서 큰 호응을 얻을 수 있었던 것은 그의 시가 조선족 사회의 당대적 느낌을 대변하고 있었기 때문일 것이다.

석화 시의 가치관, 윤리, 문화의 근거는 바로 그가 속한 소수 민족 공동체의 집단적 기억이라 할 수 있다. 그의 시 중에는 가족의 기억, 공동체의 역사와 문화를 다루거나 독자에게 이야기로 전하는 형식의 시가 많다. 그의 시들을 연대순으로 읽어보면 거기에 몇 가지 특징적인 계열이 있음을 볼 수 있다. 각 계열의 시는 시간적 계기에 따라 반복, 변주되면서 그 안에 수많은 차이를 만들어 내면서 전개된다. 그 계열은 대체로 1) 자기 고백, 자기 인식으로서의 시: 자신의 개인적 삶을 성찰하거나 사랑을 노래한 여러 편의 시가 이 계열에 속하며 이 계열의 시는 명상시로 변주되기도 한다. 2) 도시 체험을 다룬 시: 1990년대 이후의 시에서 나타나는 도시적 경험의 시들. 3) 자연과의 교감을 노래한 시: 석화의 큰 흐름을 형성한다. 수적으로 우세함(예: 「하늘과 나무와 이야기」 등) 4)조선족의 역사 문화에 대한 상념을 표현한 시: 초기작 「돌이 많은 고장에서」에 이어지는 시들(「모아산」, 「우리말, 우리라는 말」 등) 등 네 가지로 요약해 볼 수 있다.

이 네 계열 중에서 4) 조선족의 역사, 문화에 대한 상념을 표현한 시 계열은 그 수는 적지만 그의 작품의 기저를 이루고 있다. 이 방면의 작품은 초기작 「돌이 많은 고장에서」 연작에서부터 시작되고 있는데 그 특성은 이 연작 속에 잘 드러나 있다. 이 연작은 '장군묘, 완도산성, 호대왕비' 등의 역사 유적이 있는 '집안, 현성'의 자연 '말이 없는 유적'과의 마음속의 대화를 다룬 것이다.(고구려, 발해의 역사 유적에 대한 상념을 다루고 있는 이 계열의 시는 최근작 「돈화 역에 내리면」(「연변」 연작의 일부)에서도 볼 수 있다. 3) 자연과의 교감을 다루고 있는 시계열의 시들은 석화 시의 서정적 바탕을 이루고 있다. 그의 시에서 자연은 현실의 번민에서 벗어나 마음의 위안(평화)과 기쁨을 주는 존재, 마음속으로 서로 교감하고 대화를 나눌 수 있는 친구와 같은 존재, 섭리와 이치를 깨닫게 해주는 존재 등의 의미를 지니고 있다. 자연은 그가 자주 관심을 기울이는 소재이자 주제이다. "능금나무 한 그루 / 뜨락에 옮겨놓고 / 사는 법을 배운다//(――)//마가을 찬바람엔/ 남은 잎사귀마저 다 뿌려주고 / 함박눈이 쏟아져도 / 그런대로 / 칼바람이 불어와도 / 그런대로 / 맴 몸에 빈가지로 말없이 서서 / 다시 올 봄의 꿈을 / 조용히 펼쳐가는 // 능금나무 한 그루"(「사는 법」, 140–141쪽)

계열 1) 자기고백, 자기인식으로서의 시 역시 초기시에서 비롯되고 있다. 초기의 '개체생명'의 인식과 자각을 다룬 시들은 자기 삶에 대한 '명상'의 시로 변주되기도 한다. 그의 시에는 명상이란 단어가 자주 등장하며 '명상시'가 적지 않다. 이 명상시의 주제의 하나는 노자나 장자의 철학을 연상시키는 '비움의 철학'이다. 이 방면의 시를 보면 초월적인 보다 큰 자아완성, 인간적 위엄을 지키기 회한 현실로부터의 초연 등의 모티부를 볼 수 있다.("그대 / 비움으로써 / 가득 참에 이르는 / 항아리여 // 언제 바라보아도 / 당당한 모습 / 가득차서 탐냄이 없고 / 비여있다 하더라도 / 슬픔이 고이지 않는 / 항아리여"(「항아리여」, 115쪽))

계열 2) 도시체험을 다룬 시 계렬은 이미 언급한 바와 같이 1990년대 작품에서 그 얼굴을 드러낸다.

석화는 조선어(한국어)로 시를 쓰는 시인으로 그의 '우리말'에 대한 애정은 각별하다. 우리말을 주제로 한 다음과 같은 시를 보라.

어머니의 품속에서
숨결로 이어지고
아버지의 눈빛을 거쳐
온 세상 만물의 이름 지으며
해
달
별
천만년을 이어온
그 빛발과 같이
또 다시 천만년을 이어갈
우리말

– 「우리말, 우리라는 말」, 시집 『연변』 100쪽

석화의 시는 조선족의 역사와 문화, 오랫동안 함께 살아온 가족, 이웃, 농경사회의 공동체, 그리고 연변지역의 아름다운 자연에 바탕을 두고 있다. 그의 자기인식은 그 공동체 속에서의 자기인식이라고 할 수 있으며 가치관과 윤리의식도 그 공동체와 이어져 있다. 물론 그는 자신이 조선족이지만 중국 국민의 일원이며 "각 종족이 서로 언어는 다르지만 중국이라는 한배를 탄 시민"이라는 사실을 누구보다도 잘 인식하고 있다.(중국의 장강 하류를 여행하면서 쓴 작품 「한배를 타고」에 특히 그런 시민의식이 잘 드러나 있다.) 그러나 그의 시가 그의 생활의 근거지인 중국

동북지역의 소수민족인 조선족의 경험과 조선어에 바탕을 두고 있다는 점에서 그의 시문학은 중국의 공용어문학과는 다른, 그 나름의 지역성을 강하게 띤 작품이라고 할 수 있다 농촌공동체의 일상 생황에 바탕을 둔 서정시, 농경사회적 상상력, 휴머니즘의 옹호 등은 그의 시의 중요한 특성이다.

2000년대 이후에 발표된 「연변」 연작시 31편은 석화의 30 여 년의 창작생활의 중요한 결실이다. 시집 『연변』에는 이 연작 직전의 작품도 다수 수록되어 있지만 이 연작은 31편의 작품으로 구성된 대작이라는 점에서 주목할 만하다. 여기서 '연변'은 중국의 길림성 연변조선족자치주라는 지리적 공간과 그 곳의 '주민-생활-문화'의 전체를 의미한다. 이 연작에는 앞에서 언급한 몇 가지 시 계열이 반복, 확대, 변주되고 있는데 이 연작을 관통하는 주제가 있다면 그것은 당대 중국 사회 속에서의 연변사회의 변화상과 '큰 변화의 바람'속에 놓인 그 조선족사회에 대한 불안과 조선족문화의 정체성문제이다.

시인이 노래하는 '연변'의 얼굴은 다양하다. 연변은 우선 "봄이면 진달래가 '천지꽃'이라는 이름으로 다시 피어나고, 용드레 우물가에 키 높은 버드나무가 늘 푸르고, 할아버지는 마을 뒤산에 잠들어있고 아이들이 공부가 한창인 곳, 백두산 이마가 높고 두만강이 철리를 흘러 내가 자랑스러운 곳"이다.(「연변·1」) 기차가 이곳으로 들어오면 기적소리도 중국어 발음과 조선어 발음 두 가지로 울고, 거리엔 중국노래와 한국노래가 함께 들리고, 거리엔 온갖 옷차림과 온갖 빛깔의 새로운 바람이 공존한다.(「연변·2」) 시골의 "백도라지가 시장으로 와서 온갖 색깔로 변해 "칼라 도라지"로 바뀌는 곳이고(「연변·8」 이 작품은 "도라지"의 고유성이 시장에서 변화, 왜곡되거나 인종적문화의 차이로 인해 오해되는 사실을 다루고 있음.) 사과배라는 특산물이 나는 고장이다.(「연변·7」 "사과배"는 이 지역의 문화적 혼종성과 고유성을 함께 드러내는 상징이다.)

이 「연변」 연작은 석화 30년 창작생활의 중간 귀착지가 어딘지 보여주고 있다. 이 연작은 변화하는 중국/연변 속에서의 일상적 경험에 충실한 시로서 그 변화에 대한 시적 대응의 산물이라 할 수 있다. 개혁개방 직후 시장경제의 도입으로 인한 사회적 혼란에 관심을 기울였던 그는 이제 급변하는 연변의 현실에 관심을 집중하고 있으며 그 결과 작품 세계가 더욱 풍성하고 다양해지고 있다. 그의 '연변 연작' 31편은 조선족 서정 시인으로서의 그의 문학적 역량을 생생하게 드러낸 작품이다. 이 연작의 주제의 하나는 간단히 말해 산업화, 도시와, 인구의 도시 유출, 세계화, 시장경제의 일상화 등 급변하는 내외의 환경 속에서 연변 조선족 사회의 현재의 변화상과 조선족 문화 공동체의 문화적 정체성에 대한 것이라 할 수 있다. 시인은 이 연작에 이르러 중국조선족 사회의 문화적 정체성 문제를 심도 있게 집중적으로 탐구하고 있다.

5. 나가며

중국조선족문학은 100여 년의 발전노정을 통해 현실적으로는 비록 중국 내에서 소수민족문학의 하나로 간주되고 있지만 한민족문학으로서의 전통과 특징을 보유하여 오면서 우리 민족의 작가군체(作家群體)가 우리의 언어로 제작한 문학이라는 이유로 민족적 관점에서는 한민족문학의 범주에 포함하는 '한민족문학'의 한 부분으로 되고 있다.

중국조선족문학이 한반도의 우리 민족문학과 결코 분리될 수 없는 것은 "중국조선족과 조선반도의 인민들은 한 핏줄을 타고난 동족으로"서 여러 "사회역사 발전단계를 함께 경유하면서 민족문학을 찬란하게 꽃피워 왔기 때문"이다.

중국조선족문학은 현재까지 100여 년간 중국 동북부지역을 중심으로 이주와 개척, 정착에 이르는 장구한 역사과정을 겪으면서도 본체인 한

민족문학에서 유리된 적이 없으며 부동한 정도나마 그 발전의 행보를 같이 하여 왔다. 이러한 의미에서 간도와 만주에서 진행된 우리문학 그리고 이를 토대로 발전하여 오늘에 이른 중국조선족문학의 100년 노정에 대하여 면밀한 검토와 연구를 진행하는 것은 그만큼 의미 있고 절실한 문제가 될 것이다. 중국조선족시문학의 흐름도 이 연장선에서 고찰되어야 할 것이다.

중국조선족 문학흐름 스케치

– 소설을 중심으로

우상렬

1. 여는 말

중국조선족 문학은 조선족이 남부녀대에 쪽박 차고 이민 온 역사[1]를 감안할 때 적어도 1세기 반의 역사를 꼽을 수 있겠다. 빈털털이 그 자체였지만 문학적인 비유로 그 '쪽박'에는 옛말을 담고 왔으니 말이다. 그러나 본격적인 문학활동은 그래도 1949년 현재 중국, 이른바 새 중국이 성립되고부터인 줄로 안다. 어떤 의미에서 그 이전의 문학이 한민족 공동체험의 공유의 문학이었다[2]면 그 이후의 문학은 중국조선족 고유의 독특한 문학이기 때문이다. 그래서 본고에서는 바로 이 '독특한 문학'을 다루도록 한다.

중국조선족의 이 '독특한 문학'은 파란곡절을 겪었음에도 불구하고 많은 성과를 거두었다. 그런 만큼 이 제한된 편폭에서 일일이 다루기에는 미흡하다. 그래서 본고에서는 소설에 초점을 맞추어 이 시기 조선족문학의 흐름을 스케치 식으로 대표작들만 살펴보도록 한다.

2. 소설흐름

조선족문학은 중국 현대의 시대적 흐름과 같이 흘러왔다. 따라서 조선족문학의 흐름을 다음과 같은 몇 시기로 나누어 고찰할 수 있다.

---

[1] 황물론 학계에서는 조선족의 중국 정주를 17세기 초반 강홍립이 이끈 조선원군들의 후예로까지 거슬러 올라가기도 한다. 그러나 사실 이들 후예들은 현재 거의 동화된 상태이다. 그런 만큼 조선난민들의 본격적인 이주가 시작된 19세기 중기부터 조선족의 중국 정주를 잡는 것이 바람직하다. 현재 조선족은 이때 정주한 사람들의 후예들이니 말이다

[2] 그래서 한국 현대문학에서 암흑기문학의 공백을 매우는 문학으로 만주 조선인문학을 찾는 것도 지극히 당연한 줄로 안다.

1) '홍색경전'시기

새 중국이 성립된 후 중국 문학은 두 가닥의 기본 특징을 나타냈다. 하나는 송가문학, 다른 하나는 교육문학이 그것이다. 이를테면 새 중국, 새 사회는 분명 낡은 중국-구사회보다 이념, 도덕 등 여러 면에서 우월성을 나타냈다. 그래서 '인민의 대구성'으로서 모택동, 만악의 구사회 대 행복한 새 사회를 노래하는 송가문학이 자연스럽고도 열광적으로 흘러나왔다. 조선족문학에서 김학철의 「새 집 드는 날」, 「뿌리박은 터」, 「번영」 등 중단편소설은 전형적인 보기가 되겠다.

새 중국은 중국공산당이 인민대중을 영도하여 봉건주의, 제국주의, 매판자산계급이라는 3개의 큰 산을 뒤엎은 장거에 다름 아니었다. 여기에는 무수한 혁명선열들의 피어린 투쟁과 희생이 안받침되어 있다. 이로부터 '중국공산당이 없으면 새 중국이 없다'는 선전과 더불어 혁명선열들의 업적을 많이 기렸다. 따라서 이런 혁명역사, 혁명전통을 교육하는 홍색경전문학이 우후죽순처럼 나타났다. 조선족문학도 이런 홍색경전작품들을 선보였다. 조선족문학의 첫 장편소설 김학철의 「해란강아 말하라」가 그 선편을 잡았다. 우선 이 작품의 창작동기를 좀 보자. '이 소설은 피어린, 눈물어린 예전의 간도땅이 오늘의 행복한 연변에 도달하기까지에 걸어온 험난한 길우에 세워진 한개의 리정표입니다.'(제1부의 '머리말')고 밝히고 있다. 작가는 다름아닌 중국조선족의 피어린 투쟁사, 그것도 중국공산당의 영도하에 진행한 투쟁사를 이정표식으로 보여주려는데 있다. 제목 「해란강아 말하라」는 시사하는 바가 크다. 주지하다시피 조선족이 간도지역에 이주하여 정착한 곳은 해란강 유역이다. 그래서 해란강은 중국조선족의 상징으로 되고 있다. 그러므로 '해란강아 말하라'는 '중국조선족아 말하라'로 환치할 수 있다. 그럼 무엇을 말하라 말인가? 다름 아닌 중국조선족이 중국공산당을 따라 얼마나 반제반봉건 혁명을 열심히 했는가를 말하라는 것이다. 「해란강아 말하라」는 김학철의 희노애락을 담은 체험의 문학이 아니다. 그것은 전직작가로서의 김학철이 '선전부에서 임무를 맡겨' '정치의무감'에서 혁명역사나 혁명전통 교육용으로 창작한 것이다. 「해란강아 말하라」는 민족성논리보다는 맑스주의의 계급성논리로 관철되었다. 이를테면 혁명역량으로서 빈고농의 대표인물인 한영수, 임장검과 반혁명으로서 지주부농의 대표인물인 박승화 등등. 이 인물들은 간주이주민으로서 같은 조선민족임에도 불구하고 민족동질성이고 뭐고 떠나서 착취자와 피착취자, 압박자와 피압박자의 진영으로 확연히 갈라진다. 물론 작품에서 빈고농들의 계급의식 및 각성은 자연발생적으로 스스로 이루어지는 것이 아니다. 그것은 '자기의 거대한 세포조직을 늘궈나가던 중국공산당의 뜨거운 손길'이 '뻗어와 닿'았기 때문이다. 조선족은 바로 중국공산당의 영도하에 반제반봉건투쟁을 시련은 있어도 실패는 없는 혁명적 낙관성이 넘치는 승리에로 나아갔다. 그래서 지극히 이념적인 시대메카폰이 될 수밖에 없었다.

조선족의 홍색경전작품에서 또 하나의 대표작은 이근전의 장편소설 『범바위』(사천인민출판사 1962)에서 보게 된다. 『범바위』는 1945년 8월 일제가 투항한 후 혼란스러운 정치적 판도속에서 중국공산당과 국민당이 조선족을 향하여 세력을 뻗쳐오는데 조선족이 어느 쪽으로 기울여지겠는가 하는 갈림길에 놓인 상황을 시대적 배경으로 하고 있다. 이런 배경 하에서 조선족이 중국공산당을 따라 혁명할 수밖에 없는 역사적 필연성을 잘 보여주고 있다. 이를테면 조선족들은 일제가 망한 1945년 겨울 국민당지하토비들의 행패에 살기가 여간 어렵지 않았다. 여기에 국민당군은 조선족 마을인 서위자촌에 쳐들어와 온 마을을 불살라버린다. 실로 조선족의 살길은 공산당을 따라 혁명하는 것밖에 없다. 보다시피 『범바위』 조선족이 '어디로 갈것인가'하는 민족의 운명을 결정하는 관건적인 역사적 고비에 중국공산당을 따라 혁명하며 새롭게 태어나는 장대한 모습을 보여주고 그 과정에서 혁명적으로 성장해가는 주인공들을 그려내고 있다. "범바위"는 주인공들의 혁명적 성장을 통해 '민족자치'니 '민족독립'이요 하는 허황한 꿈을 버리고 오직 중국공산당을 따라 혁명하는 길만이 조선족들이 해방을 맞이하고 행복을 찾는 영광스럽고 정확한 방향이라는 것을 보여주고 있다. 이로부터 혁명뽀에만-사시가 되기에 충분하다.

한마디로 "범바위"는 '중국공산당이 없으면 새 중국이 있을 수 없을 뿐만 아니라 중국공산당이 없으면 새 중국의 소수민족-조선족도 있을 수 없다'는 시대적 담론을 제시한다.

2) 문화대혁명시기

문화대혁명은 극좌정치 및 개인우상화의 살판 속에서 빚어진 하나의 비극이었다. 사실 이 비극은 1957년 반우파투쟁으로부터 도화선이 당겨졌다. 이 시기 문학은 강청의 '8대본보기극'으로 대변되는 지극히 조작된 꼭두각시극에 불과했다. 이 시기 진정한 문학은 당시 공개적으로 발표할 수 없었던 '잠재창작'에서 보게 된다. 여기에 조선족 작가 김학철이 창작한 장편소설『20세기의 신화』[3]는 이런 잠재창작의 최고 대표작으로 꼽힌다.

『20세기의 신화』는 연변조선족자치주를 배경으로 주로 인테리들의 수난에 대해 고발하고 있다. '이 자치주에서 일컫는 반사회주의분자란 뭐 별난 게 아니었다.' 강제노동수용소에 들어 와 노동개조하는 사람들을 보면 "술자리에서 '막걸리 파는 선술집이 없어서 재미가 적다'고 지껄인 사람은 '사회주의 중국을 생지옥 남조선만 못한 걸로 추화를 했으니까' 부르조아 우파분자요.../교정을 보다가 실수를 해 '대포단'을

---

3) 물론 이 작품은 1965년에 창작을 하고 1966년 문화대혁명이 발발하여 홍위병들의 가탁수색에 원고가 발견되어 수난을 당한다. 이 작품은 솔제니친의 "수용소군도"를 비롯한 전 사회주의 권의 '캠프문학'에 많이 비교된다.

'대표단'으로 고쳐놓지 않은 사람은 반혁명현행범이었다./이와 같이 코에 걸면 코걸이가 되고 귀에 걸면 귀걸이가 되는 게 이 자치주의 반사회주의분자라는 것이었다. 이래도 걸리고 저래도 걸리는 게 이 자치주의 반사회주의분자라는 것이었다." 그러나 이런 악렬한 환경 하에서 당하기만 하는 것이 아니라 인간의 이성과 존엄을 지켜 항쟁하는 조선족 인테리들의 형상을 보여주고 있다. 김학철의 분신이라고 할 수 있는 조선의용군 출신의 우파분자 심조광은 『20세기의 신화』에서 일종 정신적 지주 내지는 리드 역할을 논다. 심조광은 냉철한 이성을 갖고 주변 사람들을 깨우치며 현실의 불의에 맞서 투쟁을 조직한다. 그의 직접적인 영향 하에 있는 다른 한 주인공 임일평도 좌경노선에 의하여 가치가 전도된 불합리한 사회에 대해 강한 반발을 드러내며 투쟁을 다짐한다. '정의의 사업에 침묵을 지키는 건 비정의의 사업을 위해 외치는 거나 마찬가집니다./일평의 몸속에 또다시 약동하는 투쟁의욕이 들물을 이루었다.' 소설은 삐라를 발포하고 대자보를 붙이는 등 현실의 투쟁에 직접 나선 희망적인 사항을 내비치며 끝나고 있다. 물론 "20세기의 신화"의 내용은 연변조선족자치주에 국한된 것은 아니다. '이 수용소에 수용된 대부분의 사람들이 인민의 적이라는 죄명을 자신 자게 씌운 것은 주당의 간부들이라고 생각하고 있습니다. 모택동이가 씌웠다고는 절대로 생각하지 않습니다.' 김학철은 바로 이 미몽을 깬다. 그래서 『20세기의 신화』가 겨냥한 것은 1950년대 말부터 1960년대 초반까지 중국에서의 모택동에 대한 개인숭배 및 극좌적 정치 하에 벌어진 해프닝에 대한 전반적인 고발과 비판에 다름 아니다. 바로 이 시대적 고발과 비판의 현장에 연변조선족자치주가 나오고 그 주인공들이 대쪽 같은 인격의 조선족 인테리들이 담당했다. 『20세기의 신화』는 당시 전반 중국이 '万馬齊暗'-쥐죽은 듯한 침묵 속에 잠기고 많은 인테리들이 명철보신하고 있을 때 김학철은 '100만대 1'의 절대적으로 열악한 대결이나마 정의의 홰불을 밝히고 투쟁에 궐기한 역작이다. 그 본인은 미발표된 이 작품으로 하여 올곧이 10년 감옥살이를 했다. 『20세기의 신화』는 전반 중국 현대문학사에 있어서 실로 돋보이는 존재다.

3) 개혁개방-1980년대

개혁개방은 중국 현대사를 일신했다. 그것은 과거에 대한 청산이면서 하나의 새로운 출발이었다. 주류문학에서의 상처문학, 반성문학, 개혁문학, 뿌리찾기문학 등 문학사조의 흐름은 그 하나의 보기가 되겠다. 조선족문학도 여기서 예외가 아니다. 그럼 아래에 이런 문학사조에 따라 해당 조선족문학의 대표작들을 좀 보도록 하자.

상처문학:문학대혁명에 대한 전면적 부정은 가송문학으로부터 고발문학으로 나아가게 하였다. 이로부터 조선족문학에도 상처문학이 나타났다. 박천수의 단편소설 「원혼이 되나」(1979)가 선편을 잡았다. 이 작품은 주인공이 훌륭한 혁명간부임에도 불구하고 문화대혁명시기 좌적인 정치에 맞서다가 현행반혁명으로 몰려 억울한 죽음을 당한다. 그래 차마 눈을 감을 수 없어 남 다 자는 밤에 아내를 찾아와 자기의 억울함을 하소연하고 사필귀정의 신념을 피력한다.

반성문학:상처문학이 일종 고발과 비판에 치중하는 감성문학이라면 반성문학은 그 원인을 까밝히는 이성문학이다. 조선족 반성문학의 대표작으로 정세봉의 중편소설 『볼쉐비크의 이미지』(신세림 2016)를 꼽을 수 있다. 이 소설에서 윤태철은 철저한 볼쉐비키로 등장한다. 그는 자기의 아들 준호와 반동지주 허수빈의 딸 순정이의 사랑을 무참히 짓밟아버린다. 계급성분을 놓고 볼 때 절대 이루어질 수 없는 사랑이기 때문이다. 결국 순정이는 애를 밴 몸으로 자결하고 준호는 아버지에 대한 한을 품은채 장가갈 염을 안한다. 그리고 아버지와 사사건건 맞선다.

그리하여 윤태철은 화김에 준호의 귀빰을 후려치기도 한다. 그러다가 개혁개방의 새 시대가 오자 아들에게는 물론이요, 허수빈일가에게도 무서운 죄의식을 느낀다. 결국 그는 뇌출혈로 쓰러진다. '이제는 사람만 페우처럼 돼가지고 댕그랗게 남아있다'는 초라한 볼쉐비크 이미지에 다름 아니다. 물론 이 이미지는 '당의 강유력한 규률과 의지앞'에서 '인간본체의 마음을 속이면서 무조건적으로 순복도구'로 된데 그 비극성이 있다. 이런 비극성은 1차적으로 객체로서의 '당의 강유력한 규률과 의지'가 좌적으로 흐른데 있다. 그리고 2차적으로는 이런 규률과 의지를 집행하는 주체의 몰지각적인 맹목성에 기안한다. 이 작품에서 주체인 주인공 윤태철은 눈뜬 장님으로 살아왔음을 깨닫고 '자신의 모든 30년간의 노력과 분투가 헛되이 흘러간것 같은 느낌'을 받는다. 그래서 결국 죽음을 앞두고 자신의 잘못을 뉘우치며 아들에게 용서를 빈다. 보다시피 이 작품의 반성은 무오류의 당보다는 오류의 당 및 그에 대한 맹종의 비극성을 통한 주객체에 걸친 전 방위적인 것이여서 비교적 심도를 기하고 있다.

개혁문학:비극적인 상처문학과 반성적인 이성문학의 자연적인 흐름으로 개혁의 목소리가 더 높아가기 마련이다. 하물며 이때 '向前看'-앞으로 보며 나아가기란 시대정신은 여기에 힘을 더 실어주었다. 이로부터 자연히 생겨나는 것이 개혁문학이다. 조선족개혁문학은 홍천룡의 '구촌조카'가 선편을 잡았다. 이 작품은 개혁개방 전후 주인공의 부동한 처지 즉 경제적으로 쪼들린 개혁개방 전은 주눅이 들어 인격을 운운할 여지도 못되었으나 개혁개방 후 경제적으로 셈평이 펴이자 인격적 자존을 찾는 모습을 보여주면서 개혁개방의 정당성을 보여주고 있다.

뿌리찾기문학:뿌리찾기문학이 주류문학에서는 민족전통문화에 확인과 더불어 반성으로 많이 나아갔다면 조선족문학에서는 이주사를

되돌아보는 문학행위로 나타났다. 이 방면의 최초의 대표작으로 이근
전의 『고난의 년대』(연변인민출판사 1982)를 꼽을 수 있다. 이 작품은 조선족
의 고난에 찬 이주사 및 자연을 정복하고 사회악과 싸움하면서 성공적
인 정착을 한 과정을 보여주고 있다. 다음, 최홍일의 『눈물 젖은 두만
강』(민족출판사 1999)이 그 뒤를 잇는다. 「고난의 년대」가 이념적인 계급론
으로 많이 흘렀다면 「눈물 젖은 두만강」은 탈이념적인 민족주의로 많
이 흘렀다. 따라서 전자가 생활의 본질이나 시대정신과 같은 거대서사
로 많이 흘렀다면 후자는 세태나 풍속과 같은 미소서사로 많이 흘렀
다.

이외에 개혁개방은 좌적 정치가 극복되면서 민족성에 대해 포용하고
긍정하는 분위기가 형성되었다. 이로부터 민족경향을 나타낸 작품들이
나타났는데 김학철의 장편소설 『격정시대』(요녕민족출판사 1986)는 그 보기가
되겠다. 이 작품은 역사 뒷안길로 망각된 조선의용군을 오롯이 떠올린
다. 조선의용군, 중국의 광활한 대지를 누비며 항일의 봉화를 높이 든
조선의 훌륭한 건아들. 김학철은 바로 이 조선의용군출신. 광복이 되자
그는 척각의 용사가 되어 서울에 돌아와 무한한 자부심으로 조선의용군
의 항일이야기를 10여 편 죽 펴낸다. 일종 '우리는 이렇게 싸웠소'하는
회보다. 그런데 김학철은 중국조선족의 전직작가로 출범한 마당에 조선
의용군 역사가 제대로 기술되지도 않고 역사의 뒷안길로 사라지고 잊혀
져 가는 것에 대해 못내 아쉬워하고 현실의 그런 부당한 처사에 대해 분
개하고 떨쳐나섰다. 그래서 그는 창작의 자유를 얻자 항일이라는 거창
한 시대적 담론 속에서 위용을 떨친 조선의용군의 예술적 기념비–「격정
시대」를 내놓는다. 「격정시대」의 창작동기에 대해 잠간 보도록 하자. '중
국공민으로서의 우리민족에게는 중화의 여러 민족대가정속에 떳떳이 자
랑할만한 력사가 있습니다. 이런 력사가 세상에 채알려지지 못하고있습
니다. 항쟁의 가렬처절한 전장에서 팔로군의 수많은 조선의 아들딸의 피

가 태항산을 물들였고 수많은 조선의 용사들이 태항산속에 묻혔습니다. 이 력사가 제대로 알려지지 못하고있습니다.' '우리민족의 자랑스러운 아들딸들이 걸어온 발자취를 망각의 흐름모래속에 묻혀버리지 않게 하려고 나는 총아닌 붓을 들고 또 한바탕 분투를 해야 하였다.' 김학철은 바로 '모종의 원인으로 조성된 력사의 공백'을 '매우야겠다는 책임감이 「격정시대」를 쓰도록 채찍을 안겼습니다.'라고 토로하고 있다. 그는 '신화가 아닌, 날조가 아닌 진실한 력사적면모 즉 있는 사실 그대로를 꾸밈없이 적어서 세상에 내놓음으로써 사람들로 하여금 영광스러운 전통에 대한 긍지감으로 가득 차게 하'였다. 실로 조선의용군의 사실적 생활 자체가 영광스러운 전통이었기 때문이다.

4) 1990년대부터 현재

중국은 1990년대부터 포스트모던적인 탈이념의 시대에 들어섰다. 본격적인 시장경제의 가동은 여기에 박차를 가했다. 이 시기 조선족 문학에는 중한수교와 더불어 '나는 누구인가'하는 민족정체성문제가 대두되었다. 허련순의 장편소설『바람꽃』(범우사1996)과 「누가 나비의 집을 보았을가」는 이 방면의 대표작이 되겠다. 이 작품은 주인공 홍지하가 죽어 '고국땅에 묻히고 싶다'는 생전 아버지의 소원을 풀어드리기 위해 아버지의 골회함을 안고 한국행을 한다. 그런데 유산 상속권문제 때문에 아버지의 전처와 이복형으로부터 아버지의 존재는 무시되고 자기는 냉대를 받는다. 홍지하는 결국 홀로 아버지의 뼛가루를 고향산에 골고로 뿌려주는 것으로 만족할 수밖에 없다. 아버지의 혼백은 친지들 품에 안기지 못하고 '애처롭게 휘날리는 산골의 바람꽃'이 되고 만다. 이외에 꿈을 안고 고국을 찾은 순박한 부부 최인규와 지혜경의 눈물겨운 이야기, 즉 남편의 병을 고치려고 한국의 어느 사장의 씨받이가 되어 갖은 육체적 시달림과 정신적 굴욕속에 몸부림치던 지혜경이 정조도, 인격도, 희망도 깡그리 잃고 눈송이와 같이 고국땅에서 사라져버린 비참한 말로와 어쩔 수 없이 그 한 많은 아내의 뒤를 따르는 최인규의 비극적 운명을 통해 고국에서 뿌리의식의 좌절과 더불어 정체성의 혼란을 가져오게 된다. 그렇다하여 조선족이 중국에서 그 어떤 절대적인 귀속감을 느끼는 것은 아니라는 것이다. 물론 소설에서 이 점에 대해서는 전개하지 않았다. 한마디로 이 작품은 여기저기 어느 곳에도 귀속되지 못하는 조선족의 바람꽃 같은 실존을 이야기하고 있다. 「누가 나비의 집을 보았을가」는 「바람꽃」의 연장선상에서 거주국과 고국 두 곳 어느 곳에서도 귀속감을 잃고 우왕좌왕하는 디아스포라로서의 조선족의 이중정체성적 실존을 한층 더 깊이 천착한다.

중국의 개혁개방, 특히 1990년대에 들어서 시장경제 및 세계화의 흐름은 조선족의 삶에 정체성의 위기를 가져오기도 했다. 이런 정체성의 위기를 반영한 소설로는 박옥남의 일련의 단편소설에서 전형적으로 보게 된다. 「둥지」("2005중국 조선족문학우수작품집". 흑룡강조선민족출판사 2006)를 보도록 하자. 이 소설은 인구 유실 및 감소 등 원인으로 하여 조선족의 역사와 같이 한 유구한 조선족 농촌소학교가 폐교되어 한족의 양우리로 되는 비극을 이야기하고 있다. 배움의 둥지가 깨지는 농촌교육의 위기를 이야기하고 있다. '장손'을 보자. 한집안의 기둥노릇을 못하는 조선족의 부실장손, 색시감조차 얻지 못하여 한족처녀를 얻기, 그래 잔치날은 온통 한족색갈, 결국 할아버지, 아버지 초상화는 깨어져 발밑에 뒹굴고... 이 소설은 피, 민족혈연의 문제를 고발하고 있다. 「마이허」[4]("2006중국조선족문학 우수작품집". 흑룡강조선민족출판사 2007)를 보자. 이 소설은 개미허리 같은 마이허를 하나 사이에 둔 강남의 물남 조선족 마릉과 강북의 상수리촌 한족마을의 풍속세태 및 인정, 그리고 구체적인

---

4) 한국 2006년 재외동포문학상 우수상 수상작

삶의 방식 등 여러 면에 걸친 대조를 통해 조선족의 현실적 실존위기를 떠올리고 있다. 마지막부분에서 나날이 초라해가는 물남마을의 풍경, 그리고 '언제부턴가 상수리 사람들은 물남마을로 들어와 방치된 물남의 빈집을 헐값으로 사들이고 쑥대가 우거진 뜨락터전에 찰옥수수와 두부콩을 잔뜩 심어놓았다. 그리고 벽돌을 실어다 터밭 둘레에 담을 쌓기 시작했다.' 그리고 '물남의 로총각 하나가 장가를 가'는 풍경을 통한 조선족의 정체성을 형성하는 생존기반의 위기는 자연스럽게 폐부에 와닿는다.

이 시기 조선족문학은 탈이념적인 다원공존의 시대적 흐름을 타면서 위의 문족문제에 대한 관심이 하나의 주요 흐름이었다면 인간실존의 본연의 모습을 추구한 작품들도 나타났다. 우광훈의 장편소설 "흔적"은 그 보기가 되겠다. 「흔적」은 불교적인 인연 및 공을 바탕으로 하여 인간이 남길 수밖에 없는 실존의 흔적을 이야기하고 있다. 조선족문학에서 보기 드문 순수한 의미에서 인간학에 가 닿은 역작이 되기에 손색이 없다.

5) 닫는 말

이상 필자는 조선족문학의 흐름을 새 중국이라는 시공간속에서 소설에 초점을 맞추어 스케치 식으로 살펴보았다.

한마디로 조선족문학은 새 중국의 시대적 흐름과 긴밀히 호흡을 같이 해왔음을 알 수 있다. 따라서 중국 주류문학의 흐름에서 자유로울 수 없었다. 그러면서 세계적 흐름에도 민감한 반응을 보이면서 오픈된 마인드를 보여왔다. 이로부터 민족정체성이나 디아스포라적인 세계보편의 문학적 추구를 나타내기도 했다. 결론적으로 이야기하면 국민성과 민족성, 지역성과 세계성을 잘 갈무리해왔다고 할 수 있다.

참고문헌

김윤식, 「항일빨치산 문학기원」 – 김학철론, 실천문학 1988

이명숙, 「남북한 합작이 유배시킨 격정의 망명문학:연변동포작가 김학철」, 다리 1989. 11

조성일 · 권철, 「중국 조선족 문학통사」, 이회출판사 1997

김호웅, 「중국조선족 문학의 산맥:김학철」, 민족문학사연구」 21호, 2002. 12

문학과 예술, 문학과 예술편집부」 2006. 3

김호웅 · 조성일 · 김관웅, 「중국조선족문학통사」(상권 · 중권 · 하권), 연변인민출판사 2011

리광일 · 김호웅 · 권철 저, 「조선족문학사」, 연변대학출판사 2013

| 석화 |

밥이시여 외 2편

딩구는 낙엽 쫓아
시상을 구하고
남으로 가는 기러기 울음에서
운률을 더듬으면서도
여태껏
밥 한 그릇에
시를 드린 적 없다

삼시 세끼 시간 맞춰
마주 앉는 밥 한 그릇
따뜻한 밥 한 그릇이
어머님 정성이고 사랑인줄 아는가
따뜻한 시 한줄
드린 적 없었으니

그 밥을 퍼먹고 몸이 자라서
밥벌이나 좀 한다고 으스대면서도
몇 번이나 두 손을 모아
밥그릇 공경하게 받들었더냐
한 사발 하얀 이밥이

뼈대를 하얗게 굳혀주고
노란 조밥이
우리의 살결을 빛나게 해주거니
한술 또 한술 퍼먹는 밥이
힘이 되고
넋이 되고
목숨이 되는 줄을 아는가

지금 쓰는 이 시 몇 구절이
한 그릇 밥값이
어찌 되리만
받아주소서
송구한 마음 담아 바치옵니다
오, 밥이시여!

밥 한술에 절 한 번

밥을 먹자 밥은
둥근 밥상에 둘러앉아 먹는다
둥근 밥그릇에 오롯이 담긴 밥
밥을 같이 먹는
우리는 식구이다

밥그릇 수북하게 담긴 밥이
때마다 우리를 한데 모이게 한다
밥그릇 너머로 얼굴을 마주 봐야
가슴이 따뜻하다
마음이 흐뭇하고 배가 든든하다

밥은 식구가 같이 먹는다
흰벽을 마주하고 혼자 먹으면
목구멍이 메여 넘어가지 않는다
둥근 밥상 어느 한 자리 비면
아무리 퍼먹어도 허전하다
그래서 우리는 식구다

오늘도 모여 앉아 밥을 먹자

밥그릇 마주 앉아

숟가락 드니
저절로 고개가 숙여진다 밥 한술 떠먹고
고개를 드니
오롯한 밥그릇에
겹쳐 보이는 것이 있다
고봉으로 담은
저 밥 한 그릇
아버지 산소도 저 모양새이거니
가토하고 절 올리고
물끄러미 쳐다보던
지난 봄 청명날이 떠오른다
그래 그렇구나
밥 한술에 절 한 번
하루 목숨 챙기는것
저 밥 한 그릇이거니
밥 한술 뜨기전
고개 한번 숙인다
밥 한술에 절 한 번
아버지 아버지
우리 아버지
오늘도 고맙습니다.

추억이 아닌 어느 날들의 기억

우광훈

바람은 없었다. 해살이 머리를 지지고 땅땅하게 굳어버린, 길손의 발길에 콩크리트처럼 굳어 번들거리는 시골길이 있었다. 오래동안 비가 오지 않았다. 나무잎들이 휘줄근히 힘이 없었다.

배낭을 멘 사나이가 시골길을 줄이고 있었다. 배낭이 축 처진 것을 보아 무거운 모양, 얼굴에서 땀이 흐르고 있었다.

사나이는 산등성이에 올라섰다. 멀리로 검푸른 절벽에 둘러싸인 계곡이 보였고 몇 채의 초가들이 보였다. 잡목림 사이로 얼핏설핏 맑게 개인 하늘이 찢어져 있었다. 시들은 풀내음이 진동하고 게으른 풀벌레들이 순간순간의 정적을 깨웠다.

사나이는 산등성이 길 우에 배낭을 깔고 앉아 담배 한대를 다 태웠다. 담배필터가 타는 냄새가 날 때까지 담배를 빨고 사나이는 담배꽁초를 풀섶에 던졌다. 그리고는 배낭을 다시 메고 계곡으로 내리기 시작했다.

계곡을 따라 자그마한 벌이 펼쳐져 있고 강이라기에는 싱겁고 내물이라기에는 억울한 하천이 들숭날숭한 바위들 사이를 흐르고 있었다. 사나이는 내가에 앉아 손을 씻고 손으로 물을 떠서 마셨다. 그리고 땀에 절은 얼굴까지 씻고나서 바위 우를 훌렁훌렁 건너뛰며 물을 건넜다.

물가의 숲이 무성했다. 구름나무아지가 울창했다. 내를 따라 사람이 다닌 흔적이 있는 길이 있었다. 사나이는 그 길을 따라 걸었다. 마른 나무가지가 밟히며 뿌득뿌득 신음을 했다. 한참을 걸어가자 갑자기 숲이 끝나며 개활지가 나타났다. 옥수수며 콩을 심은 밭이 보였다. 그리고 검푸른 벼랑을 의지하고 지은 원두막이 보였고 그 앞에 펼쳐진, 크지 않은 참외밭이 보였다. 사나이는 싱겁게 웃었다. 그리고는 그 싱거운 미소를 지우지 않은 채 원두막으로 다가갔다.

원두막 안에서 어떤 남자가 자고 있었다. 듬성듬성 난 수염에 파리가 붙어 있었다. 사람의 기척을 감지했는지 파리들이 잉- 날아나고 자고 있던 남자가 부스스 눈을 떴다.

"어-!"

자고 있던 남자가 신음소리 같은 것을 냈다. 놀라는 기색은 아니었다. 사나이가 싱거운 미소 그대로 자고 있던 남자를 바라보았다.

"참외나 얻어 먹읍시다."

자고 있던 남자가 반가운 기색이 없이 대꾸했다.

"지금 참외철이 아닙다."

"어-!"

이번에는 길손이었던 사나이가 원두막의 주인과 비슷한 신음소리 같은 것을 냈다. 역시 놀라운 기색은 아니었다.

사나이는 참외밭에 눈길을 돌렸다. 털보숭이 참외들만 보일 뿐이었다.

"철이 되자므 아직 보름이 있어야 됩다."

원두막의 주인이 설명을 했다. 미안한 기색은 없었다.

사나이는 원두막 앞에 쌓여있는 장작더미 우에 앉으며 담배를 꺼내 물려다가 원두막 주인에게 내밀었다.

"한대 피우시지요?"

원두막 주인은 힐끗 사나이를 쳐다보고는 두말없이 받아서 입에 물었다. 그리고는 일회용 라이타를 켜서 사양도 없이 자기의 담배에 불을 붙였다.

"놀러 왔습둥?"

사나이가 대답을 했다.

"예, 옛날 이 오목골에서 살았댔습니다."

사나이의 대답에 원두막 주인의 얼굴에서 반기는 기색이 떠올랐다.

"이 마을에서? 누김둥?"

"떠난 지 한 사십 년 되는데, 정포수라고 아십니까?"

원두막 주인이 고개를 갸웃 했다.

"정포수?... 글쎄... 그런 사람이 살았댔다는 얘기는 들었댔는데..."

사나이는 실망한 표정이 되였다.

"전 정포수네 둘째입니다. 주인은 성씨를 어떻게 쓰십니까?"

원두막 주인이 어정쩡해지며 대답을 했다.

"리씨꾸마."

"리대장네 자손인가요?"

원두막 주인은 손을 저었다.

"아님다. 나는 여기서 산지 삼십 년 좀 넘슴다. 두 살 때 아버지가 이 마을에 이사를 와서 살았쓰꾸마."

정씨라는 사나이는 그래도 무언가 궁금한 모양.

"지금 마을에 아는 사람이 있는지 모르겠습니다. 경자네랑 지금도 살고 있습니까?"

"경자네? 모르겠슴다."

정씨는 또 누군가를 물었다. 그러나 원두막 주인인 리씨는 한 사람도 집어내지 못했다. 그것에 핑계를 대듯 리씨가 말했다.

"오막골에는 오래 살던 사람이 없슴다. 지금 사는 사람들은 다 후에 이사 온 사람들임다. 후에 온 사람들도 다 이사를 가고 지금 마을은 일곱 호가 살고 있슴다."

정씨는 울렁하니 눈을 떴다.

"일곱호?... 내가 살던 때는 한 사십호가 넘었는데, 마을에 소학교도 있었댔는데…"

리씨는 허구픈 미소를 지었다.

"그게 옛날입지. 학교 없어진지 십년도 됐습다. 계획생육을 하고 이사를 가고 하니까 애들이 있어야 학교도 있습지?"

"전에는 마을에 애들이 수 십 명은 되였는데. 학교에 선생도 다섯 명이나 있었댔습니다. 청수하도 물이 많았구요. 어릴 때 아버지가 이면수 사십 근 짜리를 잡은 적도 있습니다."

리씨는 동감이 가는 표정이었다.

"청수하에 댐을 막기 전에 사 그랬습지비. 지금은 돌종깨 하고 버들치밖에 없습다."

해가 중천에 다달으고 있었다. 리씨가 원두막 안에서 나오더니 돌 세 개를 받쳐서 만든 화로에 가마를 올려놓고 장작을 그 밑에 넣고 불을 붙였다.

"안올라나?…"

리씨기 붙는 불을 물끄럼히 쳐다보며 중얼거렸다. 정씨는 배낭을 부시럭거리더니 술병하고, 그리고 명태며, 낙지며 과일 몇 가지를 꺼냈다.

"온바하고 한잔 합시다. 고향에 온 셈이고 고향사람 만난셈이니…"

리씨의 눈이 낙지에서 떨어지지 않았다.

"술은 여기도 있습다. 병술이 아니고 근들이술 일 뿐이지. 그래도 병술보다는 좋습다. 옥수수로 집에서 고은 겁니다."

정씨는 시무룩 웃었다.

"옥수수 자양주요? 그거 좋지요. 병술은 촉에도 못가지요. 그럼 바꾸어 마시는 셈 합시다…"

리씨가 원두막 안에서 비닐 통에 넣은 술을 내왔다. 댓근은 될듯 했다.

고뿌가 하나여서 리씨는 고뿌에 술을 부어 정씨에게 내밀었고 자기는 작은 공기에 술을 부었다. 그사이 정씨는 명태와 낙지를 찢어서 신문지를 펴고 그 우에 놓았다.

"듭지비."

리씨는 정씨가 마시는지를 확인하지도 않고 자기의 입에 술을 부어넣었다. 그리고 낙지를 쥐어 입안에 넣고 씹었다.

"고향이라 했습지?"

정씨도 술 한 모금을 마시고 고뿌를 내려놓으며 대답했다.

"예, 고향이라면 고향이지요. 여덟 살 때 떠났으니까."

"이 마을에서 태여났음둥?"

"아니구요. 태여나기는 조선 자강도였습니다. 아버지를 따라 중국에 들어왔습니다. 아버지는 원래 중국 왕청에 사셨습니다. 항미원조 때 참군하셨다가 그곳에 남아 계시다 다시 중국에 들어오신 겁니다. 그때 이 백두산 밑이 살기가 좋다고 소문이 나 찾아오셨다고 합니다. 그땐 배만 불릴 수 있는 곳이면 천당이었으니까."

"어—!"

리씨는 길다란 탄성음을 내였다. 그러나 그런 감격의 표정은 보이지 않았다.

"그럼 고향에 놀러왔슴둥? 지금 시내사람들은 시골에 놀러 잘 다니던데…"

정씨는 술 한 모금을 더 마셨다.

"실은 놀러온 것이 아니고 할머니 산소에 제사라도 지낼가 해서 왔습니다."

"할머니 산소?…"

"예, 할머니는 이 오목골에 묻히셨는데 한 삼십 오년? 아마 그렇게 되었을 겁니다. 할아버지는 시골이 좋다고 아버지를 따라 도시로 들어오지 않고 계시다가 할머니가 돌아가시자 저의 집으로 오셨댔습니다."

리씨는 장작더미 우에 앉은 정씨를 힐끗 쳐다보았다.

"제는 지냈습니까?"

정씨는 머리를 저었다.

"산소를 찾을 수가 없었습니다. 너무 오래 되어서 나무들이 어떻게 자랐는지 어디가 어딘지 알 수가 있어야지요…"

리씨가 관심을 보였다.

"어디에 모셨는데 찾지 못합니까?"

정씨는 한숨을 쉬었다.

"아버지가 하시는 말씀이 개지바위에서 좀 더 올라가는 골짜기 어귀라는데 가보니 나무숲이 어떻게 무성한지… 가친께서 돌아가시기 전에 하신 말씀이고 그땐 전 나이가 어리다보니 귀담아듣지도 않았고…"

리씨는 술이 담긴 공기를 들고 한참 무엇을 생각했다.

"가만 있자, 언젠가 늘실이 뜨러 갔다가 그곳에서 산소같은 걸 본 기억이 있기는 합꾸마는…"

정씨가 리씨 쪽으로 고개를 쑥 내밀었다.

"그렇습니까? 그럼…"

정씨는 도움을 받겠다는 말을 하기에는 거북한지 말끝을 흐렸다.

리씨는 수염투성이 아래턱을 씩 닦고는 술이 담긴 공기를 정씨에게 내밀었다.

"그래므 오후에 같이 가보깁소. 찾을수 있겠는지 모르겠슴다만…"

"이거 수고를 지게 되였습니다."

리씨는 사람 좋게 웃었다.

"수고는 무슨 수곰둥? 그렇지 않아도 할일이 없어 노랑이를 하던 참이꾸마. 요새는 농사일도 할게 없슴다."

"정말 감사합니다."

정씨는 술고뿌를 들어 리씨의 술 공기에 건배를 했다. 리씨가 술 한 모금을 마시자 정씨는 때에 맞게 찢은 낙지를 리씨에게 내밀었다.

"안주 드십시오."

"야, 이런 낙지 오래간만에 먹어 보꾸마. 시내서는 흔해서 못 먹어두 시골에서는 시내 가서 사지 않으면 못 먹습꾸마..."

두 사람은 술을 마셨다. 그리고 리씨가 지은 밥을 먹고나자 중천의 해가 비스듬해졌다.

리씨가 해를 보며 중얼거렸다.

"이게 온다던 게 어째?..."

정씨가 물었다.

"누구? 집사람이요?"

리씨는 쑥스런 표정을 지었다.

"아니, 누구도 아님다. 이제 슬슬 떠나 보깁소."

두 사람은 강줄기가 뻗은 산골짜기를 따라 한참을 걸었다. 바위들이 드러난 강바닥 사이로 맑고 투명한 내가 흐르고 드문히 이루어진 소에서 작은 고기들이 노니는 것이 보였다. 앞에서 걷던 리씨가 서향으로 난 작은 골짜기로 꺾어들었다. 정씨는 갸웃하며 말했다.

"개지바위 옆 골짜기라 했는데?..."

리씨는 손으로 앞을 가리켰다.

"저기 앞에 보이는 게 개지바위꾸마. 개처럼 생긴 게 안 보임등? 개 하늘에 대고 짖는 거 같습지?"

정씨는 고개를 기웃거렸다. 바람소리가 입에서 나왔다.

"큰 바위로 알고 있었는데... 어릴 때 기억이여서인가?..."

"그럴 수도 있습지. 어릴 때 기억은 다 큰 것입지."

정씨는 시무룩 미소를 지었다.

골짜기를 따라 두 사람은 한동안을 걸었다. 동안을 걷고 나서 리씨가 남향 쪽 평퍼짐한 산으로 오르기 시작했다. 나무들이 울창했으나 나무

밑은 오히려 잔디를 깐듯이 깨끗하고 아늑했다.

리씨가 걸음을 멈추며 정씨를 돌아봤다.

"내 기억에 여기꾸마. 봅소. 여기 풍수도 좋은 자리꾸마. 오래전이라면 풍수도 보고 모셨겠는데 이런데다 산소를 쓰려했을게꾸마."

정씨가 리씨를 빤히 쳐다보았다.

"풍수도 봅니까?"

리씨는 웃었다.

"내 그램둥? 얻어들은 풍월입지."

정씨의 얼굴에 비양조가 떠올랐다.

"풍수를 보고 모셨으면 이 모양 이 꼬라지가 아니였겠는데..."

"풍수란 게 무슨 약임둥? 죽은 사람이 산 사람하고 무슨 관계가 있겠습둥? 그저 산 사람들이 제 좋자고 하는 노릇입지."

리씨는 휘휘 사위를 둘어 보았다.

"필경 여기 어디서 본 것 같은데?..."

리씨는 정씨의 얼굴을 빤히 들여다보며 말을 이었다.

"영 생각 안남둥? 잘 생각해봅소. 이 골짜기가 개지바위골짜기는 틀림이 없습꾸마."

정씨는 신심이 있는 얼굴이 아니였다.

"어릴 때 떠나서인지 기억이 없습니다. 할머니가 돌아가셔서 한번인가 두 번 청명하고 추석에 따라온 기억은 있는데..."

리씨는 허리에 찼던 낫을 땅에 내려놓았다.

"천천히 담배나 피우고 찾아보깁소."

정씨는 나무등걸이에 엉덩이를 붙이고 담배를 꺼내 리씨에게 내밀었다. 리씨는 담배를 붙이고 측은한 눈으로 정씨를 바라보았다.

"삼십 년 지나면 묘가 다 갈아 앉을 수도 있으꾸마. 어디 꼭 찾을 일이 있음둥? 지금 세월에 조상 산소 모시겠다고 찾는 사람이 어디 있음둥?

무슨 일임둥?"

정씨가 한숨을 지었다.

"삼십여 년 가토 한번 안하고 벌초 한번 안한 산소를 찾는 내가 우둔할지 모르지요. 실은 애 때문에... 방토를 하라고 해서..."

리씨가 동정하는 표정이 되었다.

"그래므 이쯤 해서 제사를 지내고 갑소. 비슷한 자리면 되는겝지."

정씨는 울상이 되어 가방을 내보였다. 제사에 쓰려고 가져왔던 술과 포를 넣었던 가방은 오두막에서 이미 비여버렸다.

"제사란 게 꼭 무스거 차례 놓고 해야 제삼둥? 절이나 하고 가믄 됩지비."

정씨는 다시 한숨을 쉬고 멍청한 얼굴로 되여버렸다.

어디선가 바람소리가 들려왔다.

바람소리가 점점 세차졌다. 리씨가 고개를 들었다.

하늘이 까맣게 흐려지고 있었다.

리씨가 일어서며 말했다.

"비오자구 이래꾸마. 내려 가깁소. 내일 천천히 찾아봐도 되지 애임둥?"

정씨도 숲 사이로 바라보이는 하늘을 쳐다보았다.

"오늘 찾아보구 떠나려 했는데... 내일 교학이 있어서..."

"교학?"

"학생들 교학이 있습니다."

"선생임둥?"

"예."

리씨의 눈에 이상한 빛이 떠올랐다.

두 사람은 급급히 산을 내렸다. 골짜기 어귀에 도착했을 때 비는 후둑후둑 떨어지기 시작했고 강줄기를 따라 원두막으로 뛰고 있을 때 그들은 이미 함빡 젖은 꼴이 되어 있었다.

물귀신처럼 된 두 사람이 원두막으로 뛰어 들었을 때 안에서 후닥닥 일어서는 사람이 있었다. 리씨는 그대로 들어갔지만 정씨는 엉거주춤 원두막밖에 서서 어쩔바를 몰라했다.

안에서 녀자의 목소리가 들렸다. 채랑채랑한 중국말이었으나 동북지방의 말씨는 아니였다.

"들어오세요. 다 젖었잖아요."

목소리가 듣기에 좋았다. 정씨는 안으로 들어갔다. 단발머리에 동그스럼한 얼굴을 한 녀자가 서서 정씨를 바라보고 있었다.

"어쩌지요? 다 젖어서? 이제 불을 지필게요. 인차 더워날거예요."

"갑자기 비는 무슨 비야. 재수없다이."

리씨는 젖은 옷을 훌렁훌렁 벗어 장작더미 우에 던졌다. 그러나 정씨는 우들우들 떨고 있을 뿐이였다. 마른 옷을 갈아입던 리씨가 정씨의 모양을 흘끗 쳐다보고 난처한 기색이 되었다.

"어쩜둥? 나한테는 옷이 없는데… 마을에 가자므 이 비 때문에 갈수도 없고…"

단발머리 녀자가 아궁에 장작을 넣다가 생각이 난듯 말했다.

"덮고 자던 솜옷이 있잖아요. 그걸 바꾸어 입으세요."

리씨는 이불 옆에 되는대로 던져져 있던 솜옷을 찾아 정씨에게 내밀었다.

"이거라도 먼저 바꿔 입읍소. 어쩌겠슴둥…"

리씨는 비물이 줄줄 흘러내리는 정씨의 아래를 보며 입을 다물었다.

정씨는 오히려 젖은 옷에 관심이 없었다.

"오늘 돌아가야 하는데…"

"이 비에 어떻게 걸어간다고 그램둥? 비 이렇게 오면 뻐스도 안통하꾸마."

"그럼 마을에라도 가야는데…"

"그게 사 비 오는 거 보메 결정합소. 아직 시간이 있지 애임둥?"

정씨는 리씨의 손에서 솜옷을 받고는 웃통을 벗었다. 그리고는 바지를 벗어 쥐여 짜서는 다시 꿰여 입었다. 그러는 동안 단발의 녀자는 부엌에 아짜아짜하게 코를 틀어박고 있었다.

장작이 활활 타기 시작하자 원두막 안이 훈훈하게 달아오르기 시작했다. 녀자가 아궁이 앞에 앉아 정씨의 옷을 말리고 있었다. 땀내가 섞인 김이 옷에서 피여 오르고 있었다. 옷을 말리는 녀자의 눈길이 자주 정씨에게로 날아왔다. 원두막의 구들 우에 앉은 정씨와 리씨는 아직도 추위에서 깨여나지 못하고 묵묵히 담배를 피우고 있었다.

비소리가 요란했다. 말 그대로 물통으로 쏟아붓는 듯 했다. 천지가 빗줄기 속에서 흐릿했고 다만 비 속에서 신음하는 숲의 표효소리와 원두막을 휘갈겨대는 비줄기의 채찍소리만이 창망한 우주를 휘감고 있는 듯 했다.

"무슨 비가, 지랄 같네…"

리씨가 투덜거렸다.

녀자가 아궁이 앞에서 말했다.

"작년에도 이렇게 비가 오기 시작하더니 사흘을 왔잖아요. 여기 날씨는 정말 더러워요. 우리 고향은 맑다고 하면 맑고 흐리다 하면 흐리고 하는데 이곳 날씨는 변덕이 어린애들 얼굴 같아요."

리씨가 흘끗 녀자를 바라보고는 작은 유리를 댄 원두막의 창으로 한동안 밖을 내다보았다. 그러면서 정씨에게 말했다.

"이 비가 인차 끈을 비가 아닙꾸마. 잡도리를 해야겠으꾸마…"

리씨는 옷을 말리고 있는 녀자에게 얼굴을 돌렸다.

"저녁 준비를 해. 아마두 이 비가 그렇게 쉽게 끊어줄 거 아니야. 옷은 천천히 말려도 되지만 밥은 먹어야지?"

녀자는 순순히 일어서서 말리던 옷을 참나무꼬챙이를 벽에 박아 만든 옷걸이에 걸었다. 일어선 녀자의 모습이 이쁘장했다. 해볕에 그슬은 동그스럼한 얼굴이 윤기가 있었고 화장기 없어 청순했다. 키는 중등키보다 조금은 작았고 가슴이나 엉뎅이는 풍만했으나 동북녀자들처럼 덩치가 이상하게 크지 않았다.

　바람소리 비소리는 여전히 고막을 찢을 듯 소란스러웠다. 녀자는 부시럭거리며 부엌 우에 달랑 하나만 놓인 작은 가마에다 절인 풀고비를 볶아냈고 비닐로 된 찬합에서 절인 오리알이며 계사니알을 꺼내 조선족식 식칼로 서투르게 잘랐다.

　밥상이 차려지자 원두막이 어둑해지기 시작했다. 리씨가 초 한대를 켜서 빈 술병에 꽂아 밥상 우에 올려놓았고 단발의 중국녀자는 엉거주춤 밥상에 다가와 앉더니 술이 든 비닐통의 술을 정씨와 리씨, 그리고 자기의 앞에 놓인 작은 공기에 차례로 부었다. 리씨가 힐끗 녀자를 보았다. 그러면서 류창한 중국말로 말했다.

　"너두 마셔?"

　녀자가 할끗 눈을 치떴다.

　"술이 뭐 남자만 마시는 거야?"

　정씨가 리씨에게 말했다.

　"도시에서는 술마시는 데 녀자들이 더 적극적이랍니다."

　리씨는 정씨에게 얼굴을 돌렸다.

　"시내를 가니까 그게 어디 사람이 살데입디까."

　정씨는 웃으며 아무 대답도 하지 않았다.

　녀자가 술공기를 들고 리씨와 정씨를 번갈아 쳐다보았다.

　"중국말을 하세요. 전 한마디도 알아듣지 못하겠어요."

　정씨가 눈을 끔뻑끔뻑했다.

　"중국사람입니까? 여기 사람 같지 않은데요?"

리씨가 녀자를 대신해서 조선말로 대답을 했다.

"안휘성사람임다. 완전 알짜배기 중국사람이꾸마."

"안휘성사람이라구요? 아니, 그 먼데서 어떻게 이곳으로 다 왔습니까?"

정씨는 중국어 절반, 조선말 절반으로 말했다.

"안휘성 사람인 게 이상해요?"

녀자가 아양기를 띄운 미소를 지으며 정씨가 한 말 중의 알아들은 부분에 대해 반문해왔다.

정씨는 웃으며 머리를 저었다.

"안휘성이라니까 너무 먼 곳이라서…"

"중국은 원래 크잖아요. 운남이나 광동은 더 멀지 않아요?"

리씨가 술이 부어진 공기를 들고 조선말로 말했다.

"술이나 들깁소. 비 맞아 그런지 초기드는 게 출출하꾸마. 한잔 하므 몸두 후꾼해질게꾸마."

정씨는 술이 든 공기를 들어 리씨와 마주치고 옆을 마주 앉은 녀자와도 건배를 했다. 그러면서 중국말로 말했다.

"이런 연변 시골오지에서 안휘성 사람을 만날 줄은 생각도 못했습니다. 인연인가 봅니다."

녀자가 상쾌하게 웃었다. 희미한 초불빛 속이였지만 웃음에 빛이 있었다.

"성씨를 어떻게 쓰시는지요? 전 소홍이라하는데…"

"정씨입니다."

"그럼 정오빠라 부르면 되겠네요. 정오빠, 건배. 그리구 리오빠도."

"건배, 홍이 누이도, 그리고 리형도, 갑자기 신세를 져서 죄송합니다."

리씨는 턱에 묻은 술을 손등으로 닦았다.

"신세야 뭐, 하늘이 그렇게 하라고 한 덕입지… "

그리고는 녀자에게 공기를 내밀며 중국말로 말했다.

"홍이, 술 한 잔 더 부어. 비오는 날에는 술이 최고지. 이런 날에는 개고기가 있음 최고인데…"

녀자가 올릉한 눈을 리씨에게 돌렸다.

"개고기? 여기 조선족들이 하는 개고기 료리는 맛이 없어요."

"그럼 너 안휘사람들 개고기는 더 맛있어?"

"물론. 찜도 하고 볶기도 하고 쏘세지도 하지요."

리씨가 투덜거렸다.

"개고기는 우리 조선족들만 먹는 줄 알았는데…"

녀자가 킥킥 웃었다.

"로지심 모르세요?"

리씨가 목을 뺏다.

"로지심? 개고기하고 〈수호전〉이 무슨 관계야. 로지심은 뭐고?"

정씨는 재미있다는 표정을 지었다.

"로지심이 절에서 술을 먹고 개고기를 먹었다는 이야기가 있지요. 그렇지요?"

녀자가 정씨 쪽으로 조금 디텨 앉았다.

"잘 아시네요. 명태조 주원장은 우리 안휘사람이지 않아요? 주원장에게도 개고기에 대한 이야기가 있거든요."

리씨가 머리를 내저었다.

"이게 안휘 똘까지인 줄 알았더니 아는 게 많다?"

리씨가 조선어를 썼으므로 홍이라는 녀자는 알아듣지 못하고 되물었다.

"뭐라구요?"

정씨가 시무룩 웃으며 중국어로 말했다.

"아는 게 많다고 하는군요."

녀자의 얼굴이 발가우리해졌다.

"우리 고향에서는 세 살짜리 애들도 알아요. 주원장을 모르는 사람은 안휘사람이 아니거든요. 봉양에 이런 노래가 있어요. 봉양에 주원장이 나타난 후로는 10년에 9년은 재해라네... 들어보셨어요?"

리씨가 큰 소리로 말했다.

"여기가 뭐 안휘냐? 들어보셨는가가 뭐야?"

정씨가 웃었다.

"그런 노래 들은 적 있는 것 같아요. 한 지방에 황제가 나오면 그 땅의 기를 천년 빼간다고 하던데 그래서인가?"

녀자는 리씨 쪽에 경멸의 눈길을 주고는 정씨 쪽으로 조금 더 디뎌 앉았다.

"맞아요. 그래서 봉양사람들은 구걸을 잘 하거든요. 지금은 아니지만. 잘 아는군요? 뭐 하시는 분이세요?"

"교원입니다."

리씨가 술공기를 내밀었다.

"주원장이 뭐 너 한 애비냐? 술이나 마시자. 부어..."

녀자는 곱지 않게 리씨를 보고는 정씨에게 말했다.

"너무 마시지 마세요. 무지막지한 사람과는 틀리지 않아요?"

그리고는 리씨의 공기에 넘치게 술을 부었다.

"마셔요, 마셔. 조선족들처럼 술 잘 마시는 사람들 처음 보았어요."

말을 하고나서 녀자는 정씨에게 미안한 기색을 보였다.

"정오빠 같은 분들은 그렇지 않지요?"

정씨는 손으로 가볍게 녀자의 어깨를 건드렸다.

"그럴지도 모르지... 다 같은 조선족이니까."

녀자는 완강하게 머리를 저었다.

"그렇지 않을예요. 얼굴에 나타나 있어요."

리씨가 취기가 어린 목소리로 말했다.

"네가 뭐 점쟁이냐?"

비닐통의 술이 줄어듬에 따라 술자리의 취기는 서서히 짙어갔다. 녀자는 끊임없이 리씨의 공기에 술을 부었고 절제 없이 술을 마신 리씨는 횡설수설 해대기 시작하다가 밥그릇이 밥상에 오르기 전에 쓰러져 코를 골기 시작했다.

원두막 밖은 짙은 어둠 속에 잠겼고 바람소리는 잦아들었으나 비소리만은 여전히 끊을 줄 몰랐다. 골짜기를 가득 메우며 청수하가 흐르는 소리가 비소리 속에 섞이여 들려왔다.

원두막 속의 초불이 흔들거렸다. 녀자는 밥상을 거두고 리씨를 밀어 한쪽에 눕히고 이불과 요를 내리더니 무언가를 생각하다가 요를 리씨에게 덮어주었다. 그리고는 할끗 정씨를 바라보았다.

"이제 자야지요? 젖은 바지를 벗으세요. 부엌 앞에 널어놓으면 내일 아침이면 입을 수 있을거예요."

정씨는 쑥스러운 기색을 지었다. 녀자가 대담하게 정씨를 바라보았다.

"젖은 옷을 입고 잘 수 없지 않아요? 제가 돌아설게요. 이 이불을 덮으세요. 솜옷도 덮고."

녀자는 자상했다. 정씨는 이불을 덮고 바지를 벗어 녀자에게 주었다. 녀자는 정씨의 바지를 부엌 앞 장작 우에 널어놓고 부엌에 장작을 더 넣었다. 그리고 나서 녀자는 구들 우에 올라와 정씨의 옆에 쪼크리고 앉았다. 리씨가 요를 덮고 정씨는 이불을 덮고 보니 녀자가 덮을 무엇은 없었다. 정씨는 솜옷을 녀자에게 내밀었다.

"춥겠는데…"

"원두막이라도 불을 때게 되어 춥지는 않아요. 추우면 장작 한 번 더 넣으면 되니까요."

녀자는 솜옷을 덮고 누우면서 초불을 불어서 꺼버렸다. 이러다보니 리씨, 정씨, 녀자 순서로 눕게 되였다. 부엌에서 타고 있는 장작불의 화광이 비치우면서 원두막 전체가 흔들거리는 것 같았다. 금방 넣어서인지 장작이 탁탁 소리를 질러댔다. 정씨가 몸을 뒤척였다. 녀자가 낮은 소리로 말했다.

"리오빠는 저하고 아무 관계가 없는 사람이예요. 도움 많이 받은 사람이라 자주 이 원두막에 다녀와요. 반찬도 가져오고 옷도 씻어드리고…"

"부부인줄 알았는데…"

녀자가 킥 소리를 냈다.

"그렇게 보였어요? 실은 리오빠는 장가를 못간 총각이예요. 조선족들은 왜 그렇게 홀애비가 많은지 모르겠어요."

정씨는 한숨을 지었다.

"글세. 조선족 농촌동네는 젊은 여자들 씨가 말랐지요."

"나무는 움직이면 죽고 사람은 움직이면 산대요. 녀자들 다 도시다 외국이다 하고 갔으니까 그래도 조선족들은 잘 살지 않아요?"

"그런가?…"

녀자는 더 말이 없었다.

비소리가 여전했다.

코를 골아대던 리씨가 푸푸 숨소리를 내뿜었다. 장작이 타고 있는 구들이 따뜻했다. 부엌아궁이는 장작이 다 탔는지 숯불빛이 벌겋게 물들어 있었다.

정씨가 몸을 뒤척였다. 옆에 있던 녀자도 몸을 뒤척였다.

"겉바람이 세군요. 비가 오고 시골이라서 밤에는 추워요."

정씨는 대답이 없었다. 숨소리가 조금은 높았다.

정씨가 덮은 이불이 가볍게 들썩거렸다. 녀자가 이불 밑으로 들어오려 하고 정씨는 잠간 밀어내느라 숨소리를 높였다. 그러나 잠간이 지나자 비소리와 숨소리만이 원두막을 채우고 있을 뿐이었다.

얼마마한 시간이 흘렀는지 이불 밑이 부시럭댔다.

녀자가 신음을 참느라고 이를 악물고 머리를 저어대기 시작했다.

리씨와 정씨는 늦잠을 잤다. 그들이 일어났을 때 녀자는 이미 아침준비를 끝낸 후였다.

밥상을 놓고 리씨는 정씨를 쳐다보았다.

"해장을 하겠음둥?"

정씨는 머리를 저었다.

"길 떠나겠는데 술 마시면 안되지요. 그리구 아침 술에 취하면 하루를 간다지 않습니까?"

분위기가 편안하지 않았다.

녀자가 말없이 국그릇을 밥상에 놓았다. 정씨를 바라보는 눈길이 대담했다. 그 눈길을 피하며 정씨는 수저를 들었다.

"어제 많이 마셔서 난 해장을 해야겠으꾸마."

리씨는 자기의 공기에 술을 부어서 한 모금에 쭉 들이켰다.

"시골 사는 게 뭐 다른 멋이 있음둥? 옛날에는 도막나무에 이밥이라 했는데 지금이사..."

리씨는 술 한 공기를 더 마시고 취기 도도해서 밥을 먹기 시작했다.

골짜기에서 물 흐르는 소리가 요란했다.

식사가 끝나고 담배 몇 대를 태우고 나서 정씨는 행장을 차렸다. 그것을 쳐다보며 리씨가 물었다.

'오늘 가자고 그램둥?"

"가야지요. 이미 늦었는데."

"할머니 산소는 안찾겠슴둥?"

"글쎄요, 꼭 찾아야 하는 것도 아니고... 이제 찾아서 뭐 효도를 했다는 소리를 듣겠습니까?"

"죽으면 다지 산소고 뭐고 있음둥? 비슷한데 가서 술이나 석 잔 붓고 절이나 하면 될게꾸마."

정씨가 망설이는 태도를 보였다.

"글쎄요. 돌아가는 길에 찾아보다가 못 찾으면 그대로 돌아가렵니다. 이번에 신세 많이 졌습니다. 보답을 해드려야겠는데…"

정씨는 지갑에서 백원짜리 한 장을 꺼내 리씨에게 내밀었다.

"적지만 신세진 값이라도 드려야지요…"

리씨는 그러는 정씨를 보며 머리를 빡빡 내저었다.

"농촌사람이라고 업수보지 맙소. 그래프 안되꾸마."

정씨와 리씨는 받으라거니 받지 않는다거니 하면서 한동안 밀고 당기고 했다. 결국 정씨가 꺼냈던 백 원짜리 지폐를 다시 호주머니에 넣었다.

원두막 밖에서 정씨는 리씨에게 작별인사를 했다.

"대단히 감사합니다. 이렇게 고향에서 대접을 받으니까 새삼스럽습니다."

"이땀 놀러 옵소. 시내서 답답하므 와서 며칠씩 푹 지내고 갑소. 가을에 오므 늑실이도 따고 잣도 따고 더 좋쓰꾸마."

"그렇게 하지요. 가을쯤으로 한번 예산해 보겠습니다."

서로 악수를 하는데 녀자가 원두막 안에서 나왔다.

"저도 함께 가요."

리씨가 말했다.

"정오빠는 개지바위에 갔다가 돌아 갈 거야."

녀자가 고집했다.

"그럼 같이 갔다가 마을로 돌아가면 되지 않아요? 길도 알려드릴 겸."

리씨는 힐끗 녀자를 흘겼다.

"마음대로 해. 글구 빨리 집에 돌아가. 띵로이가 혼자 밤을 지냈잖아."

"알았어요. 띵로이 걱정은 안해도 돼요. 다 차려놓고 왔으니까..."

정씨는 따라선다는 녀자에게 아무 말도 하지 않았다. 눈가에 시름 같은 것이 실려 있었다.

개지바위가 있는 골짜기에 접어들자 녀자가 물어왔다.

"꼭 할머니 산소를 찾아야 해요?"

"그런 건 아니지만."

"그럼 왜 찾으려고 해요?"

"애 때문에."

"애 때문에?"

"당금 대학시험을 보아야 하는데 통 공부에 열심 하지 않으니..."

녀자가 푹 소리를 내서 웃었다.

"애가 공부를 하려 않는데 할머니 산소하고 무슨 관계예요?"

"할머니 액살이 비쳐서 그렇대요."

녀자는 웃음기를 머금은 그대로 정씨의 옆에 붙어섰다.

"그런 건 믿지 않는 게 좋아요. 믿으면 있고 믿지 않으면 없다는 말 모르세요?"

정씨는 옆으로 녀자를 보며 미소를 지었다.

"지프라기 잡는 거지요..."

정씨와 녀자는 전날 왔던 곳에서 산소를 찾아 헤맸다. 그러나 옛날 묘자리였겠다는 인상이 들만한 흙무지도 없었다.

"아무래도 찾기는 틀렸구만. 돌아가야겠어요."

"그럼 저 산등성이를 타고 가다가 곧게 내려가요. 그럼 마을에서 나가는 큰길에 들어설 수 있거든요."

녀자는 말하면서 앞에서 걸었고 정씨는 부지런히 녀자의 뒤를 따랐다.

산등성이에 올라서자 나무숲 사이로 청수하가 세차게 흐르는 계곡이 보였다. 숨이 차 헐떡이는 정씨를 보고 녀자가 멈춰섰다.

"조금 쉬다가 가요. 힘들지요? 저기 나무 우에 앉아요."

녀자는 여자는 말하면서 작년에 베여놓은 듯한 아름드리 피나무를 가리켰다.

정씨가 피나무 우에 앉아 담배를 꺼내 물자 녀자는 정씨의 옆에 붙어 앉았다. 그러자 정씨는 팔을 내밀어 녀자의 어깨를 감았다.

"몇 살이지?"

"서른."

"서른?!"

"왜 많아 보여요? 일하는 사람은 나이보다 늙어 보이지요. 그렇지요?"

"아, 아니. 그렇지 않아요. 그쯤으로 보이거든요."

녀자의 얼굴에 배시시 웃음이 피어올랐다.

정씨는 녀자의 허리에로 팔을 내렸다.

"근데 이 시골에 무슨 돈을 번다고 왔어요? 도시로 가든지 할거지."

녀자는 옆으로 정씨를 올려다보았다.

"돈 벌려고 온 것이 아니었어요."

"그래요?"

"아들을 낳으려고 왔어요. 고향에서는 계획생육을 넘 엄하게 틀어 쥐여서 임신만 하면 발각이 되여요. 동북은 계획생육이 심하지 않지 않아요. 그리고 이 시골에서는 관계하는 사람도 없구요..."

정씨는 기막히는 표정이 되였다.

"아들이 그렇게 중요한가? 난 아들 하나라도 입만 삐뚤어지는데."

녀자의 얼굴이 심각해졌다.

"아들이 없으면 늙은 담에 누가 돌봐주어요? 우리 같은 농촌사람들에겐 아들이 없으면 죽어서 묻어줄 사람조차 없게 돼요..."

정씨는 대답할 말을 찾지 못했다. 묵묵히 담배를 빨던 그는 궁금한 듯 물었다.

"그래 낳았어요?"

녀자는 한숨을 쉬며 고개를 떨구었다.

"운수가 사나워요. 고향에 다섯 살 된 딸애를 두고 왔는데 이제 아들 낳기는 다 틀렸는가 봐요."

"틀리다니? 아직 나이가 어리지 않아요?"

녀자는 울먹거렸다.

"저희들은 재작년 여름에 이 백두산 밑에 왔어요. 그해 가을 남편은 잣 따러 갔다가 나무에서 떨어졌는데 허리 척추가 끊어졌어요. 아들은커녕 폐인이 된 거예요. 이제 고향에 돌아갈 신세도 못되고... 그동안 리오빠 신세가 아니었다면 굶어 죽었을지도 몰라요..."

정씨의 입에서 가벼운 신음소리가 뿜겨 나왔다.

"무슨 운명을 그렇게 타고 났어요? 너무 기구한..."

정씨는 말을 잇지 않았다.

녀자는 머리를 숙이고 있었다. 눈물방울이 풀 우에 똑똑 떨어졌다.

정씨는 녀자를 자기의 품에 안았다. 녀자가 정씨의 가슴에 자기의 얼굴을 파묻고 쿨쩍거렸다.

갑자기 정씨의 핸드폰이 울리기 시작했다.

"여기서도 핸드폰이 되네?!..."

정씨는 놀라며 핸드폰을 꺼냈다. 녀자가 정씨의 품에서 떨어지며 말했다.

"이 산 우에서는 돼요. 마을에서는 안 되지만. 마을에는 전화도 전기조차 없어요."

정씨는 한동안 조선어로 통화를 했다. 통화를 끝내자 녀자가 물었다.

"집에서 온 전화예요?"

"아니, 학교에서 온 전화예요."

"오라는?..."

"그래요. 교학이 망태기가 되였다고 야단이군요."

"그래 가실래요?"

"물론이지요."

녀자는 한동안 말이 없었다. 빠끔히 정씨를 쳐다보던 녀자가 입을 열었다.

"가지 마세요."

"예?"

"가지 마세요. 며칠 여기 더 계실 수 있어요?"

정씨는 녀자를 쳐다보았다. 그러면서 녀자의 허리를 꼭 껴안았다.

"오늘 중으로 돌아가야 할 거예요. 많이 바빠요."

녀자가 정씨의 품에 머리를 기댔다.

"아무리 바쁘더라도 며칠 청가를 맡으실래요? 저 임신만 하면 죽든지 살든지 고향으로 돌아 갈거예요. 남자애든 녀자애든 관계가 없어요..."

녀자는 옷을 벗었다. 해빛에 기리워 있던 부분의 몸 전체가 하얗게 맑고 투명했다.

숲속의 고요가 인간의 소음으로 하여 깨여졌다.

어디선가 가볍게 바람이 불어왔다. 물기 섞인 숲의 냄새가 정갈했다.

담배를 피우며 정씨는 멀리 멀리로 뻗어 나간 산등성이들이 꿈틀거림을 바라보고 있었다. 녀자는 정씨를 껴안은 채 부동하고 있었다.

정씨는 긴 숨을 내쉬며 중얼거렸다.

"이대로 여기서 살았으면 좋겠어요..."

하늘이 맑았다.

우광훈(禹光勳) I 1954년 출생. 연변대학조문학부 졸업. 1979년 소설 〈외로운 무덤〉으로 문단데뷔. 주요작품으로 〈시골의 여운〉, 〈메리의 죽음〉 등 다수. 창작집으로 『메리의 죽음』, 『가람 건느지 마소』 장편소설 〈흔적〉. 제5회 길림성소수민족문학상, 제6회 길림성 정부 〈장백산〉 문예상, 제6회 전국소수민족문학준마상, 제1차 연변작가협회 중, 장편소설문학상 등 수상. 현재 연변소설가학회 회장, 중국작가협회회원, 중국소수민족문학학회 회원.

●● 단편소설

제5의 계절

최국철

"인표야, 어서 아버지 깨워라 … 여보 빨리 일어나쇼 …"

백야의 계절 무성한 숲속에서 속삭이는 듯한 소리에 명조는 천근같은 눈시울을 겨우 치켜 올렸다. 천정에서 무력하고도 창백한 일광등불빛이 쏟아져 내리며 눈 각막을 자극했다.

분명 감미로운 목소리였는데 꿈속에서 들었나.

"이러다가 출근시간이 늦어집니다."

무성한 여름 숲이 사라지고 환청도 사라졌다. 그 소리는 매캐한 기름내가 진동하는 부엌에서 들려왔다.

그래…그래… 일어나야지. 탁명조는 겨우 몸을 일으켰다. 아직 날이 채 밝지 않은 새벽이다. 몸이 돌덩이 같이 무거웠고 그냥 심연으로 추락하는 느낌이다. 이래서는 안 되는데… 벌써부터 이러면 안 되는데…. 슬프고도 무력한 호소와는 달리 그의 육신은 진력을 느끼기 시작했다. 춘곤이 아니라 계절과는 상관없는 육체의 곤고였다.

어느 때부터 였을까.

탁명조의 안해는 진작 세숫물을 대야에 담아놓고 칫솔에 치약까지 짜서 얹어놓고 남편을 기다리고 있었다.

탁명조의 일과는 이렇게 시작 되었다.

하지만 탁명조의 컨디션은 안해의 정성과 상관없이 "판도라의상자"를 만난 듯 심상찮은 조짐을 보였다. 자리에서 몸을 벌떡 일으키던 탁명조는 두 손으로 가슴을 움켜잡으며 자리에 무너져 내렸다.

또 발짝 하는가… 흉골로부터 그 겁나는 질식감과 소름 돋는, 매캐한 고추냄새 같은 기운이 뻗쳐 오르고 있었다. 순식간에 예고도 없이 발작하는 협심증(心絞痛)의 초기발작 징조다.

"왜요? 또 발작합니까?" 탁명조의 안해는 남편의 심상치 않은 거동을 건너보고 재빨리 부엌에서 뛰쳐 올랐다. 그리고는 익숙한 솜씨로 머리맡에 놓은 조그마한 약병에서 니트로글리세린 한 알을 명조의 혀 밑에 잽싸게 밀어 넣었다. 아버지의 이불을 포개주던 아들 인표도 눈치 빠르게 아버지의 머리 밑에 베개를 받쳐 주었다.

"어쩜까…어쩜까…"

탁명조의 안해는 눈물이 글썽하여 식은땀을 흘리며 간단없이 손을 떨고 몸을 송충이 같이 옹송거리는 남편을 멍하니 내려다보았다.

"아버지…?"

"응…괜찮을거다." 탁명조는 겁먹은 아들과 안해를 눈으로가 아니라 몸으로 보고 있었다. 흉골로부터 울대뼈로 치밀어 오르던 "매운 기운"(기실은 통증과 질식 같은 거였지만 탁명조는 늘 이렇게 착각했다.)은 심장의 불규칙적인 박동에 따라 오르락내리락 했다.

억센 철제도구로 심장을 조이듯 가슴이 뻐근해났다.

"매운 기운"이 울대뼈를 지나치면 최후의 방선이 무너지고 한어명 心絞痛(협심증) 그대로 칼로 에이는 듯한 극심한 통증으로 이어온다는 것을 탁명조는 경험으로 알고 있었다. 멈추어다오!

안해와 아들은 량쪽에 붙어 앉아 탁명조의 손을 꽉–잡고 있었다. 이러면 안 되는데…

한동안 울대뼈 사이에서 맴돌던 "매운 기운"은 이들의 호소를 들은 듯 드디어 내려갔다. 니트로글리세린의 작용이다. 탁명조의 안해가 솜씨가 빨랐기에 협심증의 발작을 조기에 막은 것이다. 무서운 협심증이 거짓말같이 사라졌다만 그 대신 관자노리가 빠개지듯 했다. 혈관의 억지팽

창으로 인기된 것이다. 니트로글리세린의 부작용이다.

탁명조는 땀을 훔쳐 주는 안해와 아들에게 허구픈 웃음을 보여주었다. 탁명조에게는 이런 웃음밖에는 다른 표정이 없었다. 아니, 자기만 바라보는 나약한 안해와 여린 아들에게 고통을 호소 할 수 없다.

"웃음이 나옵니까. 남은 십년이 감수하는데, 오늘은 꼭 병원에 가보쇼, 예?"

그래 …. 그래 가보지.

명조는 건성으로 고개를 끄떡이며 겨우 몸을 일으켰다.

"인표는 준비가 다됐니?"

"예"

탁명조는 자기가 괜한 물음을 던졌다는 것을 알았지만 그래도 아들의 물건을 꼼꼼히 살펴보았다. 구들 한 켠에는 오늘 아들이 가져가야 할 이불짐과 트렁크… 등 생활 일습들이 준비되어 있다. 엊저녁 이들 부처가 밤을 패며 자상하게 챙겨 놓은 것이라 빠뜨린 게 있을 리 만무했다.

아침상에 마주앉았지만 탁명조는 뒤술 뜨는 체 하고는 상에서 물러났다. 식미가 전혀 없었다. 걸핏하면 예고 없이 발작하는 협심증에 대한 초조와 불안이 밀려든다. 심장질환의 증후군이라는 것을 알고 있지만 그 징후를 떨쳐버릴 힘이 탁명조에게는 없었다.

"인표는 또 어딜 갔소? 당장 떠나야 겠는데."

인표는 오늘부터 탁명조가 출근하는 ㄱ시로 전학 간다. 새 학기를 맞으며 초급중학교로 진학하는 것이다.

"걔가 어딜 갔겠씀까. 개지(강아지) 보러 나가겠지요. 인표야, 강아지와 그만 장난치고 빨리 들어와."

탁명조의 안해가 아들을 불렀다.

"인표는 나와 같이 새벽에 일어났씀다. 당신이 늦어서 시간 떼웠지."

안해의 말은 거짓이 아니다. 공부를 꽤 열심히 하는 인표는 도시학교로 간다고 흥분했는데 일찍 기상했다. 그리고는 손수 가스레인지로 강아지에게 줄 먹이까지 끓였다. 강아지를 돌보는 일은 인표의 몫이었는데 오늘 아침 자기를 위해 어머니가 어제 준비한 돼지고기까지 가만히 몇 점 넣었다.

인표는 강아지가 먹이를 먹었나 살피려고 나간 것이다. 뜨거운 먹이에는 주둥이도 못 대는 강아지라 음식탐이 기세 찼지만 그저 맴돌기만 했었다. 나무꼬챙이에 고깃점을 꿰어 강아지에게 먹이던 인표는 어머니의 부름소리가 나자 인차 집안으로 들어섰다. 그리고는 책가방을 둘러메고 눈치 빠르게 이불 짐도 챙겨들었다.

"이불 짐은 내가 정거장까지 들고 나가겠으니 책가방만 들어."

탁명조의 안해가 아들의 손에서 이불 짐을 빼앗아냈다.

"당신은 정거장까지 나올 필요가 없소. 짐도 얼마 안되는 데 그 이불 짐 인주오."

탁명조는 자기네 부자간을 따라나서는 안해를 막았다.

"너 남의 집이락도 눈치 보지 말구 밥을 많이 먹어라. 돈은 우리가 냈으니까 공밥이 아니다. 그리구… 공불 잘해야 한다. 알겐."

집을 나서자마자 탁명조의 안해가 아들에게 구구절절 당부하기 시작했다. 나쁜 애들과 섭쓸리지 말라. 술담배를 배워서는 안돼. 공부를 꼭 명심 하고… 녀자애들을 멀리 하거라… 대개 이런 당부다.

"알았씀다. 어머니."

인표는 건성으로 대답하는 체 하고는 또다시 강아지에게 정신을 팔았다. 어머니의 당부를 인표는 모조리 알고 있었고 줄줄 외울 수 있는 정도다.

"자식 두… 참, 내 정신 어디에다 팔고… 깜빡 잊을 번 했네."

탁명조의 안해는 슬그머니 돌아서며 옆구리에서 돈주머니를 꺼냈다. 돈주머니래야 보잘것없는 비닐주머니다.

"학비와 책값이 아마 천원은 될검다. 나머지 천원은 두 달치 하숙비인데 주인집에 가서 량해 구하고 먼저 한 달치 하숙비만 주십쇼, 나머지 오백 원은 병원 가보십쇼. 자꾸 병 키우지 말고 꼭 가보십쇼, 예―"

"뭐 하루이틀간에 호전될 병도 아닌데… 벌써 얼마나 많은 돈을 팔았다구 차차 보기요."

자기에게 건네준 돈이 안해 손에서 어떻게 여투어 졌다는 것을 잘 아는 탁명조는 이 돈만은 자기의 병에 쓸 수 없다고 생각했다.

"당신이 정 갯길로 달아나면 나도 오늘 동무 따라 가겠슴다. 다른 병과 달리 심장병이 어떻다는 건 동무도 잘 알고 있잖씀까. 나는 괜찮다 치고라도 인표를 봐서라도 동무가 건강해야 하지 않습니까."

"아. 알았소. 알았소. 병원가보지."

탁명조는 돈을 안주머니에 넣으며 선선히 응낙했다.

탁명조는 남모르게 투병생활을 하면서 안해의 슬픈 눈빛과 눈물은 수없이 보았고 비장하게까지 느껴지는 진언을 들어왔다. 탁명조는 그때마다 자신이 너무도 왜소하고 초라하다고 생각했다. 투병생활을 하는 남편에 대한 안해의 절원이라기보다 생명의 원동장치가 고장나서 삶에 회의를 느끼고 소속감을 망각해가는 생명체에 대한 다른 생명체의 경고나 신호 같았기 때문이다.

"내 꼭 병원가리다."

탁명조는 금방 자기가 아주 못된 생각을 했다는 것을 새삼스레 의식하며 안해에게 다짐했다. 꼭 병원 가리라.

"혼자의 몸이 아닙니다. 아들을 봐서라도…"

아주 계산적인 말 같지만 아내의 말은 계산이 아니라는 것만은 잘 알고 있는 탁명조다. 이 세상이 일색으로 계산이 충만되어도 안해는 그럴 수가 없다. 숙명을 체질적으로 터득한 안해가 아닌. 아들을 보아서라도가 아니라 나의 아들을 봐서 였을 것이다.

"어머니 이 강아지를 절대 굶기지 말고 꼭 잘 돌보아야 함다."

인표가 강아지 곁에서 물러나며 어머니에게 당부했다.

육중한 체인에 목이 매여 운동반경이 두 메터도 안된 복슬강아지는 자기를 총애하던 어린주인이 집을 떠나는 것을 알았는지 낑-낑 괴로운 소리를 지르며 따라가겠다고 맴돌이 쳤다. 재롱이 많고 귀여운 강아지다. 인표가 너무도 욕심내서 탁명조의 안해가 시골에 있는 본가 집에 가서 가져온 것이다. 그날부터 강아지 보는 일은 인표가 전담했다 강아지기 어찌나 간사 떠는지 탁명조까지 퇴근 할 때마다 뒤 번씩 들여다본다.

"알았다. 내 굶기지는 않겠으니 넌 잡생각 말고 공부나 열심히 해라."

좌르륵 - -강아지는 무거운 체인을 끌며 어린주인을 따라 가겠다고 계속 설쳐댔다.

"드문드문 된장물도 먹이고 사탕가루 물도 먹어야 함다. 회충약도 잊지 말고."

"온 자식도…"

탁명조의 안해는 어쩌다 웃어 보였다.

인표는 가다말고 다시 한번 강아지를 품에 안아들었다. 슬레이브처럼 (노예) 목에 체인을 감고 자유를 박탈당해도 충성심만은 꼬물도 변함이 없는 강아지다.

"잊지 말고 꼭 병원 가보십쇼."

"추운데 들어가오."

하늘이 시뿌옇게 흐린 쌀쌀한 아침 부자를 바래고 선 그녀의 모습이 어쩐지 쓸쓸해 보였다.

무릎이 불쑥 튕겨 나온 싸구려 트레이닝바지, 그 아래 맨발에 꿰여진 헌 슬리퍼… 탁명조는 못 볼 것을 훔쳐본 것처럼 재빨리 시선을 거두었다. 가난의 모습이란 이렇듯 처량하였다.

"어머니 들어가죠."

인표가 제법 어른스레 어머니에게 손을 흔들어 보인다. 탁명조는 아들을 돌아보며 저도 모르게 안주머니에 깊숙이 찔러 넣은 돈주머니를 만졌다. 커다란 쇠덩어리가 들어있는 듯 무겁기만 했다. 간신히 허락 얻고 찾은 아들의 하숙집에 두 달간의 하숙비를 선불한다는 약조가 있었는데 병원으로 간다면 위약이 된다.

"아버지 그 이불 짐 이리 줘요."

"괜찮아."

"어서 줘요."

인표는 억지로 아버지의 손에서 자기의 이불 짐을 빼앗아냈다. 16세란 나이보다 훨씬 성숙한 인표다. 무척 반항적이고 까불어 칠 나이지만 인표는 공부밖에 모르고 있었다. 아직 돈을 쓸 줄도 몰랐고 옷치장에 신경을 쓸 줄을 몰랐다. 이런 아들이라 탁명조는 자신의 분신으로 알고 있었다. 아주까리에 개똥참외 달리듯 6형제의 맏이로 태어나 가난만 알고 자란 자기와는 달리 아들 하나만은 가난과 위축을 모르고 반듯하게 깨끗하게 키우고 싶었다.

버석-버석 걸을 때마다 발밑에서 얼음 버캐가 아우성쳤다.

벽돌담장의 굽이를 돌면서 탁명조는 강잉히 참고 끝내 고개를 돌리지 않았다. 탁명조는 맨발에 헌 슬리퍼를 꿰지르고 자기네를 바래고선 안해가 있다는 것을 잘 알고 있기 때문이다.

작고 보잘것없는 버스 정거장에 사람들이 모여들었다. 꽃샘 뒤끝에 떨어지는 3월의 이른 아침에 저마다 옷깃에 목을 파묻고 움츠리고 있었다. 태반은 ㄱ시로 가서 로박이 장사를 하는 사람들이고 탁명조와 같은 출근족들도 있었다.

"어… 탁동무."

대합실 문가에서 누군가 탁명조를 불렀다. 돌아보니 ㄱ시 종교국으로 출근하는 김동무이다. 탁명조는 아들에게 짐을 맡기고는 김동무 곁으로 갔다.

"이거 괴후구만, 봄 날씨가 얼음장같이 차고서야 어디 견뎌내겠나."

난방장치도 없는 대합실이라 누구도 안으로 들어가지 않고 김동무처럼 문이나 벽을 의지해 아침추위를 견디고 있었다.

"가만… 아침에 또 발작한 게 아니요? 낯색이 말이 아니구만."

탁명조의 얼굴은 누가 보아도 병색이 꽉 끼였다. 노랭이 꽃이 피어 파리한 것이 아니라 혈색 없이 부어 있었기 때문이다. 부황이 든 것 같은 얼굴이다.

"아닙니다."

"조심하게 발작하는 날에는 수없이 반복돼 이상한 병이거든."

몇 년 동안 매일과 같이 정거장에서 만나는 사이라 이들에게는 선후배 사이라도 친분이 있었다. 키가 크고 몸이 마른 탁명조와는 달리 키가 작고 몸이 둥긋한 김동무는 탁명조보다 십년쯤은 선배라 지천명의 문턱을 넘은 셈이다.

"자네 아들이 아니야? 근데 무슨 짐이야? 오, 벌써 중학생이 됐나? 허허, 자네도 이제 돈을 팔아야 하겠구만."

김동무는 선배라 자녀들의 교육비투자를 한발 앞서 한지라 그 고충을 충분히 알고 있었다.

"그래, 내가 추천해준 약 써봤나?… 사람두 참, 속는 셈치고 한번 써보게 생산지가 서북 변두리라도 그 병에는 명약이야. 다단계로 판매하는 약도 아닌데… 자네 병 근원을 혈압이 아니라 클레스테롤(혈지) 과다로 인기 된 협심증이니까 그 약이 딱 맞을게야."

김동무는 몇 년 전에 관심병을 앓아본지라 말 그대로 탁명조와 동병상련이었다. 병으로 3년 앓고 나면 사이버닥터가 된다고 그는 심장병에는 전문의 못지않게 아는 것이 많았다.

"글쎄, 써본다고는 하는데…"

탁명조는 말끝을 흐렸다. 김동무에게 구차한 자기의 재정형편을 털어놓을 수가 없었다.

"나도 그 병에 아파트 한 채를 날렸는데 자네도 아마 그쯤은 날렸겠지. 그런데 큰 차도가 있나?… 약이란 병에 알맞아야 명약이지."

다단계 판매에 한번 속은 일도 있고 여직껏 숱한 약을 복용한 탁명조는 웬만한 설교에는 마음이 흔들리지 않지만 오늘따라 김동무의 말에 귀가 솔깃해졌다. 이 약을 복용한 여러 사람들의 추천도 있었다. 발짝 할 때면 기혼까지 했다는 김동무가 자리를 털고 씩씩해진 모습을 보면 한번쯤 믿어봐야 할 것 같다.

"그 약은 요란한 광고도 없어 명약이란 광고하지 않아도 벌써 널리 알려져 있게 돼 있거든. 너무나 고마워서 공장에 편지를 썼더니 소책자까지 보내주더군. 자네도 그 책자를 한번 보게."

"뻐스가 옵니다."

인표가 소리치자 탁명조는 김동무에게 저녁에 다시 봅시다라는 말을 남기고는 급히 아들에게 다가갔다. 짐이 많은지라 서둘러야 했다.

뻐스가 멈추어 서자 승객들이 우르르 몰려들었다. 이른 아침의 뻐스라 승객들이 많았고 먼저 오르겠다고 몸싸움도 기세 찼다. 승객들이 바야흐로 오르려는데 역장이 나서서 승차를 막았다. 표를 끊지 않으면 승차할 수 없다는 것이다. 매표량에 의해서 밥을 먹는 역 직원들이라 매표실적을 올려야 했다. 아들에게 짐을 맡긴 탁명조는 다시 표를 끊으려고 돌아섰다

"탁동무 그냥 올라타게. 내 자네 부자간의 표까지 끊었다이."

마주오던 김동무가 탁명조를 막았다. 탁명조가 표를 받고 돈을 꺼내려는데 김동무가 막았다.

"그만두게. 자네 아들놈이 초급중학으로 진학한다는데 그까짓 차표 한 장 못 끊어 주겠나. 사정이 두툼하면 학용품까지 마련해줄 사인데."

남에게 신세지는 일에 질색인 탁명조지만 숱한 승객들 앞에서 쫀쫀하게 표값으로 밀고 당기는 유치한 씨름을 하고 싶지 않아 일단은 모르는 체 하였다. 그러면서 래일에는 김동무의 차표는 자기가 끊어야 갚음이 된다고 생각했다.

뻐스가 떠나자 낡아빠진 차창유리가 덜——덜— 떨어 됐고 그 사이로 코를 베여갈 것 같은 칼바람이 새여 들어왔다. 다행이 작년에 ㄱ시로 통한 국도가 국가 2급 아스팔트길로 바뀌여 엉덩방아를 찧는 일만은 면했다. 탁명조는 차창 곁에 앉은 아들이 추울까 염려되여 무작정 아들과 좌석을 바꾸었다.

여기저기 성에가 낀 차창 밖으로 바싹 마른 논밭이 흘러갔고 아침 연기를 머리에 쓴 스산한 촌락들도 흘러갔다.

"학비가 얼마나 던가? 첫 학기라 꽤 많겠는데?"

앞좌석에 앉았던 김동무가 몸을 틀며 탁명조에게 물었다. 혼탁한 공기만 차있는 버스 안에서 무슨 말인가는 해야만 했다.

"뭘?"

허드레 사색에 잠겨있던 탁명조는 김동무가 금방 무슨 말을 던졌는지 몰랐다.

"학배, 인표의 학비 말이야."

"아직 잘 모르겠지만 천 원안으로 예산되는데…"

"아마 그렇게 될 걸. 도시학교가 아닌가. 그 학교는 교육의 질이 좋아 누구나 욕심내는데 … 허허 자네 이제 월급을 통채로 밀어 넣어도 모자랄 걸세. 사내 녀석들이란 씀씀이도 헤픈데."

"글쎄 말입니다. 저도 …"

탁명조는 말끝을 흐렸다.

곁에 앉은 아들을 의식했기 때문이다. 시위기관으로 출근하는 아버지가 발랄하고 꿈 많은 아들 앞에서 주눅이 들어 풀기 없는 소리를 할 수가 없었다.

"이제 굶을 날이 왔어. 왔다니까 보너스 한 푼 없이 맨월급만 알고 있는 우리들에게는 자식 한 놈이 뒷바라지가 너무도 벅차지. 마누라를 한국에 내보지 않았더라면 난 엄두도 못냈을 걸. 자네도 이제 무슨 방법이든 대야해, 이러다간 진짜로 굶어 죽어."

김동무의 말은 추호의 과장도 없다. 회피 할 수없는 현실이다. 자신의 분신으로 알고 있는 아들은 이제 날이 갈수록 자기에게 도전하고 있었다. 탁명조에게는 응전 외에는 다른 그 어떤 선택도 없다. 탁명조의 안해 역시 마찬가지다. 이 고비를 넘기려면 막대한 대가를 치러야 한다.

"난 외국 못갑니다. 아니 안갑니다. 그리고 당신도 못갑니다. 왜냐 묻지 말고…."

외국행에 대한 탁명조의 안해 태도는 아주 에누리 없었다.

못가요. 안갑니다. 당신도 못가요… 하면 그만이다.

탁명조만이 리해 할 수 있는 일이다. 배운 것이 없고 세상물정에 어두운 편이 아닌 안해지만 얻은 것이 있다면 그만큼 잃는 것이 있다는 생활철학은 알고 있었다. 이 세상에서 남편과 자식만 알고 있는 그녀에게는 물질 보다 감정이 우선이었다. 외국 나가 내가 변할 수 없다는 담보도 없다 이거였다. 아주 깨물어주고 싶을 정도로 고마운 안해였지만 그 뒤로 감내해야 하는 건 당연한 가난뿐이었다.

"갈수록 심산이라더니… 난 이 세상을 정말 리해 못하겠어."

터-덜, 터- 덜 숨 가삐 가는 버스 안에서 김동무는 자기가 하고 싶은 말을 임의로 내뱉고 있었다.

"교육이 백년지계라는데 그건 빈 구호일세. 우리의 교육에는 지금 큰

틈이 많아. 참으로 걱정이 되네."

탁명조는 김동무가 또 종교에 대한 화제를 끄집어 내는 줄로 알았는데 엉뚱하게 화제는 교육에로 돌아갔다.

"우린 그저 학부형의 립장에서 교육비만 말해보세. 우리 자치주인 구장성이 마이너스를 기록한 것은 엄청난 교육비 부담이라는 명목에도 한코 걸릴 걸세. 자식 한 놈을 대학까지 공부시키려면 얼마나 많은 교육비를 투자해야 하는지 계산해 봤나? 여섯자리 수로 치달아 올랐네. 아이보다 배꼽이 더 크다는 말은 이럴 때 쓰는 말이지. 소득과 지출이 평형이 안돼. 한국에서는 셋째아이가 부귀의 상징이라지만 여기서는 두 번째 아이가 아마 부귀의 상징일 걸세. 웬간한 수준이 아니면 둘째는 감히 엄두도 못내니깐."

권력과 행정력이 없는 종교국이라도 정부청사로 출근하는 김동무라 책상머리에서 보고 듣는 견문이 많았다.

"관건은 교육원가를 낮추고 학부모의 부담을 더는 것이야. 안 그래?"

"글쎄요."

김동무가 열렬한 발언자라면 탁명조는 조용한 청중이었다.

"그것만이 학부모들의 허리띠를 느슨히 풀어주는 길이지. 교장이 한 복도에 차고 처장이 한 강당에 차고 과장이 한 운동장에 찬다는 말 자네도 들어봤지. 연변의 사정이 아니라 고등학교를 상대하는 비유 같지만 아무튼 국내에서 존재하는 현상이야… 방대한 행정기구를 간소화해야 교육 원가를 조금이라도 낮추지… 행정후근인원이 60%까지 된다니까 국가재정도 당연히 어려울 게 아닌가. 간소화… 간소화만이 현실적인 선택이야. 이래야 교육이 살아나. 어렵더라도 꼭해야 할일이 아닌가. 교육에 대한 투자가 저 아프리카 르완다 수준이라니까 나쁜 목은 학부모들이 감당하지."

탁명조는 대꾸 한마디 없이 뒤번 머리를 끄떡여 보이는 것으로 공감이라는 것을 신호해보였지만 실은 해결가망이 묘연한 공담에 값싼 격동을 보이기 싫었다.

좌르륵 −좌르륵 문뜩 체인소리가 들려왔고 낑−낑 반갑다고 주인에게 매달리던 강아지의 소리가 들려왔다. 생뚱 같은 환청이 들려오는 것이 자못 괴이한 일이었지만 그 환청은 아들을 돌아볼 때 일어난지라 아들로 인한 현상이었다. 지금 아들도 체인에 목을 감긴 채로 자기를 떨어지기 아쉬워하던 복슬강아지를 생각하고 있으리라.

강을 끼고 달리던 뻐스는 드디어 ㄱ시의 정경이 앞 차창으로 안겨 왔다.

ㄱ시, 인구가 삼십만도 안되는 이 소형도시는 눈에 익으면서도 정이 가지 않는 도시다.

덜−덜 숨가삐 달리던 뻐스는 세멘트공장을 지나치다가 문뜩 멎었다.

왜 이래?

승객들이 술렁거렸다.

우릉−우릉…

가죽 캡을 머리에 삐딱하게 쓴 운전기사가 몇번 더 시동을 해봤지만 엔진은 요지부동이었다.

"개좆같네…"

운전기사는 쌍욕을 내뱉으며 커버를 재꼈다.

"개좆같은 똥차 주고 임대료를 한 푼도 깍아주지 않으니 이거 어디 해 먹겠나."

"험하게 고장났습까?"

운전기사의 안해로 보이는 중년 녀자가 근심스러운 기색을 짓고 서성거렸다.

이걸 어쩐담…

승객들이 조바심쳤다. 출근족과 장사꾼들을 제외한 나머지 승객들은 모두 기차역으로 가서 기차를 갈아탈 사람들이다.

탁명조는 슬그머니 조바심쳤다.

자신보다 아들이 더 걱정되었다. 개학 첫날부터 불명스럽게 지각해서야 될 말인가. 시내로 들어가자면 아직도 몇리 더 가야 한다.

홀몸으로 짐이 없는 승객들은 슬금슬금 뻐스에서 내려 지나가는 택시를 잡고 있었다.

"탁동무, 나 이번에 한국으로 종교고찰을 떠나게 됐소."

김동무의 정중한 통보는 시기가 가장 적절하지 못할 때에 흘러나왔다. 승객들의 원망소리와는 달리 김동무의 말은 너무나 명랑했다.

"종교고찰이라니?"

아들의 일에 조바심치던 탁명조는 혼잡한 소음을 누르고 나온 김동무의 통보내용을 모르고 있었다.

"한국으로 종교고찰을 가게 됐소."

"아… 예 참 좋은 일입니다."

탁명조는 그제야 알아듣고 정중한 축하를 드렸다.

"불교 측에서 초청장이 온다는데… 우리 사무실은 모두 합해 두 명뿐인데 사무를 책임진 내가 못가면 누가 가겠소. 그리고 명액도 넷이라오. 그래서 오늘 내로 필요한 개인서류를 만들어 팩스로 보낸다오."

"축하합니다."

탁명조는 오늘 아침 처음으로 밝은 표정을 보였다. 그리고 보면 오늘 김동무가 여느 때부터 활발하고 말이 다사했다는 것이 상기되었다. 차표 두 장을 선사한 배경도 짐작이 되었다.

"허허… 그물이 3천코면 걸리는 코가 있다더니… 왕복 비행기표까지 초청 측에서 부담한다오."

먹을 복이 없는 직장인이라고 늘 투덜거리더니 이렇게 복사꽃이 피는 계절도 있는가 보다.

유정한 일이로다.

승객들의 원성을 알고 김동무의 '복사꽃 계절'을 알기라도 하듯 뻐스는 끝내 부르릉 엔진소리를 냈다.

뻐스에서 서둘러 내린 탁명조는 정거장을 빠져나오자 잠시 망설이었다. 일정대로 하면 인표의 하숙집에 들려 짐을 풀어놓고 주인집에 인사라도 하고 싶었지만 인젠 그럴 여유가 없었다.

우선 상학시간을 지켜야 했다. 탁명조는 인표의 짐들을 자기의 사무실에 잠시 가져다 두고 점심시간에 다시 가보자고 아들과 약속하고는 인표를 먼저 학교로 보냈다.

탁명조의 직장은 시위기관이다.

탁명조의 직급은 주임직이고 구체사업 분야는 통전부속인 대만사업 판공실이다. 국장, 과장, 주임이면 지금 모두 벼슬자리라고 하지만 탁명조의 주임 벼슬은 약간 처량한 데가 있었다. 수하에 차물 한 고뿌 받쳐 올리는 병사 하나 없는 알량한 혼자만의 주임이었다. 반자나 실자가 붙으면 주임이고 회자가 뒤끝에 붙으면 대개 서기나 주석이 된다. 그러니 탁명조는 진짜 주임이다.

략칭으로 쓰면 '시대반'이라고 전칭으로 쓰면 통일전선사업과 대만 사업 반공실이다. 시위기관에는 일반적으로 약칭으로 통하는데 사회주의 정신문명 반공실은 '사정반'으로 이름한다.

통전부는 시위청사에서 한부다. 조직부, 선전부, 통전부, 이 세 개 부는 한 청사 안에 있어도 이름이 다른 것과 같이 사업대상이 확연히 구별된다. 통일전선의 구축 – 이것이 사업중점이다.

공화국이 창건된 후의 수십 년 간 중국의 당정기관에는 중국특색을 띤 새로운 단어들이 끊임없이 생성되어 류전되어왔다. 조직부를 따르면 년년이 진급, 제발되고 선전부를 따르면 해마다 착오를 범하고 통전부를 따르면 날마다 공짜로 먹고 마신다. 이런 신조어는 멋모르는 서민들이 창작한 것이 아니라 대개 기관 간부들 속에서 만들어지고 기관 내에서만 류행 한다. 하지만 통전 부를 따르면 공짜 술을 마신다는 신조어는 틀리는 말이다. 과거에 경기가 좋은 시절이 있었는지 알 수 없으나 실제 통전부는 다른 기관들과 마찬가지로 경비난으로 껄떡거린다.

탁명조가 통전부로 전근한지도 인젠 4년 철인데 경비사정은 해마다 더 쪼들려갔다. 통전부의 경비난은 자연 아래의 과, 실로 련대적인 파문이 이어져 내려왔다. 제로의 경비사정에서 셈평을 말 할 수가 없고 공짜 밥을 먹을 수는 없는 일이다. 여북하면 '공자재정'이라는 낱말이 청사 안에서 류전되겠는가. 하지만 외계의 눈은 다르다. 부패를 말하면 지금 사람들은 사업분공이나 대상도 파악하지 않고 모조리 싸잡아 '부패'감투를 씌운다. 탁명조는 이것이 제일 억울했다. 권리와 돈이 없으면 부패하려고 해도 부패가 안된다.

컴컴한 복도를 지나 자기의 사무실에 들어선 탁명조는 한동안 우두커니 서 있었다.

중도에서 차가 고장 나서 오늘 출근이 다른 날에 비해 약간 늦었지만 그래도 부내에서 탁명조의 출근이 제일 빨랐다.

직장에서의 탁명조의 일과는 청소로부터 시작된다. 수년간 아침 청소는 탁명조가 도맡아 했는데 인젠 한 사무실에서 일하는 리주임과 박주석은 아주 당연한 일로 간주하는 것 같았다.

탁명조는 걸레를 찾아 쥐고 사무상을 닦으려고 물통을 쥐여들었다. 가벼웠다. 물통 안에 물이 비어 있었다. 우선 물을 받아와야 했다.

화장실에 건너가 물통에 물을 가득 받고 사무실에 들어서려는데 흉골로 부터 또 심상치 않은 조짐이 왔다. 그러잖아도 무거운 물통을 들고 오면서 발작할까 겁나 무척 조심히 왔는데 또 발작하다니…

오늘은 왜 이래?

탁명조는 바삐 쏘파에 앉으며 호주머니에서 구급용 약병을 꺼내들었다. 하지만 불행하게도 약병이 손에서 빠져 땅바닥에 떨어졌다.

너무 성급하게 서둔 탓이다. 땅바닥에 떨어진 약병은 탁명조를 곤경에 밀어 넣을 듯 또르르 굴러 쏘파 밑으로 들어갔다. 쏘파 밑에 손을 넣어 약병을 겨우 찾았을 땐 때가 이미 늦었다. 그 겁나는 "매운 기운"이 울대뼈를 돌파했다. 뒤이어 심장에 칼로 에이는 듯한 극심한 통증이 뒤따라왔다. 탁명조는 약병의 뚜껑도 열지 못하고 쏘파에 철썩 쓰러졌다. 그의 손에서 약병이 굴러 떨어졌다. 이제라도 옆에 사람이 있었더라면 고통을 덜어 낼 수 있으련만 곁에는 구원병도 없었다. 온몸에 경련이 일어나면서 식은땀이 쫙 내돋았다.

여보 – 여보 –

탁명조는 극심한 통증에 점차 의식을 잃어갔다.

…어느 때쯤 되였을까…

탁명조는 겨우 눈을 떴다. 통증이 점차 물러갔지만 심한 호흡곤난은 아직도 가셔지지 않았다.

협심증이 발작하여서부터 소실될 때까지 불과 몇 분도 되지 않았지만 그 순간이 십년 세월이 흘러간 듯 아득하기만 했다. 속적삼이 식은땀으로 흥건히 젖어 있었다. 통증이 물러갔지만 사지를 움직일 힘이 없었다. 때가 거멓게 오른 천정, 그 공간에 아무렇게나 드리워 대롱거리는 일광등, 좁은 공간에 비좁게 들어앉은 낡은 사무상과 걸상이 어쩐지 자신의 초라한 자화상 같았다.

탁명조는 또 한 번 죽고 싶다는 무서운 생각을 해보았다. 협심증을 겪고 난 뒤면 꼭 뒤따르는 생의 절망과 회의였다.

사십 대 초반에 이른 젊은 탁명조에게 어느 때부터 이런 몹쓸 병에 찾아 들었을가…

6년 전 그가 번역국에서 사업할 때였다. 어느 날부터인가 아침에 기상하면 혀가 이상하게 뻣뻣해갔다. 과음한 뒤끝이면 더 심했다. 몇년간 지속적으로 발작하는 이상한 증상에 어느 하루인가 병원으로 찾아갔다. 검사결과 콜레스테롤 함량이 정상수치의 5배가 된다고 했다. 혈액 속에 지방이 너무 많아 인기된 병증이라 했다. 수치를 통제하지 않으면 중풍이나 관심병을 유발할 수 있다고 의사가 경고했다.

젊을 때라 자신의 신체 상황을 과신하고 병이 무섭다는 것을 아직 알지도 못한 탁명조는 공비로 떼여주는 값싼 약들도 복용을 꺼리고 외면해 버렸다.

하지만 의사의 예견은 너무도 적중했다. 불과 3년이 넘지 않은 어느 날 아침인가 무서운 협심증이 찾아왔다. 숱한 돈을 쓰며 성소재지 병원까지 전전했다. 많은 약을 복용하여 한시름 놓으려는데 봄을 잡아들면서 돌연적으로 재발했다. 초조와 불안, 호흡곤난, 놀람, 통증, 경련… 무릇 심장질환이 갖다주는 신드롬을 모조리 맛보았다. 탁명조는 이 시점에 와서야 병이 무섭다는 것을 절감했고 건강의 중요성을 깨우쳤다.

딩-딩-딩-

역사 위에 멋지게 세워놓은 시계탑에서 아늑함과 평화를 부르는 교회당의 종소리와 같은 시간종이 울려왔다.

딩-딩-딩-

그 종소리가 여덟 개를 치면 자리에서 일어나야겠다고 생각한 탁명조는 입속에서 셈 세기를 했다.

…넷… 다섯…여섯…

하지만 여덟 개를 채우지 못하고 몸을 일으키고야 말았다. 반공실 리주임이 젊은이답게 사무실 문을 박차다 시피 하고 불쑥 들어왔기 때문이었다. 리주임 뒤로 박주석이 따라 들어왔다. 이러면 이 사무실의 직원들이 다 출근한 셈이 된다.

"왜... 왜 그러우?"

박주석이 탁명조의 기색을 일별하며 근심조로 물었다. 이 청사 안에서 유일한 비당원 출신이지만 이 한 조건으로 정협 부주석이라는 겸직을 하고 있어 기관 내에서는 그저 박주석이라 부른다. 오십 줄을 진작 넘기고 퇴직도 오래지 않은지라 출근에는 태만한 편이다. 아침에 얼굴을 보이는 체 하고는 진종일 어디로 갔는지 모습을 보이지 않는 때가 많다.

"글쎄, 탁주임, 낯색이 말이 아닙니다."

젊은 리주임도 탁명조를 건너다보았다.

"정협 쪽에서 또 5차 회의가 있다던데 번역의뢰가 나와서 밤을 팼게 아닙니까?"

이들은 탁명조의 병을 알고 있었지만 이미 호전된 줄로만 알고 재발한 줄은 아직 모르고 있었다.

"아니, 취미로 번역하는 작품이 있어서."

탁명조는 계면쩍게 웃으며 얼버무렸다. 그만 두십시오. 지금 번역비가 얼마라고, 새다리피도 안되는데… 그 여가에 다른 돈벌이를 하겠습니다. 젊은 리주임은 말을 해도 곧장 중심을 찌른다.

"작품이 아닐 텐데… 어제 번역국의 왕동무가 탁동무를 찾던데… 혹시 그 번역이 아닌가?"

비당원 정협 부주석이 눈치가 빨랐다.

"탁주임, 몸을 혹사 시키지 말게 결국 자네 손해야. 건강이 돈이라네. 허허… 리주임 난 오늘 집에 마누라가 몸이 좋지 않아 아마 병원으로 가보아야 할 것 같네."

정협 부주석은 자기의 걸상에 엉뎅이를 한번 붙이지도 않고 도망갈 궁리를 했다.

"예, 가보십시오. 정부장한테는 내가 말해 적당하게 둘러 댈테니 병원 가보십시오. 그렇지만 점심에는 꼭 오셔야 합니다."

"점심에는 왜?"

"장부장의 송별좌담회가 있답니다. 그러니 시간 맞춰서 오십시오. 우린 식구도 많지 않은데 한 분이라도 결석하면 안되지요."

"그러지, 그러지. 내 꼭 오겠소."

먹으러 오라는데 누가 싫어하라. 박주석은 쾌히 대답하고는 슬그머니 사무실을 빠져나갔다.

"허허… 핑계를 만들려면 다른 핑계 만들 거지. 하필 아주머니 앓는 핑계 만들어, 이제 래일에는 아들, 며느리, 손자 순으로 앓게 만들 걸 허허."

리주임과 탁명조는 마음 놓고 피실피실 웃어댔다. 핑계 만드는 데는 기관간부들을 따를 수 없다. 이를테면 참가하기 싫은 회의에 핑계를 만들었는데 마누라의 임신검사 하러 병원 갔소…로부터 해산해서… 다음 돌 생일이여서…까지 쭉 계산해보니 임신해서부터 아이 돌 생일까지 불과 일 년도 못되었다는 이야기… 어느 한 간부는 독하게도 아버지, 어머니 장례 때문에서부터 장인, 장모까지 모조리 죽게 만들었는데 인젠 아무리 찾아도 더 죽일 사람이 없더라는 우스운 이야기도 있다.

"장부부장이 끝내 퇴직하는구만."

"한시름 놨습니다. 벌써 몇해를 끌어온 퇴직입니까. 실리도 실권도 없는 여기에 무슨 멋으로 더 앉아있겠습니까. 빨리 나가서 낚시대라도 휘둘러야지."

장부부장이 퇴직신청을 한지가 2년 전이였으니까 퇴직비준이 꽤 오래 걸린 셈이다.

"정말 한시름 놨겠구만."

탁명조는 자기도 모르게 중얼거렸다.

"왜요? 탁주임도 퇴직이 부럽습니까?"

"글쎄 말이요 ."

"퇴직이 어디 마음대로 됩니까. 퇴직을 하자 해도 돈을 팔아야 하는 세월입니다."

리주임이 두덜거렸다. 30대중 반으로 탁명조와는 세대차이랄까 리주임은 말을 해도 무척 직설적이었다.

"이 나이에 이게 무슨 멋입니까? 저녁에 집에 돌아가 내가 오늘 무슨 일을 했는가 생각해보면 스스로도 맹랑하기만 합니다. 참으로 곤혹스럽습니다."

"기관사업이 원래 그렇지."

탁명조가 부드럽게 위안했다.

"탁주임에게만 먼저 하는 말이지만 나도 이 자리가 아마 이번 달로 끝장날 겁니다."

"그건 또 무슨 소리요?"

탁명조는 놀라는 표정을 보였다.

"퇴직도 못하는데 사직까지 못 하겠습니까?"

"사직이라니?…"

리주임이 이 자리에 오래 눌러 있을 사람이 아니라는 것을 진작 알고 있었지만 그 사실이 눈앞으로 육박해오자 탁명조는 경의감을 금치 못하였다.

"상반년에 기관간부 정리정돈이 시작된다던데 그때까지 기다렸다가 다시 봐도 늦지 않을 텐데. 사직이라면 뒤끝이 너무…"

"그 말을 믿습니까? 인젠 신물이 납니다. 벌써 몇 년 째로 끌어온 정돈입니까. 인젠 정돈이 필요 없습니다. 인젠 자연정리정돈이 됐는데."

자연정리정돈, 비슷한 말이다. 이 몇 해간 년로화로 인해 저절로 작년

퇴직이 되어서 간소화할 여지도 없게 되었다. 새물이 흘러들어오는 물곬을 억척으로 막아놓고 흘러나가는 물곬만 활짝 열어놓고 보니 간소화가 되고 년로화까지 되었다. 정리할 것도 없다.

"저는 이제 관직에 대한 미련을 포기했습니다. 벼슬하려면 활동을 잘 해야 하는데 그럴 능력도 없거니와 이미 그 도박에서 졌습니다. 졌으면 깨끗이 항복하고 흰기를 들어야 할 게 아닙니까?"

리주임은 공청단 출신으로 통전부로 발령된데 대해 원래부터 불평이 많았다. 그의 중간 정거장은 조직부였다. 조직부는 발을 붙인 후 나래를 활짝 펴고 아무 곳이라도 훨훨 날아 갈 수 있는 아름다운 '섬'이었다. 하지만 그가 굳게 믿고 의지했던 '어른'이 그만 좌천되어 별 볼일 없는 곳으로 가게 되었다. 큰 나무 한 그루가 넘어가자 죽지가 부러진 것이 자연 리주임이었다. 나무 한 그루가 아닌 세 그루, 네 그루 잡아야 출세가 가능한 줄 그제야 알았지만 후회해도 때가 늦었다.

"외삼촌이 북경외자기업의 좋은 자리에서 일보는데 그쪽으로 나가겠습니다. 뜻대로 된다면 외국도 나가보구 …이렇게 나가다간 안해까지 남에게 뺏길 것 같습니다. 아무데 가도 여기보다야 낫겠지요."

탁명조는 또 한번 리주임의 용기와 의력이 부럽다고 생각했다.

탁명조는 리주임의 해맑은 얼굴을 건너다보며 젊은 시절의 자신을 떠올려 보았다.

그 시절 탁명조는 진소재지의 자그마한 중학교에서 한어선생으로 매일 코끝에 분필가루를 묻혀가지고 밖에 아름다운 련못이 있고 그 련못에서 금붕어가 노닌다는 사실도 모르고 직업에만 충실했다. 직업에 충실한 대가는 가난뿐이었다. 하지만 탁명조는 샛길을 모르고 산뜻한 칼라색 삶을 설계할 줄 몰랐다. 그는 어떻게 되어 자기가 교단을 떠나 정부청사로 왔는지 꿈속에서 겪은 듯 아리숭하기만 했다. 번역을 모르고 사이 길을 모르는 졸, 장기판의 졸같은 존재였다. 보잘것없는 먹이에 진종일 체인에 목이 감겨 있어도 오직 충성만 아는 강아지 같은 존재라고 해도 결코 과언이 아니었다.

탁명조는 자기가 금방 아주 서럽고 치사한 비유를 했다고 생각하면서 쓸쓸해났다.

좌르륵–좌르륵

또다시 그 체인소리가 났다. 그 체인소리는 아들로 인해서 련상되었다고 고집하고 싶어졌다. 지금쯤 아들은 낯선 교실에서 낯선 학우들 과 낯을 체인에 목이 매인 강아지를 생각했는지도 모른다.

안해는 지금 쯤 자그마한 시장터에 나가 손바닥에 퍼런 채소 물을 묻히고 싸구려 소리를 웨칠 것이다. 아니 지금쯤은 집에서 자기와 아들이 어지럽힌 구들바닥을 닦고 있을 지도 모른다.

한겨울부터 초여름까지 비닐하우스에서 생산하는 부추, 오이, 풋고추 같은 남새들을 넘겨다 팔았고 여름에는 비비한 바닷물고기 , 마른버섯, 고춧가루 같은 것을 판다. 일이년도 아닌 십년 째다, 장돌뱅이, 로박이 장사꾼, 난전꾼, 품팔이꾼…

교원시절에는 주위사람들의 시선을 의식 못했는데 자기가 정부 청사로 전근하면서부터는 달랐다. 왜 아직도 녀편네를 고생시키는가? 정부 청사에 출근을 하면 검은 돈도 엄청 생길 텐데… 이러는 것 같았다. 그 자신은 한 점도 변한 것이 없는데 벌써 변해보이고 부패해 보이는 것이 사람들의 통념이었다.

"정말 그 용기가 부럽구만."

탁명조의 말은 진심이었다.

"발악입니다. 그래야 자신을 지키니깐. 허허 저도 이제는 웃어른들처럼 집 나서면 현대차에 앉고 점심에는 새일대술 마시고 저녁이면 후대를 품에 안는 꽃피는 생활해야지요. 하하하. 공가 돈으로 가 아니라 내가 번 돈으로 말입니다."

리주임은 자기가 한 얼토당토한 말 자체가 우습다는 듯이 통쾌하게 웃어댔다.

"장주부장이 지금쯤은 왔겠는데."

"아마 진작 왔을 겁니다. 어제 오늘 점심 좌담회를 통지했으니까 인계할 준비도 하고 자료정리도 해야 할겁니다."

"뭐 도울 일이라도 있겠는지 가보고 오겠소. 재료정리는 오래 걸리겠는데."

"뭐 그렇게 하십시오. 저도 지금 공안국으로 일처리 하러 나가야겠으니깐."

탁명조와 리주임은 거의 동시에 사무실을 나섰다.

리주임은 청사를 빠져나갔고 탁명조는 복도를 지나 부장실을 찾아 갔다. 부장실 문이 반쯤 열려져 있는 상태라 노크도 없이 곧장 들어서려는데 안에서 흘러나오는 말이 자못 이상스러운지라 탁명조는 저도 모르게 제자리에 멈추어 섰다. 장부부장이 자기의 이름자를 거들었기 때문이다.

"탁동무 볼 때마다 내가 더 어렵소. 이름 좋은 주임이라도 진짜 주임이 혜택을 받는 줄 아오? 내가 몇 번이나 제기해도 그들은 말로는 인차 시정한다고 했지만 뒷 소식은 꿩 구워먹은 자라지."

"탁주임도 그 일을 압니까?"

이건 새로 발령받은 정부장의 물음이다. 정부장은 부장으로 부임한지가 한 달도 채 되지 않는다.

"내가 죄인이지. 내가 무슨 마음으로 탁동무를 교원자리에서 떼 왔는지. 그냥 뒀더라면 지금쯤 고급교원으로 되어 혜택도 괜찮게 받고 있겠는데… 뒤 일도 책임 못 지고 퇴직하는 내게 잘못이 많소. 조직부 보존 서류를 보니 그는 부국급도 아니요, 국급으로 데려다 놓고는 아직도…

안 해 준다오. 그게 간부정책에 부합되오? 나 원… 아마 피가 새파란 운전기사들도 일 년이 되면 부국급 가지는데… 나야 이제 퇴직하니 두려운 게 없소만… 우에 앉아 있는 자식들 너무한다이."

장부부장은 격동하고 있었다.

"그 사람은 아파도 내색이 없는 사람인데… 아마 이 청사에서 월급이 제일 낮을 게요. 정부장은 어떻게 하나 이 문젤 해결해주오. 부탁하오."

탁명조는 엿들은 것이 들킬 것만 같아 얼른 자기의 사무실로 되돌아왔다.

장부부장의 말은 사실이었다. 기관간부들의 월급이 보편적으로 낮은 건 누구나 다 아는 일이지만 탁명조의 월급은 낯 뜨거울 정도로 낮았다.

주임, 빛좋은 개살구다.

그는 주택에서도 혜택을 받아보지 못했고 낮은 월급으로는 출퇴근 비를 부담하자고 해도 뻐근했다. 하지만 탁명조는 종래로 우슨 소리를 하지 않았다. 우는 아이에게 젖준다고 그는 자기의 불공평한 대우를 정당하게 제기할 수도 있었지만 모두 포기해버렸다.

명청인가?

아니다.

격조나 품위가 높아서 그런가?

아니다. 고상해서도 아니다.

그럼 무엇인가? 탁명조는 모르는 일이다. 하지만 한가지만은 명백했다. 탁명조는 시위청사에서 일하기에는 적합한 위인이 아니었고 어쩌면 자격을 상실한 인간이었는지도 모른다.

막연한 인내와 막연한 기다림, 탁명조에게는 그것만이 남아 있었다.

그의 체내에는 비현실적인 기대감과 념원이 루증 되어 환각증환자로 앓는 병자 아닌 병자로 만들었다. 결과 그에게는 그저 불공평한 대우뿐이었다.

사무실에서 서성거리던 탁명조는 지금쯤은 대화가 끝났으리라 짐작하고 다시 장부부장실로 건너갔다.

"어허, 탁동무가 마침 잘 건너 왔구만."

장부부장이 환한 미소로 탁명조를 반겼다.

"그렇지 않아도 탁동무를 부르려던 참이었는데."

장부부장의 사무상과 바닥에는 숱한 재료와 책들이 산더미처럼 쌓여 있었다. 통전부 제1인자인 정부장은 쏘파에 점잖게 앉아 있었다. 탁명조가 들어가기 직전까지 대화를 나눈 눈치다.

"탁주임, 낯 색이 말이 아닌데… 장부부장이 그러든데 관심병까지 있다지? 몸이 말째면 청가 맞고 출근마오. 단위가 부유하지 못해 병원 갈 돈 마련 못하고 있는데 청가야 못 주겠소 ."

말만 들어도 고마운 일이다. 이만한 상급을 만나기도 쉽지 않다.

"몸은 뭐 괜찮습니다."

탁명조는 부끄러운 듯한 기색을 지으며 덧붙였다.

"제가 도울 일이 있는가 왔습니다만…"

"뭐, 도울게 있다고… 맨 쓸데없는 파지들뿐인데. 접수실의 박아바이한테 넘기고 나면 태워버릴 건 별로 없소, 기밀문건도 아니고… 여기 와서 볼만한 책이 있는가보오. 나야 이제 이런 책들이 무슨 쓸모가 있겠소."

장부부장은 자기의 캐비네트를 열어 보였다. 그 안에는 장부부장이 평소에 보던 책들이 꽉차 있었는데 탁명조는 몇 번인가 빌려본 일이 있었다.

탁명조는 책을 보자 사양 없이 다가갔다.

책에 대한 욕심이 남다른 탁명조라 집에 장서도 꽤 많다. 이 청사 안에서 책을 제일 많이 읽은 사람이 탁명조다. 탁명조는 '자본주의 우물', '경제이야기', '탄트라'… 표지명이 생소한 것들은 닥치는 대로 뽑아냈다.

"자, 이 〈대국어 사전〉과 〈상용외래어 사전〉은 선물로 주지. 이제 내가 나가면 부의 재료쓰기와 섭외번역도 몽땅 탁동무에게 돌아가게 될 것인데, 아마 이런 사전들이 필요할거요."

"대국어 사전은 비싼 건데…"

"허허, 비싸두 탁동무를 준다면 아깝지두 않구만. 사양 말고 받아 두오, 그 사전은 부의 공동용인 것 같은데 내가 눈을 감아주지. 수요 되는 사람에게 양보해야지."

잠자코 있던 정부장이 사람 좋은 웃음을 지으며 끼어들었다.

탁명조는 두 번에 걸쳐 사전과 책들을 자기의 사무실로 옮겨왔다. 탁명조는 부내에서 그래도 인간관계가 조화로왔다. 벼슬을 탐내지 않고 구식선비 같이 정직한 탁명조는 누구에게도 라이벌이 아니었다. 그래서 장부부장과의 사이가 좋았다. 장부부장이 민족사무위원회에서 번역을 책임지고 있을 때 탁명조는 장부부장의 눈에 들어 중학교에서 시당위 청사로 들어왔고 장부부장이 통전부로 발령되자 탁명조는 또한 통전부로 전근되어 주임으로 발탁되었다.

장부부장은 중문학부 출신으로 이 도시에서는 얼굴이 꽤 알려져 있는 지식인이었다. 선후로 방송국, 선전부, 당학교, 민족사무위원회를 전전하다가 통전부가 마지막 종착점이 되었다. 수필, 소설 같은 문학작품도 쓴 적이 있었고 중문학부 출신답게 번역에도 조예가 깊었다. 번역이 뉴대가 되어 장부부장과 탁명조의 인연이 시작된 것이다. 탁명조 역시 중문학부 출신이고 번역에 흥취가 있는 사람이었다.

탁명조의 장부부장에 대한 존경은 인간적인 것이었다. 기관사업을 오래한 사람치고 장부부장만큼 때가 묻지 않고 정직하게 살아온 사람도 드물다. 그래서 그런지 그는 어디로 가나 일인자가 되지 못하고 2인자 자리가 고작이었다. 부교장, 부주임, 부부장, 이렇게 그의 직무는 대개 부자가 붙어 있었다.

　재료분류는 인차 끝이 났다. 문건은 따로 인계하고 개인서류와 사적인 재료는 뒤울안 소각장에 나가서 태워버렸다.

　"폐지들이야… 몽땅 폐지들뿐이야…난 평생 이런 폐지들과 씨름했어."

　장부부장은 순식간에 타서 잿더미로 변하는 폐지들을 보며 중얼 거렸다. 바라던 퇴직이었지만 이 시각 천사만감이 갈마드는 모양이었다.

　사무실에 다시 들어온 장부부장은 미리 준비해 가지고 온 비닐주머니에 태우기 아까운 책과 개인 서류, 재료들을 쑤셔 넣었다. 주머니에 가득 차서 꽤 무거워 보였다. 탁명조는 장부부장을 도와 주머니를 밖으로 옮겨 갔다.

　"고집도… 녘에 퇴근할 때 가져가도 되겠는데."

　문밖까지 따라 나온 정부장이 알 수 없다는 기색을 지었다.

　"집이 가까운데 가져다 놓고 시름 놓지 점심에 술이라도 마시면 내일 또 걸음 팔아야 할 게 아닌가. 퇴직했으면 이제 이 청사로 다닌다는 것이 얼마나 거북 하겠나."

　장부부장은 책 주머니를 자전거 짐받이에 실었다.

　"그 무거운 걸 어떻게 자전거로 가져간다고… 택시를 부릅시다."

　공안국에 갔던 리주임이 마당으로 들어섰다가 이 정경을 보고 택시를 부르려고 했다.

　"그만두게 그만둬. 아직 나에게는 이만한 짐을 다룰 힘이 있다네."

　거렇게 녹이 쓸고 밟을 때마다 페달에서 삐걱삐걱 신음소리 나는 헌 자전거 짐받이에는 장부부장의 책 주머니가 위태롭게 매달려 있었다.

　"허허, 이 자전거도 나와 함께 고철더미로 가게 됐소. 내 점심에 잊지 않고 그리로 나가겠소."

　장부부장은 자기를 바래러 나온 정부장과 탁명조에게 일일이 악수를 청했다.

"점심 좌담회를 잊지 마십시오."

리주임이 다짐을 두었다.

자전거에 오른 장부부장은 힘겹게 페달을 밟았다. 짐받이에 매달아 놓은 책 주머니가 한켠으로 위태롭게 기울기 시작했다.

"장부장 짐이 한쪽으로 기웁니다."

탁명조와 리주임이 거의 동시에 외쳤지만 장부부장은 듣지 못했는지 계속 페달을 밟아댔다. 쓸쓸한 뒷모습이었다.

탁명조는 사나운 불길에 삼키우던 폐지들을 다시 떠올렸다. 시뻘건 불길에 춤추며 하늘공중으로 떠오르던 종이재가 자기의 어깨 우에 금시 내려앉는 것만 같았다.

"탁주임. 전화—"

마지막으로 복도에 들어서는데 사무실 쪽에서 리주임이 탁명조를 불렀다.

전화?

전화라는 소리에 탁명조는 깜짝 놀랐다. 기관청사에서 일보는 공무원에게 전화가 오는 것은 너무나 당연한 일인데 놀라다니… 스스로도 자못 괴이했다. 탁명조는 장부부장의 그 책 꾸러미가 끝내 뻗쳐내지 못하고 콩크리트 바닥에 와르르— 쏟아져 내린 것이라는 상상을 하며 전화코드를 쥐여들었다.

"예, 전화 바꿨습니다."

송수화기를 들고 점잖은 목소리로 말했지만 까닭 없이 불안했다.

"오빠… 내 영자요."

전화기에서 걸걸한 여자의 목소리가 진동장치를 박살내듯이 튕겨나왔다. 탁명조는 황급히 송수화기를 귀가에서 떼여냈다. 영자?

"나 영자요."

그제야 탁명조는 대방을 의식했다. 시골에 있는 큰 녀동생이다.

"어, 그래 무슨 일이니?"

탁명조는 맞은편에 앉아있는 리주임의 눈치를 의식하며 목소리를 죽였다.

"오빠, 당장 여길 내려오우. 암만해도 간단한 일 같지 않소."

"뭔 소리야?"

"아버지 말이우, 그저께 산에 갔다가 다리를 심하게 다쳤는데 그냥 보고 있을 일 아닌 것 같 수."

"뭐 아버지가 다리를 다쳐?"

전화라는 소리에 깜짝 놀랐던 자신을 상기하며 느낌이라는 것이 참으로 묘하다는 생각을 했다.

"오른쪽 무릎사이어서 더 심하우. 아버진 인차 나을거라구 하면서 병원가기를 거절하였는데, 오빠의 말이나 듣겠는지."

"그래, 알았다. 내 지금 당장 내려 갈테니 병원 갈 준비하고 있어."

탁명조는 송수화기를 성급하게 내려놓고 얼핏 시계를 보았다. 아홉 시 반이었다.

"아버지가 다리를 다쳤다니 그건 무슨 소립니까?"

리주임이 성급하게 서두르는 탁명조를 건너다보며 근심스러운 표정을 지었다.

"아무 일도 아니요."

탁명조는 자신의 사사로운 일에 부내의 사람들이 개입하는 것이 싫었다.

"정부장에게 내가 집에 일이 좀 있어서 잠시 나간다고 일러 주오."

"점심좌담회는 어쩝니까? 꼭 참가해야겠는데."

"되도록 참가하는 쪽으로 노력해 보겠소."

몸을 돌려 사무실을 나가려던 탁명조는 잠시 머뭇거렸다. 사무상 곁에 놓은 이불 짐을 보자 아들과 아침에 한 점심약속이 생각났다. 인표가 점심에 여기로 올 텐데… 혹 병원에서의 일이 늦어지면 어쩐단 말인가?

탁명조는 리주임에게 도움을 청할까 하다가 그만두었다. 아들과의 그 약속만은 꼭 지켜야 했다. 사무실을 급히 빠져나간 탁명조는 택시를 잡자 곧추 시골로 향했다.

큰 녀동생의 말은 과장이 아니었다. 무릎마디가 통나무처럼 부어올랐고 군데군데 시퍼런 이물까지 생겨있어 보기가 끔찍했다. 뼈가 상한 것이 분명했다.

"가지 말라구 말렸는데두 부득부득 나가더니만 글쎄… 나처럼 병신이 되는 게 아닌지 모르겠다."

탁명조의 어머니가 락루했다.

"쩌 쩌, 방정맞긴… 너 이렇게 달려오면 일에 지장이 안되냐? 별일 아니니 돌아가거라."

탁명조의 아버지는 통증을 강잉히 참으며 큰아들에게 애써 밝은 표정을 보였다. 밭고랑같이 패인 이마의 주름살에서 땀이 물처럼 흘러내리고 있었다.

설득이 필요한 때가 아니다.

탁명조는 싫다고 거절하는 아버지를 억지로 등에 업고 택시를 잡아탔다. 탁명조에게는 이런 강경한 성미도 있었다. 청사 안에서 소득의 불평형에 대해 침묵하고 감내할 수 있고 자신의 실존과 가치, 소속문제에서 갈피를 종잡을 수 없어 우유부단하고 쓴 약을 먹은 벙어리로 정평이 나 있어도 가족 내에서는 맏이였고 첫 대학생에 유일하게 국록을 타먹는 국가 간부였다.

"나도 따라가서 뒤시발 할까."

어머니가 병신다리를 힘겹게 끌며 굳이 따라나서는 걸 탁명조가 겨우 막았다. 집을 비울수도 없고 더구나 우리에서 아우성치는 많은 돼지들을 굶길 수 없었다. 택시 뒷좌석에는 큰 녀동생과 막내 남동생이 아버지를 모시고 탑승했다.

병원에 도착했을 때는 오전 10시가 넘었다.

렌트겐 결과가 인차 나왔다.

분쇄성절골인데 무릎 뼈가 네 쪼각이 났고 인차 수술해야 한단다.

수술해야지… 망설일 여지도 없었다. 하지만 탁명조에게는 새로운 시련이 닥쳐왔다.

입원수속카운터에 진단서를 들이 밀자 선불금 4천 원이라는 말이 총알처럼 날아왔다.

4천? …

잘못 듣지 않았나 하고 다시 물었다. 무릎 뼈가 네 쪼각 났는데 그만한 선불금이 없어야 됩니까? 다른 곳도 아니고 관절인데… 처녀인지 젊은 아줌마인지 일시 분간할 수 없는 녀자의 입에서 쌀쌀한 말이 다시 튕겨나왔다. 녀자는 탁명조를 다시 거들떠보지도 않았다. 얼굴에 찬서리가 내려앉은 녀자를 멍청하게 보다가 탁명조는 힘없이 카운터에서 물러났다.

복도에서 기다리며 서성거리던 녀동생과 막내 남동생이 탁명조의 어두운 얼굴에서 상황을 짐작한듯했다.

"야진(押金)이 얼마라우?"

"4천이란다."

"뭐, 4천?.."

큰 녀동생과 막내 동생은 동시에 경악한 표정을 지었다.

"아버지에게는 알리지 말아라."

탁명조는 복도 장의자에 걸터 앉았다. 아버지는 지금 1층 골과 진찰부의 침대에 누워 있을 것이다. 움직이기가 불편하여 입원수속을 마친 뒤 곧추 입원실로 옮기려 했다.

어떡할까? 큰 녀동생은 중얼거리며 남동생을 바라보았다. 서른이 넘도록 아직 장가도 못 들고 대부금을 내여 집에서 돼지를 기르는 남동생에게 뭘 기대해서가 아니었다. 그것은 어쩌면 큰오빠에게 의지할 수밖에 없다는 자신의 마음을 감추려는 거동이었는지도 모른다.

"내려가서 변통이라도 하면 되겠는지?"

막내는 탁명조에게 큰 잘못이라도 저지른 듯 눈치를 본다. 등에 업혀 산다는 자격지심인지… 자기의 소홀로 아버지가 다쳤다고 그러는지 막내는 큰형의 눈치만 살폈다.

탁명조는 아무런 말도 없이 고개를 숙이고 장의자에 앉아 있었다.

보나마나 큰 몫은 탁명조가 막아야 했다. 6형제의 맏이 구실을 해야 했고 더우기 시위기관청사로 버젓이 드나드는 '큰 간부'의 체면도 울며 겨자 먹기로 세워야 했다.

탁명조는 저도 모르게 안주머니에 손을 집어넣었다. 감각이 좋은 편이 아닌 비닐박막주머니가 손끝에 감촉됐다. 그 안에는 안해가 아침에 건네준 아들의 학비와 하숙비가 들어 있었다. 그러자 아들이 생각났다. 약속했는데… 시계를 보니 시침이 12시로 박두하고 있었다.

"그래두 오빠가 면이 넓은 게 어디에서 먼저 꾸면 안되우? 큰 오빠 두 사정이 어려운걸 알지만 방법이 없지 않 수, 내 이제 내려가서 동생네들 동원하겠소. 형제들이 고루 분담해야지."

"너들은 나설게 없다. 내가 어떻게 방법을 대보겠으니까"

탁명조는 동생들 앞에서 약해질 수가 없었다. 자신도 감당키 어려운 소리를 칠 수밖에 없었다.

더 고려할 여지가 없었다. 아들의 학비와 하숙비를 먼저 써야 했다.

탁명조는 결단을 내리고 마침내 자리에서 일어섰다.

그런데 그 순간 어-어- 외마디 소리를 치며 도로 주저앉고 말았다.

몸을 일으켜는 서슬에 또 그 "매운 기운"이 흉골로 부터 울대뼈로 치밀어 올랐던 것이다.

탁명조는 안주머니 약병을 찾아냈다.

"오빠, 오빠!... 왜그러우? 또 심장병이 발작하는 게 아니우."

큰 녀동생이 바삐 다가와 탁명조의 손에서 약병을 빼앗아 쥐고 뚜껑을 열었다.

(제발… 동생들 앞에서 이러지 말아야겠는데 …이러면 안 되는데… 무너지면 안 되는데…)

천만다행이었다. 녀동생이 솜씨가 빨랐기에 협심증은 고조로 가지 못하고 누그러졌다. 하지만 온몸의 힘을 모조리 빼앗아갔고 식은땀을 흘리게 했다. 복도로 사람들이 분주하게 오갔다.

탁명조는 다시 간신히 일어섰다. 그리곤 입원수속 카운터로 갔다.

겨우 사정사정하여 입원수속을 마치자 탁명조 아버지는 1층에서 곧바로 2층의 입원실로 옮겨졌다. 자리도 잡지 않았는데 혈액검사, 소변검사가 뒤따랐다. 병동의사에게 물어보니 수술은 내일 아침에 한다고 했다.

한시름 놓은 탁명조는 오후에 다시 온다고 이르고 뒷일은 동생들에게 부탁하고는 부랴 부랴 병원 문을 빠져나왔다. 병원마당에는 환자들이 득실거렸다.

교회당의 종소리 같은 역사의 종소리가 12점을 때리는 시각에 탁명조는 시위청사 앞에 다달았다. 근심했던대로 아들 인표는 청사의 돌층계에서 서성거리며 아버지를 기다리고 있었다. 아들의 앳되고 초조한 모습을 보면서 탁명조는 고통을 강잉히 참고 애써 밝은 모습을 보이던 늙은 아버지의 모습을 상기했다. 두 얼굴은 탁명조에게는 가장 친 근한 얼굴이었고 가장 괴로운 얼굴들이었다.

"너 오래 기다렸지."

아버지를 보자 인표의 눈이 반짝 빛났다.

"예."

인표의 입술은 초들초들 말라있었다.

점심에 만나 하숙집으로 가자던 약속은 이제 철저히 깨졌다. 하숙비도 없는데 무슨 렴치로 사정한단 말인가.

"오후에도 학교에 가지? 그럼 넌 밥 먹고 학교가. 하숙집은 래일 다시보기로 하고 저녁엔 아버지와 함께 집으로 돌아가자."

"왜 그럼까?"

"뭐 별게 아니구. 그 돈 말이다. 아버지 친구가 급한 일 생겨서 먼저 썼는데 어쩌겠니?"

아들에게 진상을 말할 수가 없었다.

"하숙은 괜찮지만 학비는 내일 몽땅 바치라고 합니다."

"학비, 전후학비 책값까지 모두 6백 70원이랍니다."

학비와 책값이 그쯤되리라 짐작했기 때문에 놀랄 일도 아니었지만 오늘 저녁까지 이 돈을 만들어야 한다.

"래일 아침에 아버지가 줄 터이니 근심 말어."

탁명조는 선선히 대답했다.

"너 뭘 먹고 싶니?"

"아무거나 빨리 먹고 학교가야 한다."

"그래, 그럼 가까운 식당 가자."

아들을 끌고 건너가려던 탁명조는 머뭇거렸다. 장부부장 송별 점심좌담회가 상기되었다.

지금쯤 진작 시작이 되었겠는데… 무슨 일이 있어도 꼭 참가해야 할 자리다. 탁명조는 장부부장과 마지막 점심식사라고 생각했다.

"아버지, 왜 그럼까?"

"글쎄 말이다. 중요한 일이 지금 생겨나서 그러는데. 너 점심을 혼자 먹을 수 있지?"

아들과 떨어지기 싫었지만 그렇다고 그 자리로 아들까지 달고 참가 할 수는 없다.

"아버지도 내가 뭐 어린앱니까? 빨리 가보십쇼"

인표는 벌씬 웃으며 아버지가 괜한 소리를 한다는 표정을 보였다. 고맙다. 아들아…

"탁주임…탁주임."

이들 부자간의 바야흐로 갈라져 제 갈 길을 가려는데 아들 앞에 택시가 급정거하며 리주임이 총알같이 뛰쳐나왔다.

"아버지, 나 먼저 감다."

"탁주임의 귀공자겠군. 너 아직 가지 말고 잠깐 기다려… 아니 기다릴 것 없이 택시 차에 타. 탁주임도 어서 타십시오."

탁명조와 그의 아들은 리주임에게 잡혀 어정쩡히 택시 차에 올라탔다.

"내가 여기에 있는 줄 어떻게 알고…"

"금방 병원으로 가보았습니다. 탁주임이 나갔다구 합디다. 그래서 여기에 있을 줄 알고 곧추 왔답니다. 탁주임의 책상 밑에 이불 짐 있는 걸 보고 짐작하였습니다. 탁주임의 행동반경이야 누가 모르겠습니까?"

"고맙구만, 이렇게 찾아주어서…그렇잖아도 지금 가려던 참이라우. 그 자린 무슨 일이 있어도 꼭 앉아야 할 자리가 아니요."

"그렇잖아도 장부부장이 되게 서운해 합디다. 그렇다고 사정은 말할 수도 없고… 탁주임을 찾아서 볼일도 좀 있고 해서…택시는 도시의 아스팔트길을 따라 질주해갔다. 길 량 옆으로는 자전거와 세 바퀴 인력거 행렬이 내다 보였다.

그들은 상업거리 맨 마지막 끝에 있는 한 자그마한 식당 앞에 내렸다.

"이름 없는 식당이라도 깨끗할 겁니다. 아참, 탁주임도 몇 번 오신 적이 있지요.허허."

그랬다. 탁명조는 리주임을 따라 몇 번 온 적이 있었다. 그는 이 식당의 젊은 마담과 리주임이 보통사이가 아니라는 것도 진작 눈치 채고 있었다.

"너 먼저 들어가 2층이야… 저 탁주임, 잠깐 좀 봅시다."

인표를 먼저 식당에 들여보낸 리주임은 탁명조를 한 켠으로 끌고 갔다.

"다름이 아니라 내가 이번에 사직하고 나가면서 부내 사람들에게 기념으로 선풍기라도 한 대씩 남길까 하고 기업을 하는 친구한테서 협찬금 받아왔는데 암만해도 그것보다는… 여태껏 복리를 모르고 지내왔는데 내가 이제 중뿔나게 나서면 내 후임에게 보따리라도 넘겨주지 않나 넘려 되기도 하고…"

리주임은 호주머니에서 웬 봉투를 꺼냈다.

"그래서 생각을 바꾸었습니다. 이제 영영 떠나 마당에… 탁주임과 탁주임과 장부부장께 이 돈을 드리기로 말입니다. 탁주임에게는 혹시 입원비라도 보태라고 드리구, 장부장에게는 퇴직비라고 드리는 겁니다."

"복비로 협찬 받은 걸 내가 받으면 안되오. 절대 그럴 수 없소."

탁명조는 강경하게 거절했다. 장부부장과 리주임의 사이가 가깝고 평시에도 죽이 잘 맞으니까 괜찮지만 자기에게 주는 건 아무래도 명분이 없다. 자고로 오가는 것이 돈이라고 자기는 리주임에게 신세를 준 일도. 은혜를 베푼 일도 없다. 그러니 명분이 없다.

"이러지 마오. 내가 이러면 난처하지."

탁명조는 멍청하게 중얼거리며 몸 둘 바를 모르고 쩔쩔매었다. 이런 동정은 탁주임의 생리에는 맞지 않는다.

"안 받으면 내가 성냅니다. 그리구 왜 진작 말하지 않았습니까. 내 병원 가서야 알았는데. 골과 병동의 리주임은 제 친구랍니다. 내가 부탁했으니 인젠 돈을 더 넣지 마십시오. 2천원이면 됩니다. 지금 병원들에서는 환자 돈을 울궈 내지 못해 안달이지요."

"그래도 될까?"

"그 일은 제게 맡기십시오. 2천 원 선에서 끝마칠 테니 근심 마십시오."

"고맙네, 리주임…"

탁명조는 그만 감격했다. 4천원에서 2천원으로 삭감된 건 리주임의 얼굴이 작용한 것이다. 급시우가 따로 없었다. 고맙네 리주임… 인간의 마음이란 이렇게 가변성이 많았다. 인정은 이래서 감동을 주는 법이다. 고맙소! 진정…

"우릴 기다리겠는데 어서 들어갑시다."

탁명조는 리주임의 자기의 호주머니에 돈 봉투를 쑤셔 넣는 것을 제지하지 못했다. 아버지와 인표를 생각하면 자신에게는 거절할 힘이 없었다. 탁명조는 고개를 숙이고 온순한 양처럼 리주임의 뒤를 따라 식당 안으로 들어갔다.

좌담회는 2층의 밀폐되다시피 꾸민 자그마한 방에서 열렸다. 기실은 술상을 마주한 회식이었다.

그들이 들어서자 열렬하던 술상분위기가 잠시 깨졌다. 얼굴기색들을 보니 몇 순 배 돈 것 같았다.

"탁동무, 기다리기가 바쁘구만."

"어서 올라오우. 장부장은 탁동무가 없다고 많이 서운해 했는데."

탁명조와 리주임이 자리에 앉자 술상분위기는 다시 열이 오르기 시작하였다.

부에서 조직하는 술상은 늘 그랬듯이 화제가 종횡으로 엇갈렸고 대개 경제, 정치, 사회… 이렇게 거창하기만 했다. 먼저 들어온 인표는 탁명조의 옆에서 성급하게 밥을 먹고 있었다. 리주임이 알뜰한 채그릇을 인표의 앞에 자꾸 갖다놓았다.

"경제장성률이란 동전이 량면이지요. 그만큼 높으면 그에 따라 혼란이

가중될 수 있는 법이요. 왜냐 매년 1%식 장성하는 경제와 10%씩 장성하는 경제를 비교해보면…"

장부부장이 손세까지 쳤다. 기관에서 장부부장만큼 리론이 강한 분도 드물다.

"그 격차는 절대적 빈곤과 상대적 부유를 낳게 되지. 말하자면 분배와 소득의 형평문제로 나타나게 됩니다."

정부장이 팔짱을 끼고 점잖게 말끈을 당겼다. 그 역시 선전부 출신이라 이런 화제에 약 할리가 없었다.

"옳소. 바로 그게요."

장부부장은 어쩌다 비슷한 말상대를 만났다는 듯 무릎까지 철썩 쳤다.

"지금 우리사회는 가진 자와 못가진자 사이에 심각한 갈등이 일어나고 있단 말이요. 다시 말하지만 소득분배의 격차와 불평등에 대한 민중의 용인도가 너무 크게 저하되었다는 말이요."

탁명조는 워낙 술자리에서 이런 공담을 싫어했다. 그래서 두 눈을 지그시 감고 침묵을 지키고 있었다.

그의 눈앞에 극통을 강잉히 참으며 병원복도의 차디찬 장의자에 꼬부리고 누웠던 아버지의 모습이 떠오른다.

사십 여 년 전 그의 아버지는 시골학교의 교원이었고 "민주"를 선양 하고 할 말을 하라고 부추길 때 그것이 올가미인줄도 모르고 식량사정을 개선해달라는 말을 했다가 '우파'로 되었다. 그래서 다리 하나를 심하게 절룩거리는 병신 처녀를 안해로 맞이했다.

탁명조는 어려서부터 옆에 친구가 없었고 기를 펼줄 모르고 마냥 구석자리만 찾았다. 그는 아버지의 설교나 훈화에서가 아니라 아버지의 삶 자체에서 침묵을 배웠던 것이다.

"아니 두 분 령도님들은 이 자릴 경제학강당으로 만들 셈입니까? 술상이 식어집니다."

젊은 리주임이 탁명조의 기분을 읽었는지 화제를 바꾸었다.

"시위에서 어쩌다 여기로 왔는데 제가 한잔씩 따라 올릴까요."

때를 기다렸다는 듯 얼굴이 화사한 젊은 마담이 나타났다.

"허허… 경제학이라…. 기실은 말이야 경제학도 크게 믿을 건 못돼. 경제학이란 기상학과 비슷해서 예보를 잘못할 때가 있지. 맑스도 자본주의 경쟁에 대해 어긋나는 론술을 하지 않았소."

"허허허, 방부부장, 또 경제학이구만."

시당위청사 안의 대화치고는 파격적이었다. 맑스의 자본론까지 부정하다니…

"마담이 술 따르겠다고 들어왔는데 술이나 마십시다."

정부장이 1인자답게 분위기를 리드해나갔다.

젊고 화사한 마담이 술상에 어울리자 분위기가 대뜸 흥성거렸다.

탁명조의 차례가 되자 그는 따라주는 술잔을 사양도 없이 시원한 굽을 냈다. 하지만 순배가 건너가자 탁명조는 또다시 자기 생각에 빠져들었다. 그의 머릿속에는 병원침대에 있는 아버지의 모습이 떠나지 않았고 금방학교로 떠난 아들의 뒷그림자가 지워지지 않았다.

입원비. 학비, 하숙비가 악착스레 뒤따라오며 괴롭혔다. 전혀 예상치 못했던 돈이 급시우처럼 하늘에서 떨어졌지만 탁명조는 그 돈을 써야 하는지, 되돌려 주어야 하는지 갈피를 잡을 수 없었다. 또한 돈을 쓴다 해도 태반부족이었다.

술상은 이외로 빨리 끝났다. 탁명조가 은근히 바라던 일이었다. 오늘은 특수한 날이라 2차 코스까지 잡혀있다고 했다. 젊은 리주임이 선줄을 끌었다. 오후 출근 때문에 망설이던 정부장은 부에 한사람도 없이 텅텅 비면 안 된다고 하면서 떠나간 외 나머지는 모두 리주임의 뒤를 따라섰다.

탁명조 역시 오후에 할일이 태산 같은지라 다방 문어구에까지 따라갔다가 끝내 돌아섰다. 병원침대에 아버지를 눕혀놓고 셈평 좋게 다방 가서 커피 잔 뽑으며 노닥거릴 계제가 못 되었다.

"탁동무, 나 좀 봅세."

탁명조가 일동에게 재삼 사과하고 돌아서려는데 장부부장이 불렀다.

"그 안로인이 령감을 새로 얻었다는 핑계로 인표의 하숙을 거절했지?"

"무슨 말인지?"

"어째 오전에 하숙집에 안 갔댔소?"

인표의 하숙집을 장부부장의 연줄로 얻은 것이라 장부부장도 관심도가 높았다.

"오전에 못가고 점심에 간다고 했는데 그것도 사정이 여의치 않아서 래일 쯤… 그런데 무슨 일이라도 생겼습니까?"

"가지 않길 잘했소, 오전에 탁동무가 나간 사이에 부에 나를 찾는 전호가 왔다고 해서 받아보니 그 하숙집 안로인이 령감을 새로 했다는 핑계로 하숙을 거부하더구만. 그래서 마누라와 말이 있었는데 인표의 하숙을 우리 집으로 하면 어떨까 하구 말이요. 나보다 우리 마누라가 더 극성이요."

"그… 그래도 됩니까?"

탁명조는 또 한 번 찌푸래기를 잡는 심경을 체험했다.

"탁동무도 알고 있지만 우리 두 딸년들 모두 외지로 나가서 집이 텅 비어 있다오. 너무 적막해서 마누라는 문을 꽝꽝 메치고 올리 뛰고 내리 뛰는 살찬 사내가 좋다우."

"그러면야 제가 시름을 확 놓지요. 사실 하숙집으로 이 도시에서 장부장 네만한 집이 어디 있겠습니까? 그렇지만 제 요구를 들어주어야 합니다."

"무슨 요구요?"

"하숙비는 남들처럼 꼭꼭 받아야 합니다."

"허허, 탁무의 그 요구야 누가 모를라구. 그러지 않으면 안절부절 못하는 사람이니깐 그렇지만 우린 그저 식량 값만 받으면 되오. 돈 벌려고 하숙 시키는 게 아니니깐."

"제가 미안해서 그러는 겁니다."

"사람 두. 고집스럽긴. 허허… 그럼 그렇게 락착지으세. 저녁 편에 아이가 하학하면 곧장 데리고 오게."

아. 하늘이 돕는 구나… 오늘 전혀 예기치 못한 사고가 터지고 그 뒤로 또다시 전혀 예상치 못한 일이 련속 적으로 터진다. 탁명조는 리주임이 그 감동에서 다시 장부부장의 감동을 겪어야만 했다.

"하늘은 언제나 정직한 사람 편이라네. 허허허… 저길 보게나. 오늘도 또 다시 저렇게 정직을 호소하고 공평을 돌려달라는 사람들이 지평선을 열고 뛰쳐나오는구만."

장부부장의 눈길을 따라 보니 거리에는 숱한 로인들이 줄쳐서 지나가고 있었다.

"퇴직금이 조달되지 않아서 그럴거요. 아침에 시장 반공실에 모여들더니 오후엔 시위로 가는 모양이지."

"아하―"

탁명조는 구식 아빠트 한 채도 없는 자기의 처경은 까맣게 잊고 로인들을 동정하였다.

어쩐지 그 속에 병신어머니가 끼여 있는 것 같았고 아버지가 끼여 있는 것 같았다. 아니… 그 뒤로 장가 못간 남동생과 아버지 입원비로 눈물짓던 큰 녀동생도 뒤 따라 올지 모른다고 생각했다.

"병원 가서 문안드려야 하는데 지금 여건 두 그렇구… 모임이 헤쳐지면 내 병원가리다."

장부부장과 헤어져서 다시 병원으로 아버지 보러 갔던 탁명조는 주치의사를 찾았다. 리주임이 이미 련락이 있었는지 오전보다 태도가 상냥

해졌다. 입원비에 대한 말도 없었다. 수술하면 환자보호자 측에서 의사들에게 '붉은봉투'까지 찔러준다는데… 수고비는 몰라도 한 끼쯤 청해 먹이는 건 상식이라는데…

병실로 환자들이 어찌나 많이 밀려드는지 탁명조는 주치의사에게 짤막한 인사말을 남기고는 아버지 병실로 건너왔다.

아버지는 약독으로 잠시 고통을 잊고 잠들어 있었다.

"참, 너들은 아직도 점심 못 먹었지?"

입술이 말라 아버지의 침대 옆에 앉아 있는 두 동생의 모습이 자못 측은했다.

"뭐 한 끼쯤이야."

"그러지 말고… 내가 그 사이에 지킬테니 너희들은 얼른 가서 국수라도 사 먹어."

탁명조는 싫다고 하는 두 동생에게 돈을 주며 억지로 식당으로 보냈다.

병실에는 아버지 외에도 환자 세분이 더 있었는데 그들의 머리맡 에는 병문안 올때 가져온듯한 실과들이 쌓여있었다. 유독 아버지 침상머리만 텅- 비어 있었다.

탁명조는 슬그머니 병원울안에 있는 상점에 나가 바나나, 사과, 통졸임 같은 것을 한 구럭 사들고 와서 아버지의 머리맡에 놓았다. 그리고는 자리에 앉아 아버지의 얼굴을 시름겹게 바라보았다. 그러면서 자기도 어쩔 수 없는 속물덩어리구나 자괴했다.

잠든 아버지의 얼굴을 내려다보자 문득 병간호하는 일이 생각해졌다. 그렇군… 가장 현실적인 문제다.

누가 적합할까 안해, 큰 녀동생이 차례로 떠올랐지만 모두 부정해 버렸다. 대소변까지 받아내야 하는 치닥거리는 그래도 령감, 로친사 이가 편할 것 같았다. 아버지도 꼭 어머니를 찾을 것이다.

조금 지나 국수 먹으러 갔던 녀동생과 남동생이 들어왔다. 탁명조는 자기의 생각을 말하자 두 동생도 별말이 없이 동의했다. 래일 어머니가 올라오기 직전까지 녀동생이 간호를 책임지기로 하고 탁명조는 막내 동생을 데리고 병원을 떠났다. 집에 많은 돼지를 두고 온 막내 동생은 여기에서 헛 시간을 보낼 수도 없는 일이었다.

뻐스역에서 떠나는 동생을 바랜 다음 탁명조는 하학하는 아들을 맞을 셈으로 제2초급 중학교를 찾아갔다.

학교의 규모가 대단히 클 것 같았다. 운동장에는 숱한 학생들이 나와서 뛰놀고 있었다. 그 속에서 아들을 찾는다는 것은 헛된 일이었다.

정문가에서 반시간쯤 기다리자 드디어 아들이 나타났다. 탁명조는 그 자리에서 아들에게 학비와 책값을 주었다.

점심에 리주임이 준 그 천원이었다. 여직 껏 그 돈을 호주머니에 넣고 편벽 같은 격통을 겪던 탁명조는 풀이 죽은 듯한 아들의 기색을 보자 순식간에 쓰기로 작심해버렸다.

조금 후에 학비를 바치고 나온 아들의 기색은 티 한 점 없이 해맑았다. 무척 개운한 모양이었다. 쓰기를 잘했어. 아들의 맑은 모습을 보면서 탁명조의 마음도 한결 개운해졌다. 리주임 고맙구만…

사무실에 가서 짐을 가지고 장부부장네 집으로 가는 동안 탁명조는 인표에게 하숙집이 바뀌게 된 배경을 간략하게 설명해주었다. 장부부장네 집으로 하숙을 옮긴다니 인표도 기뻐했다. 늙은 로친네 집 보다 자기를 이뻐 해주는 장부부장네 집이 더 좋다.

장부부장이 집에 계셨다. 짐을 풀어놓고 수인사를 마치자 탁명조는 쫓기는 듯 돌아서 나왔다. 장부부장이 나신을 앞세우고 아버지의 병원 문안을 서두르기 때문이다. 그리고 어물거리다가 마지막 뻐스를 놓칠 것 같았다.

헐레벌떡 뻐스역에 다닫자 마지막 뻐스가 정문을 비집고 빠져 나오고 있었다. 한 발만 더 늦었더라면 큰 랑패를 볼 뻔 했다.

잠깐 멈추어 섰다가 탁명조를 태운 뻐스는 다시 부르릉 거리며 떠났다. 차표를 끊고 두리번거리던 탁명조는 뒤편에 앉아있는 김동무를 발견하고 뒤 켠으로 들어갔다.

매일과 같이 이 마지막 뻐스에서 만나 퇴근하는 그들이었다.

탁명조는 김동무에게 가벼운 눈인사를 하고는 그의 건너편 좌석에 앉았다.

그런데 웬일인가?

김동무의 기색이 심상치 않았다. 눈인사를 하는 탁명조를 보는 체도 안하는 것이다.

아침에 출근할 때는 출국한다는 자랑까지 했는데 직장에 무슨 일이 라도 생겼나? 탁명조는 얼굴 기색이 심중한 편이라 희로애락이 분명치 않았지만 김동무는 다혈질이어서 그런지 얼굴표정으로 마음을 감출 줄 몰랐다.

탁명조는 김동무에게 무슨 말인가 하고 싶었지만 공연히 그의 신경을 건드릴까봐 그만 두었다. 김동무가 인내를 잃고 먼저 말문을 열길 기다리고 있었다. 저녁퇴근을 맞아 혼잡해진 시내를 벗어나자 뻐스는 질풍같이 달렸다.

덜-덜 낯익은 풍경들이 흘러갔다. 물뱀같이 꾸물떡거리는 강, 츠렁바위산, 막굴, 논밭, 촌락들…

눈을 지그시 감고 호주머니에 손을 찔러 넣던 탁명조는 손끝에 돈이 대이자 저도 모르게 서글픈 웃음을 웃었다. 인표가 생각났다. 탁명조의 호주머니에는 학비를 바친 나머지 돈 3백원이 들어있다. 장부부장네 집에서 나올 때 탁명조는 아들에게 용돈으로 가만히 백원을 주었다. 그런데 아들은 받지 않고 오히려 저에겐 어머니가 준 용돈이 그대로 있으니깐 그 돈으로 어머니의 가죽신발 사주십쇼, 멋진 걸 말입다. 아들은 아버지에게 이런 당부까지 한 것이다.

네가 철이 들었구나… 아들은 이제 가난을 알기 시작했다. 그런 아들이 그렇게 고마울 수가 없었다.

"제기랄, 이게 무슨 놈의 세상이냐, 지진이나 꽉 일어나라."

김동무가 밑도 끝도 없이 이런 폭언을 내뱉은 것은 뻐스가 그들이 사는 마을로 거의 다달을 무렵이었다. 불시에 터진 괴성에 앞좌석에 앉았던 고객들이 고개를 끼웃거렸다.

탁명조의 예감대로 김동무에게 무슨 일이 있은 것이 분명했다. 하지만 지진이나 일어나라는 그 소리는 유치하기 짝이 없었다.

"시어빠진 김치국 먼저 마시고 지레 기뻐했어."

"무슨 일입니까?…"

"한국행이 무산됐어. 오늘 낮에 불시로 변했어."

"그럴 리가…"

하루 사이에 아이들 장난도 아니고 이렇게 변하다니?

"나 대신 엉뚱한 량반이 간다네. 종교 고찰인데 종교와는 아무런 상관도 없는 큰 어른이 나간다네."

지진이 터지라는 괴성을 터칠 만큼 억울하고 분한 일이 옳았다.

"마누라한테도 엊저녁에 비싼 전화비 팔면서 나간다고 큰소리 했는데… 헌 누데기에 식은땀이라더니… 나 같은 힘없는 졸병은 누구나 마구 짓밟을 수 있지. 아무리 부패가 판을 치는 세월이기로서니 이 정도로 사람을 무시하다니."

김동무의 격렬한 언사는 다행이도 뻐스가 역에 도착하는 바람에 끝나는가 싶었는데 그게 아니었다.

뻐스에서 내린 김동무는 탁명조를 무작정 끌고 간이음식점으로 들어갔다. 이제 김동무가 화술을 마시고 무슨 소리를 할 것인지는 듣지 않아도 뻔한 일이였다.

　탁명조는 아주 불쌍한 상대가 되여 김동무의 울화를 고스란히 받아주어야만 했다. 만취해서 세상을 박살내듯 욕해대는 김동무를 겨우 끌고 집에까지 모셔다준 후 기진맥진한 탁명조는 그제야 집을 도착했다.

　낑-낑 자취를 듣고 강아지가 체인소리를 내며 탁명조의 다리에 감겨들었다. 강아지야 잘 있었냐? 탁명조는 오금을 꺾고 앉으며 강아지의 등허리를 뚝떡거려 주었다. 꼬리와 궁둥이가 함께 돌아갔다. 반갑다는 표시다. 하지만 그 행위는 어쩐지 슬픈 동정을 자아냈다. 자율과 행위의 자주를 잃고 체인에 목이 감긴 생명체를 보는 것이 괴로 왔다. 강아지는 탁명조의 손등을 성급히 핥아 댔다. 쇠사슬을 풀어 줄까… 무심결에 체인에 손이 갔는데 아주 섬뜩하다. 놀랄 만큼 한 찬 기운이 손바닥을 전율해 왔다.

　"동무, 거기서 뭘함까?"
　안해였다. 남편의 자취를 진작 듣고 기다리고 있었던 모양이다. 탁명조는 강아지 곁을 떠나 집안으로 들어섰다.
　"기색이 말이 아님다. 저녁식사 했씀까? 병원은 갔다 왔슴까?"
　안해의 입에서는 단번에 두 가지 물음이 튕겨 나왔다.
　"난 식당에서 먹었으니 당신이나 식사하오."
　거짓말이다. 점심에도 술 몇 잔 드는체하고 식사를 하지 않았고 저녁에도 김동무의 성화로 밥 한 술도 못떴다. 하지만 식미가 전혀 없었다.
　"병원 가봤슴까?"
　"갔댔소, 큰 병이 아니라오."
　"아니, 진작 중병으로 진단 났는데 큰 병이 아니라니. 그건 무슨 말임까? 안 가봤죠?"

끝까지 캐고들 차비다.

"이거, 오늘은 되게 피곤하구만."

안해의 질문을 피하는 가장 좋은 방법이지만 탁명조는 진짜 너무도 피곤했다. 심혈관질병의 징크스였지만 탁명조는 오늘 건강한 사람도 감내하기 어려운 많은 일을 겪었다

"인표의 하숙은요? 조건이 괜찮습니까?"

또 두 가지 질문이다. 하지만 남편에게 이부자리까지 말끔히 깔아드린 후였다.

"그 집이 아니라 장부부장… 당신도 알잖소. 하숙이 그 집이요."

"어떻게 돼서? 그렇게 옮겼습까? …참 잘 됐네 잘 됐습다. 그 집 사모님도 얼마나 인정 있는 분이라고. 정말 잘됐습다. 그런 집이면 시름 놓지요."

오늘 안해에게 주는 유일한 기쁨이 바로 인표의 하숙집이다

그 뒤의 것은 줄줄이 근심되고 속이 타는 일이다.

눈을 감고 누운 탁명조는 아버지의 일과 하숙비, 간호비에 대해 화제를 어떻게 끌어낼까 망설였다. 싫은 화제지만 오늘 저녁내로 안해가 알아야 할 일들이다.

"저, 아버지 말이요. 오늘…."

이상했다. 겨우 말문을 열었는데도 안해에게서는 반응이 없었다. 겨우 눈을 뜬 탁명조는 안해의 잔등을 멀거니 바라보다가 소스라치듯 벌떡 일어났다.

안해가 어깨를 가볍게 떨며 오열하고 있는 게 아닌가?

"당신 시방… 왜 이러는 게요?"

"이 일을… 이 일은 어쩌면 좋씀까?"

"무슨 일이데 이러우?"

"우리 집을…. 경매에 붙인 답니다."

경매라니 ? 그게 무슨 소리요?"

"오늘 해운학교에서 왔씀다."

"해운학교? 거기선 왜?"

불길한 예감이 왔다.

탁명조의 처남은 해운학교 9기 출신이고 지금 태평양을 오가는 상선을 타고 있었다.

"그 애가 글쎄… 도망쳤담니다."

탁명조는 억이 꽉 막혔다. 불법체류라는 단어가 떠올랐다.

그도 그럴 것이 처남이 출국할 때 현금 2만원을 바친 외에도 탁명 조의 집을 저당 잡혔던 것이다. 로무자들의 도피를 제약하려는 계약이었는데 일단 지정한 회사에서 도피하면 2만원을 떼우고 저당 잡힌 집도 해운학교의 소유로 이전되며 경매에 붙여지게 된다. 선원들의 급료가 낮아 이런 일들이 수두룩이 발생한다고 했다.

"이 일을… 이일을 어쩌면 좋습니까?"

안해는 남편의 괴로운 눈치를 끝까지 외면할 양으로 계속등지고 않았다.

탁명조는 멍하니 천정만 쳐다보았다. 이집이… 유일한 보금자리가 이제 내 것이 아니라니, 이집까지 빼앗기면 우린 어디로 간단 말인가?

가슴이 침침해나면서 호흡곤난이 일어났다. 기뻐도 슬퍼도 어쩔 수없이 찾아오는 병적증상이다 .

"처남이 도망칠 때면 우리의 사정까지 감당할 수 있으니깐 그랬겠지."

탁명조의 말은 믿을 수 없을 만큼 차분했지만 누군가 나서서 아니라고 하면 그것을 믿고 싶을 만큼 절실한 심정이다.

"미안함다. 당신께…"

안해는 눈물을 훔치며 남편에게 몸을 돌린다.

"무슨 말이요, 당신은… 당신에게 무슨 잘못이 있다고…"

탁명조는 기름기 없이 바싹 마른 안해의 손을 잡았다.

"여보, 나 당신보기가 정말 부끄럽쏨다."

안해는 남편의 무릎 우에 얼굴을 박으며 또다시 오열을 터뜨렸다.

"그만하오, 그만하라니까."

탁명조는 헝클어진 안해의 파마머리를 만지며 위안했다. 머릿결 역시 기름기 없이 뿌옇다.

"그런 생각 말고 우리 끝까지 기다리고 믿어 보기오. 난 그 처남을 믿소."

천정에서 창백한 일광등 불빛이 쏟아져 내리며 무거워진 방안의 분위기를 어루만졌다.

덩-덩 -덩

갑자기 역사의 종소리가 환청같이 들려왔다. 아늑하고 평화를 부르는 것 같은 종소리… 덩-덩 -덩- 이제 몇 점을 더 때릴까…

착한 사람일생이 평안 하는 말은 전생을 두고 하는 말이 아니라 후생을 두고 하는 말이 아닐까. 그럼 우리에게, 아니 나에게 후생이 있을까? 천당이 있을까?

탁명조는 안해의 가냘픈 등어리를 쓸어 만지며 또다시 무서운 생각을 했다. 벌써 오늘 세 번째로 해보는 생각이다.

이대로 영영 잠들었으면…. 아침에 다시 깰 줄 모르고 백년의 잠을, 아니 천년의 꿈속에 빠져들었으면…

콩콩 밖에서 강아지가 짖어댔다.

좌르륵- 체인이 언 땅에 끌리는 소리도 들렸다.

방안에는 괴괴한 적막이 흘렀다.

창백한 일광등 빛만이 소리가 있는 것 같았다.

빛의 소리가… 빛의 소리 속에서 또다시 그 섬뜩한 체인소리가 들려왔다.

좌르륵…. 좌르륵…

최국철 | 주요작품으로 소설 「봄날의 장례」, 「왕씨」 등 중단편 70여편, 수필, 산문 등 수백 편. 장편소설 《간도전설》, 《광복의 후예들》, 《공화국의 후예들》. 장편보고문학 《주덕해평전》, 《석정평전》 외. 소설집 「여름은 추운 계절이 아니다」 산문집 「조선족민족문화기행」 등. 중국작가협회 소수민족문학준마상, 중국작가협회 '민족문학'년도상 수차, 길림성정부 '장백산'문예상, 연변조선족자치주 '진달래'문예상, 연변작가협회공헌상, '연변문학'문학상 등 수십 차. 현재 연변작가협회 주석, 중국 작가협회전국위원.

제34회 부산연극제
창작희곡집

김문홍 외

부산연극제에
올랐던
빼어난 창작품!

극단 〈도깨비〉	늙은 연가
극단 〈누리에〉	구멍 속 구멍
극단 〈세진〉	모의
극단 〈이그라〉	남은 여생의 시련
극단 〈한새벌〉	섬섬옥수
극단 〈이야기〉	당금

극단 〈바다와 문화를 사랑하는 사람들〉 표풍

극단 〈더블스테이지〉 달빛소나타

극단 〈배우창고〉 급제록

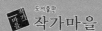
도서출판
작가마을

48930 부산 중구 대청로 141번길 15-1 대륙빌딩 301호
TEL. 051)248-4145, 2598   FAX. 051)248-4145, 2598

단가

서태수

불면 / 시위 / 노탐 / 인생

서 태 수

불면

꼬리가 생각을 물고 구백리를 흐르는 강

시위

허파가
뒤집어진 강

세상 강둑도 허문다

노탐老貪

낙화의
때를 놓치고
달라붙은

꽃잎
한
장

인생

뱃길은 만경창파(萬頃蒼波)요
뭍길은 구절양장(九折羊腸)

한국현대시와 디아스포라

양왕용 문학평론집

정가: 20,000원

책의 제목을 『한국현대시와 디아스포라』로 하였다. 디아스포라Diaspora라는 말은 원래 그리스어(헬라어)로 이산離散 혹은 분산分散이라는 뜻이다. 역사적으로 볼 때 헬레니즘 문화 시대와 기독교 초기에 헬레니즘 문화권과 로마제국에 흩어진 유대인의 이산을 가리키는 말이었다. 그런데 신학에서는 모국의 교회에서 선교하기 위해 흩어진 해외 기독교인이라는 뜻으로 사용되다가 요즈음은 사회과학에서 재외국민 전체의 뜻으로도 사용되어 이에 대한 연구를 중점적으로 하는 대학도 생겼다. 필자는 이러한 광범위한 뜻을 바탕으로 최근 몇 년간 미국의 서부 특히 LA를 중심으로 한 해외교민들의 시작 활동에 대하여 집중적인 관심을 기울인 바 있다. 그래서 그 결과물을 이 책의 제2부에 〈디아스포라의 삶과 시〉라는 부분에 수록하였다.

작가마을 문화신서			
01	하상일	전망과 성찰	문학평론집
02	박홍배	소설을 위한 인간학	문학평론집
03	양왕용	한국현대시와 지역문학	문학평론집
04	전국대학문예창작회	비추얼리티와 문학적 상상력	문예창작
05	전국대학문예창작회	새로운 상상력의 숙주	문예창작
06	이영식	역사논저 새천년의 가락국사	역사
07	전국대학문예창작회	누벨바그, 그 신화의 시작	문예창작
08	전국대학문예창작회	신의 상상력과 언술	문예창작
09	양왕용	한국현대시와 디아스포라	문학평론집

도서출판 작가마을

48930 부산 중구 대청로 141번길 15-1 대륙빌딩 301호
TEL. 051)248-4145, 2598   FAX. 051)248-0723

이 계절의 소설

설정실 | 가을풍경

박명호 | 범

가을풍경

설 정 실

　갑자기 언성이 높아졌습니다. 하얀색과 까만색의 커다란 동그라미 두 개가 두 여자의 허리를 벗어나지 못하고 나란히 원을 그리는 곳입니다.
　"뭐라꼬! 내가 말을 함부로 하고 다닌다꼬. 야아─ 보자보자 하니까 벨 말을 다 듣것네. 그래, 내가 없는 말 지어내더노!"
　주변을 제압한 여자의 소프라노가 프리마돈나처럼 적막한 아침공기를 찢어놓습니다. 숲속 공원에서입니다. 공원이라고 하지만 보릿고개를 겪던 시절에 만들어진 계단식 다랑이 논입니다. 사람들이 굳이 이곳을 공원이라고 하는 건 '산불조심'과 '마하골약수터간이체육공원'이라는 간판이 샛길 양 옆으로 장승처럼 우두커니 서 있기 때문입니다. 오종종한 숲 다섯 개의 다랑이엔 운동기구가 이십여 개 널려 있고 꼭대기 다랑이에도 훌라후프 서너 개가 나뭇가지에 걸려 있습니다. 운동기구만 아니면 다람쥐 마을이나 고라니 측간이라고 하는 게 어울릴 듯싶은 곳입니다. 낮엔 갈색 줄 다람쥐가 쌍쌍이 숨바꼭질을 하고, 밤이면 고라니가 콩자반처럼 반질반질 윤기 나는 똥을 무더기무더기 싸고 태연히 사라지는 곳이기 때문입니다. 그나마 가운데 다랑이에 말발굽처럼 생긴 평지가 조금 길어서 사람들은 거기서 걷기와 달리기도 합니다.
　프리마돈나의 소프라노에 운동기구에 매달려있던 사람들이 그대로 멈춰서 휑뎅그렁한 눈을 훌라후프로 던졌습니다. 벤치에 가부좌를 하고 있던 핑크모자는 벌떡 일어나 석고처럼 섰습니다. 벚나무 꼭대기에서 얼쩽거리던 다람쥐 한 쌍이 기겁을 하고 숲으로 달아났습니다. 그 바람에 벗나무 귀퉁이에 밤새 수고롭게 지어진 거미줄이 산산이 부서졌습니다. 진주를 달아 만든 신부의 면사포처럼 아름다운 거미줄입니다. 졸지에 노숙자가 된 왕거미가 위태롭게 외줄에 매달려 파르르— 떱니다. 지구의 종말이 온 듯 모두 긴장 합니다. 한 옥타브를 넘나들던 소프라노는 고장난 테이프처럼 잠깐 연결이 끊겼습니다.

공원은 적막을 뒤집어쓰고 다시 조용해졌습니다. 사람들이 마술에서 풀린 듯, 하던 운동을 다시 합니다. 약수터에서 긴 막대 빗자루를 휘두르며 골프 스윙을 하는 나이키 운동화, 중풍 든 팔을 배꼽 위치에 고정시키고 한쪽 발로 원을 그리며 바쁜 걸음으로 좁다란 말발굽을 도는 노인. 핫둘, 핫둘, 구령 맞춰 노인을 추월해 달리는 대머리남자. 국민체조를 하는 체크무늬 티셔츠, 허리가 부실해서 물구나무를 특히 열심히 하는 핑크모자의 남편, 비닐봉지 들고 뒷짐으로 어슬렁거리는 노파.

"문디, 지가 언젯적 부자였다꼬 사람을 그렇게 괄시함시러 도도하더노. 내가 도토리를 주서 묵을 쑤 묵던가 다람쥐 먹이를 주등가 뭔 상관고! 뭐어? 내가 도토리를 다 주어서 다람쥐 먹이가 읎써? 참, 뻔질나게 외국 싸돌아 댕기고 낯짝 뺀도롬— 하게 쳐 바르고 증권사다 머다 출타해 감시러 삐뚜룸한 눈으로 내를 치다볼 때 알아봤다. 뭐? 이제 지는 모임에 부르지도 말라꼬오? 내 땜시 자존심이 상해? 흥, 그놈의 증권이 억수로 대박이 났는갑다. 증권을 하는지 서방질을 하는지 알게 머꼬! 엉성스럽구러, 넘의 산에 다람쥐 걱정 관두고 밀린 곗돈이나 퍼뜩 내고 꼬라지 사라지라 카그라!"

하얀 훌라후프에게서 나는 소리입니다.

"짜달스럽다. 가아가 증권 한담시러 니한테 손 벌리드나."

까만 훌라후프의 침착한 대꾸는 주변 사람들의 청각에 이르지 못했습니다.두 여자의 언쟁이 치열하지만 원을 그리는 동그라미 두 개는 제 위치에서 한 발치도 더 벗어나지 않은 채 정확히 제 자리를 돕니다. 충직한 개처럼 주인의 허리를 돌고 또 도는 훌라후프를 바라보던 핑크모자가 현기증이 나는지 벤치에 모로 눕습니다. 그녀가 시선을 훌라후프로 고정하고 주파수도 맞춥니다. 시월의 공기는 여자의 언성에도 찹찹하기만 합니다.

"아아가? 니 자꾸 염장 지를끼가. 손 벌린다고 괭이 같은 사기꾼에게 생선 맡기것나. 그기 사기 아이고 뭐고!"

"봐라, 물고기는 언제나 입으로 낚인다. 니도 그 눔의 입 때문에 고깃바구니에 던져질 끼라. 인제 그만 좀 하라카이!"

조사助詞를 읊듯 침착한 까만 훌라후프의 대꾸입니다. 하얀 동그라미가 그 말에 잠깐 휘청했습니다.

"그래! 내는 가벼운 입 건사 못해서 호구로 산다. 니는 와 바른 말 못하노. 그 무거운 입이 열둘이면 머하노! 곗돈 왕창 떼게 생깃는데."

"그라믄 곗돈 야그만 해야 제. 짜달스럽게 가아 자존심은 와 긁노. 가가 셈이 흐리지 어데 돈이 읍나. 서방 벌이가 억대 연봉인데. 마, 관두라카이."

다시 적막해졌습니다. 얼레? 정말 관두려는가? 핑크모자가 슬그머니 일어나 남편 곁으로 자리를 옮깁니다. 국민체조를 하던 체크무늬가 등산 백을 들고 약수터로 갑니다. 남의 싸움을 엿듣기에는 거리가 있지만 그는 두 여자에겐 도통 관심이 없습니다. 아직 한 번도 남의 일에 끼어든 적도, 말을 섞은 적도 없는 사람입니다. 핑크모자는 이 남자에게 진선비라는 별명을 붙였습니다. 진짜 선비라는 뜻이 되겠습니다. 그야말로 오줌보가 터지려 해도 절대로 소나무 옆구리에 실례하지 못할 남자이기 때문입니다. 약수터 주변이 늘 깔끔한 것은 진선비의 수고 덕분입니다.

폼 나게 빗자루를 휘두르던 나이키가 슬그머니 철봉으로 자리를 바꿉니다. 두 여자에게 가까워졌습니다. 중풍노인의 걸음이 빨라졌습니다. 불편한 다리가 그리는 원의 크기도 넓어졌습니다. 입씨름은 여자들이 하는데 노인이 흥분했나 봅니다.

평소에는 언변이 좋아 핑크모자에게 변호사라는 별명을 얻은 대머리 남자는 사라졌습니다. 자신이 끼어들어 선후를 가리기에는 과하다 싶어 꽁무니를 뺐는지도 모릅니다. 여자들이 실망 합니다. 핑크모자의 남편이 부실한 허리로 물구나무를 마친 후 벤치에 앉습니다. 잠시 쉴 모양입니다. 핑크모자가 남편에게 속삭입니다.

"재밌지 않아요? 불난 집 구경처럼. 극장에 들어온 것 같기도 하고."

신중한 핑크모자의 남편이 아내의 말이 거슬리는지 지팡이를 양팔로 가운데 세워 잡고 입을 꼭 닫은 채 눈을 지그시 감습니다. 나이키가 여자의 말에 킥— 웃습니다. 끊어졌던 소프라노가 다시 분위기를 휘어잡았습니다.

"그래! 내는 읍써서 다람쥐 먹이나 축내고 산다! 그러는 지는 삼억이 푼돈이었던갑지? 뭐라카더노, 넘의 돈 삼억을 말아먹든 십억을 말아먹든 상관이 읍써? 서방이 선장이라꼬오? 선장인지 사공인지 으찌 알끼고, 세빠지게 배타서 벌어다 주는 돈을 그래 써 제낌서, 그것도 사람가! 뭐? 경제를 모리면 주둥이를 가만히 있으라꼬오? 오오—냐! 지는 경제를 그래 잘 알아서 몇 억씩이나 말아먹었다 카더노. 내도 입 아프게 씹고 싶지 안타. 밀린 곗돈이나 퍼뜩 도라캐라!"

하얀 훌라후프의 언성이 높아지자 까만 훌라후프는 입을 다무는 눈치입니다. 다시 적막이 찾아듭니다. 핑크모자가 참지 못하고 남편에게 속삭였습니다.

"여자들이 얼마나 생산적인 경제구조를 가지고 있는지 보세요. 절대로 운동을 중단하고 다투지 않잖아요. 우아하고 침착하게, 운동은 운동대로 하면서 입으로만 싸울 수 있다는 거, 기가 막힌 생산성이잖아요. 우리 여자들은 텔레비전을 보면서도 밥이 끓는지 국이 넘치는지 서방이 어느 여자랑 기집질을 하는지 까지 다아 안다구요. 남자들은 왜 그걸 못하나 몰라."

남편이 아내의 말이 못마땅한지 인상을 구기고 일어섭니다. 혹시 이 여편네가 자신의 과거행적에 대해 짐작하는 바가 있어 이렇게 넘겨짚는 것은 아닌지 두렵습니다. 때때로 이 여편네는 궁예처럼 관심법으로 사람의 속을 볼 때가 있습니다. 그 때처럼 남자는 지금 불안하고 황당합니다. 허리띠 잘못 푼 과거가 있는 까닭입니다.

삼십년 전, 자식들 돌, 백일 반지 열두 개는 아홉 개의 여우꼬리를 가진 로즈카페 마담의 사랑타령에 녹았습니다. 남의 떡 넘겨다 본 죄, 그 댓가로 열 두 개의 금반지는 석 달 치 수업료치고 과한 비용이었습니다. 그게 관심법으로 여편네의 안테나에 잡히는 날이면 끝장입니다. 그 땐 청소나 설거지로 어영부영 넘어가지 않을 것입니다. 아프리카에 가서 손수 다이아를 캐다 바쳐도 면죄부를 얻기 어렵습니다. 여편네는 아직도 그 반지들을 손버릇이 험한 사촌시동생 짓이라고 의심합니다. 허리띠 사건 이후 20평부터 시작해 35평 현재 아파트까지 문서로 된 모든 집을 심청이 인당수에 몸 던지듯 남자는 공손히 아내 이름으로 등기 상납했습니다. 아픈 통찰이 있었기 때문입니다.

하지만 이제 와서 여편네가 자신을 홀아비로 만든다면 이런저런 통찰이 무슨 소용이겠습니까. 요즘 아내는 공주병이 들었습니다. 밥상에 수저 두 벌 놓는 일보다 힘든 일은 무리라며 한사코 몸을 사리는 여편네입니다. 그렇더라도 남자에게 가장 큰 두려움은 홀아비로 남겨지는 것입니다. 오년 전에 상처喪妻한 고추 친구가 무료급식소를 이 잡듯이 뒤지는 걸 알기 때문입니다. 홀아비가 뭔 죄이겠습니까. 문제는 양귀비 같은 과수댁에게 금반지 열두 개와 똑같은 사고를 홀아비가 당했다는 것입니다. 대박인 줄 알았던 과수댁 양귀비는 친구와 입을 쪽쪽 맞추는 동안 귀신도 모르게 쪽박을 안기고 사라진 것입니다. 다음에 남자가 두려워하는 것이 허리 통증입니다. 결혼한 자식들은 제 반지에 대한 수난의 역사를 아는지 모르는지 일개미처럼 그럭저럭 살아 큰 심려는 없습니다. 어쨌거나, 이럴 땐 이쪽이든 저쪽이든 점잖게 꼬리를 내리는 게 상책입니다.

"씨잘 데 없이…. 어여 운동이나 혀–."

도둑놈이 개 꾸짖듯 남편은 조용히 아내를 타이릅니다.

"삼억이라잖아요. 와아 삼억! 말아먹더라도 만져나 봤으면…."

남편이 슬그머니 자리를 뜹니다. 그리고 가능한 아내와 먼 거리를 두기 위해 후들거리는 다리를 지팡이에 의지해서 가장 아래 다랑이 구석으로 가서 벤치에 앉습니다. 서늘하고 청아한 아침 공기에도 그는 식은 땀으로 흥건히 젖었습니다. 핑크모자도 별 수 없이 입을 다물고 다음의 진행상황을 기다려 보지만 프리마돈나의 육성은 여기서 그쳤습니다. 두 여자는 약수터에서 물을 받아 배낭에 넣어 메고 앞서거니 뒤서거니 마을이 있는 상수리나무 사이로 멀어집니다. 사람들이 호박고구마 속살처럼 노랗게 익어가는 단풍사이로 사라지는 두 사람을 아쉬운 표정으로 전송했습니다. 핑크모자의 남편이 가슴을 쓸어내립니다.

나이키와 키다리가 자리이동을 하는 사이 새로운 가족이 등장했습니다. 엄마에게 억지로 끌려 나왔는지 초등학생쯤 보이는 녀석이 돌계단을 오르다 말고 입이 찢어져라 하품을 합니다. 백설기처럼 떡진 흰 머리카락의 노인이 녀석의 뒤를 따릅니다. 노랑머리를 상투처럼 올려 비틀어 맨 여자가 앞의 두 사람을 닭 몰이 하듯이 구시렁대며 올라옵니다. 노랑상투는 딱 벌어진 어깨며 쫄바지가 터질듯한 허벅지 근육이 힘깨나 쓸듯합니다. 그녀가 그만–!을 낮게 외치자 녀석이 어기적거리며 정자 안으로 들어가 퍼질러 눕습니다. 금방 쓰러질듯 하던 노인은 여자의 그만 소리에 왔던 길을 다시 돌아섭니다. 여자가 급하게 노인의 팔을 잡으며 다그칩니다.

"와! 와… 어딜 그새 갈라고. 운동 좀 하라꼬오! 아빠가 기운을 차려야 정신도 돌아오고 밥도 먹고 하지! 내가 심심해서 아빠 데리고 나다니는 줄 알아?"

그러고 보니 노인은 허깨비처럼 말랐습니다. 병들어 밑둥 잘린 고목의 그루터기처럼 이마는 골이 지고 볼은 꺼졌습니다. 초점 없는 눈동자는 부서질 듯한 얼굴 가장자리에서 휑뎅그렁합니다. 어쩌다 저렇게 정신을 놓아 버렸을까. 핑크모자가 노인에게 빠졌던 시선을 건져 노랑상투에게 던지며 긴 한숨을 대신 쉬어줍니다.

노인이 늙은 염소처럼 노랑상투의 손에 끌려와 벤치에 쓰러질듯이 주저앉았습니다. 노랑상투가 녀석에게 노인을 맡긴 후 바벨을 들어올리기 시작합니다. 와아! 노랑상투가 들어 올리는 바벨의 무게를 가늠하며 모두들 속으로 물개 박수를 보냅니다. 노인이 정물화처럼 움직이지 않자 게으른 하품을 하던 녀석이 하늘걷기로 와 어설픈 운동을 장난처럼 하기 시작합니다. 심심해진 핑크모자가 녀석 곁으로 왔습니다. 그녀가 헤프게 웃는 녀석에게 물었습니다.

"애, 니 할아버지니?"

녀석의 고개가 스프링 인형처럼 끄덕거립니다.

"츳, 니네 엄마가 저엉말로 힘들겠다."

핑크모자의 한마디가 공감을 불러 일으켰습니다. 여기저기서 쯧쯧, 에구, 저승사자는 머허고… 다들 입속으로 한마디씩 중얼거립니다. 바벨을 들던 여자가 외마디 소리와 함께 황급히 노인에게 쫓아갑니다. 노인이 어느새 바스러질 듯한 어깨를 떨어뜨린 채 공원을 빠져나가려 하고 있습니다. 억센 딸의 손에 잡힌 노인이 휘청거리며 돌아와 정자에 다시 앉혀졌습니다.

"대체 왜 그러는데? 아빠 혼자 가서 머 할려구! 또 무슨 짓 할려구우!"

노여움에 떠는 목소리와 함께 사나운 눈초리가 고목의 그루터기를 뚫습니다.

"가자…"

"어딜! 어딜 간다고! 내가 지금 아빠랑 놀려고 나왔어? 난 오늘 헬스장도 못가고 협상하려고 여기까지 온 거 아니냐구. 대답을 해! 확실한 대답을 하란 말이야!"

노랑상투는 묵은 돈 받아내는 조폭처럼 노인에게 반말입니다. 빗장이 입에 걸린 듯, 노인의 입은 움직이지 않습니다. 여자의 얼굴이 일그러졌습니다.

"지금 배 째라 버티는 건 얼렁뚱땅 부엉이 셈하자 그러는 거지!"

"에구, 오락가락 하는 정신에 무슨 협상. 그냥 병원에나 모시는 게… 자식이 얼마나 힘들꼬."

핑크모자가 중얼거립니다. 노랑상투가 다시 노인의 팔을 흔들며 집요하게 협상을 요구합니다. 그때였습니다. 공원을 흔드는 뇌성벽력이 노인 입에서 터져 나왔습니다.

"협상은 뭔 협상! 내가 죽으려 들면! 고작 오층으로 올라가? 옆에 십층을 두고? 그만 가잔 말이여! 내 집에. 협상이고 뭐고 그런 거 읎써!"

번개가 떨어진 듯, 사람들이 하던 운동을 멈추고 노인을 향해 그대로 멈췄습니다. 노랑상투가 아랑곳 않고 허깨비 같은 노인의 어깨를 잡아 흔들며 악을 씁니다.

"그럼! 그럼 이부자리 속에 수면제들은 다 뭐야. 그 약들을 왜 한 주먹이나 숨겼어. 내가 모를 줄 알았지!"

노랑상투의 다그침에 노인의 얼굴이 석고처럼 핏기를 잃었습니다. 공원을 흔들던 노인의 뇌성벽력은 다시 터져 나오지 않았습니다. 과연 공원을 흔들던 그 목소리가 노인의 소리였는지도 의심스럽습니다. 그가 다시 맥을 잃고 두 눈동자는 허공에 떴습니다. 여자의 목소리는 낮아졌습니다. 그 낮은 목소리가 울타리를 치듯 가까운 곳부터 차근차근 공원을 점령합니다.

"그나마 아빠 그 연금으로 학원비야 전화비야 겨우 숨통 트는데 그거 죄다 날리고 싶어? 지난 달 백만 원, 왜 나 몰래 오빠 빼줬어. 그게 오빠 거야? 오빠가 사업입네 해서 아버지 땅 판 돈 홀랑 날린 거 잊었냐구. 지금 내 코가 석잔데 이젠 오빠가 라면을 먹던 빵을 먹던 아빤 상관 말라구우!"

"난… 그만 갔으면 좋겠다."

노인이 이승을 뜨고 싶다는 말을 노랑상투는 집에 가고 싶다는 말로 들었습니다. 두 사람은 입장의 차이 때문에 오해도 하고 화해도 합니다.

"그러니까 협상을 하자구우! 지금 협상 안하겠다고 버티는 건 오빠가 라면을 먹네 밥을 먹네 자꾸 딴지를 걸어서 그런 거잖아. 아버지 연금이 또 오빠 주머니로 들어갈 수도 있단 얘기잖아. 내가 그거 협상하자는데 싫어서 옥상에 올라가? 대체 무슨 짓을 하려고! 그리고 아버지 집이 어딨어. 엄마 죽고 여즉 내가! 이 딸이 아버지 받들어 모시는데 이제 와서 내가 거리로 나가야겠어?"

"그럼 니 집으로 가자. 난 누워야것어."

"협상은 어떡하고! 아버지 통장 말이야. 집문서하고."

가볍게 흔들리던 태극기가 얼어붙었습니다. 재재거리던 참새도 숨을 죽였습니다. 못들은 체하고 움직이던 운동기구도 한순간에 멈춰 섰습니다. 핑크모자의 가냘픈 어깨는 파르르 떱니다.

"가져가…"

노인의 한마디에 여기저기서 한숨이 새어 나옵니다. 노랑상투의 눈초리는 부드러워졌습니다. 그윽하고 애처로운 눈이 고목의 그루터기를 바라보면서 허연 머리를 쓸어줍니다.

"진작에 그랬어야지. 남들이 날 뭐라겠어. 그건 그렇고, 머리카락이 이게 뭐야 노숙자처럼. 오늘은 이발부터 해야겠네. 내가 예쁘게 해 줄게.

면도도 좀 깔끔하게 해 봐. 세상 다 산 사람처럼 그러지 말고. 잠깐만 기다려. 왔으니까 운동 좀 하게. 아주 잠깐이면 되거든?"

목소리도 제 음가를 찾았습니다. 조곤조곤한 여자의 음성은 그동안 조폭인 듯싶었던 소리가 과연 누구의 입에서 나왔는지 의심하게 합니다. 노랑상투가 주변의 시선을 아랑곳 않고 헬스강사처럼 허리 돌리기를 합니다. 여자는 전생에 투우사 출신이었는지 획! 획! 돌아가는 허리가 날렵합니다. 여자의 날이 선 동작에 모두들 가만있으면 벌점을 받는 학생처럼 떨떠름하게나마 하던 운동을 합니다. 잠시 후, 노인이 비틀거리며 자리에서 일어섰습니다. 노랑상투가 허리 돌리기 발판이 혼자 팽그르르 돌다 혼절하도록 내버려 두고 바쁘게 쫓아갑니다.

"그래도… 여기까지 왔으니 운동 좀 하지? 도토리라도 주우면 좋지 않아? 그래야 아빠 장수한다고."

"기운 읍- 다."

비틀거리던 노인이 쓰러지듯 정자에 눕습니다. 그리고 티베트의 천장(天葬)처럼, 독수리에게 시체 보시하듯 움직이려 들지 않습니다.

"니네 엄마 정말 위대(胃大)하다."

밥통이 크다고 한 핑크모자의 말을 녀석이 제대로 알아들었는지는 알 수 없습니다.

"니 조상님들이 분기탱천하시겠다고!"

여전히 얼띤 웃음을 흘리는 녀석의 귀에 대고 핑크모자가 속삭였습니다. 노인이 죽은 듯 움직이지 않자 노랑상투가 녀석을 불렀습니다. 노인은 독수리에게 시체보시를 단념했습니다. 그가 힘겹게 일어나 오던 모습으로 다시 내려갔습니다.

중풍 노인이 카악! 가래침을 뱉습니다.

"에이- 씨, 드런눔의 시상."

나이키가 몽둥이를 들어 기도하듯이 엎드려있는 타이어를 숲이 흔들리도록 펑! 펑! 내리 칩니다.

"말세구마."

여기저기서 신흥종교의 전도사처럼 말세 소리가 불거집니다.

"생각해 봤는데…"

파랗게 질린 핑크모자가 남편 곁으로 와서 속삭입니다. 허리 부실한 남편이 인상을 구기며 젖 먹던 힘까지 허리로 모아 윗몸 일으키기를 할 때입니다.

"당신은 자식들에게 기대려고 하지 마세요. 나 죽으면 당신은 수더분한 여자 만나서 재혼 하는 게… 난 아무래도 오래 살 자신이 없네."

"씨잘 데 없는 소리!"

"씨잘 데가 있어서 하는 말이에요. 수술 잘 됐다고 해도 옆구리에 배변주머니 차고 사는 거 힘들어요. 항암 치료도 점점 견디기 힘들고…"

"당신만 아픈 거 아냐. 난 운동이 즐거워서 하남? 내라고 이것저것 포기하고 싶은 생각 없는 줄 아냐고!"

"이이가 좋은 공기 마시면서 왜 성질이야? 내가 어쨌다고."

"성질 긁지 말고 운동 싫으면 도토리라도 주워. 보약이라잖어. 암에도 좋을 겨."

"흥, 당신 허리걱정이나 하세요오! 내 오래 살자고 다람쥐 먹이를 없애요? 뱃사람 마누라가 들으면 경찰에 신고하려 들겠네."

"어이구, 입만 살아서…"

그럭저럭 입씨름은 무승부입니다. 핑크모자는 남편이 전에 없이 성질을 부리자 참새처럼 재재거리던 입을 일단은 닫아 둡니다. 남편의 성질을 더 긁었다간 그동안 견공처럼 잘 훈련되었던 청소며 주방일이 어느 순간에 배구공처럼 네트를 넘어 자기 몫으로 떨어질지 모르기 때문입니다.

"청천 하아늘엔 잔별도 마안코오오오─ 이 내 가아슴음엔 수심도 많타

− "

도토리 줍는 아낙의 민요 한 자락이 공원의 분위기를 다독였습니다. 키다리가 물구나무로 올라가 둥근 바를 당겨 거꾸로 매달렸습니다. 숲이 거꾸로 뒤집어졌습니다. 화들짝 놀란 구름이 휘청거리다 상수리나무에 주저앉았습니다. 소나무에선 졸지에 초가단칸을 엎은 까치부부가 깍깍거리며 SOS를 합니다. 국민체조를 마친 진선비는 약수터 주변을 깔끔하게 청소하고 엷게 물드는 단풍사이로 사라집니다. 중풍노인은 운동을 마쳤는지 라디오의 볼륨을 높이고 벤치에 앉아 오고가는 사람들을 살핍니다. 남편과 입씨름에서 건진 게 없는 핑크모자는 엉뚱하게도 중풍남자에게 시선을 돌리고 쏘아봅니다. 그러거나 말거나 호주머니 속에 라디오는 자기 소리를 다시 찾아준 주인의 배려에 황감해하며 새로운 사건을 끊임없이 늘어놓습니다.

"배추 값이 폭등하는 바람에 소비자들은 고통을 받고 있지만 농업과 식품 관련주는 강세입니다. 포장김치를 생산하는 업종은 추석 전보다 주가가 8%나 폭등했습니다. 일본은 올해 처음으로 노인용 팬티기저귀 매상이 아기기저귀 매상을 앞질렀다고 밝혔습니다. 주가와 원화가 연일 강세입니다. 정부는…"

"시끄러워서 원, 누구 혈압 올릴 일 있나."

핑크모자가 혼잣말로 쫑알거립니다. 주식 쪼가리 하나 없는 통장이 불현듯 생각났기 때문입니다. 핑크모자가 다시 한 번 라디오 주인을 쏘아보고 두 개의 동그라미가 돌던 꼭대기로 올라갑니다. 그리고 가냘픈 나뭇가지에서 아라비아 공주의 팔찌처럼 무겁게 늘어진 훌라후프들 중에 작은 것 하나를 내립니다. 그녀가 나지막하고 푸른 동산에 시선을 던진 채 뒤통수에다 깍지를 끼고 유연하게 동그라미를 그리기 시작합니다.

문방구 여자가 계단을 올라와 가쁜 숨을 쉬며 두리번거립니다. 화장이 덕지덕지한 게 주입식보다는 나름 자기주도화장을 했던 모양입니다. 그녀에겐 요즘 식자(識者)들이 모두 비판하는 문교부의 그 알량한 주입식 교육의 기회조차 없었기 때문입니다. 가난과 여자라는 이유 때문이겠습니다. 물구나무에 나무늘보처럼 거꾸로 매달린 키다리가 그녀의 시선에 들어왔습니다. 왕년에 구청 간부였던 키다리는 삼 년 전에 상처한 홀아비입니다. 문방구가 키다리를 흘끔거리며 너스레를 떨기 시작합니다.

"카아— 공기 좋구마. 이기 신선이 사는 동네가 아이고 뭐고!"

문방구의 곁을 지나가던 젊은 남자가 코를 쥐고 소태 씹은 인상을 합니다. 문방구의 입에서 폭탄처럼 쏟아지는 마늘과 양파 냄새 때문이겠습니다. 어쨌든, 맑은 공기를 욕심껏 들이마시던 문방구가 벤치 아래 강아지풀 속에서 컵라면 그릇과 나무젓가락을 발견했습니다. 문방구 역시나 핑크모자가 붙인 별명입니다. 외관상 이 여자와 문방구라는 별명은 상충되는 부분이 없지 않습니다. 그럼에도 불구하고 문자를 많이 쓰는 습성 덕에 얻은 명예입니다.

"보소! 뉘가 이 씨레기를 여기다 또 내비리고 내뺏구마, 그 눔의 손모가지를… 이래서야 선진국 되겠는 교. 이라고도 제 집에 들어가믄 씰고 닦고 하것제. 그 눔의 목구멍으로도 밥 넘어 가겄제. 선진국은 이래서 안 되는기라. 문디, 사램이 사램 노릇을 몬하는데 나라가 온전하겠는 교!"

"그럼요. 그럼 안 되죠. 자기 쓰레기도 치우지 못하면서 자기 몸은 어떻게 간수하나 몰라."

핑크모자의 대꾸에 문방구는 목소리에 확성기를 달았습니다.

"하모, 사람이 배운기 읍써서 이라는기라. 위아래도 읍꼬 때와 장소도 읍는기라. 문디 자슥들, 배때지 터지게 쳐 묵으쓰믄 챙기 가야 옳제, 아뭇데나 내팽개치고 내뻬? 오라질 눔의 개새끼. 사대 강 사업에 이십 칠 조를 쏟아 부믄 머하노. 사람이 사램 도리를 안코 아뭇데나 내뻬는데. 대체 어느 손모가지고!"

문방구의 입에서 삼강오륜과 육두문자가 컵라면의 손모가지를 두들겨 댑니다. 물구나무에서 내려온 키다리가 고양이 앞에 쥐걸음으로 문방구 곁을 뜹니다. 며칠 전, 숲 속에 외롭게 홀로 있는 무덤 근처에서였습니다. 정말이지 키다리는 문방구가 무덤 건너편 숲에서 도토리를 줍고 있으리라곤 생각지 못했습니다. 그가 초코아이스크림처럼 굵직한 변을 모처럼 시원하게 내리던 중에 여자의 기척을 들었습니다. 그야말로 일촉즉발, 얼마나 바빴는지 변은 중간에 끊기고 키다리는 밑도 닦지 못하고 그곳을 빠져나왔습니다. 그 후로 남자는 소심증 환자가 됐습니다. 주변에 문방구와 비슷한 여자만 얼쩡거려도 아랫배가 묵직해지고 멀쩡하던 엉덩이에선 초대하지 않은 대포가 붕붕거립니다. 그의 몸이 바야흐로 불신의 시대를 겪는 것입니다. 방귀는 아내와 더불어, 날아가는 가스를 잡고 시비를 거니 마니, 물방귀는 냄새가 있느니 없느니, 심심풀이로 가지고 놀던 생리현상이었습니다.

　사실 키다리가 마누라 앞에서 강아지처럼 한쪽 다리 들어 올리고 발사했던 대포는 그로선 아내에 대한 배려였습니다. 아내가 그토록 남편인 키다리에게조차 숨기고 싶어 했던 요실금, 외출 때 마다 입어야하는 팬티기저귀를 부끄럽지 않게 해주려는 의도가 가스 분출로 대신했던 것입니다. 그런 팬티기저귀를 요즘 키다리가 공원에 오를 때면 첫돌배기처럼 꼼꼼하게 입습니다.

　지난봄이었습니다. 처음엔 어쩌다 실수로 흘리는 배변으로 생각했습니다. 하지만 실수가 오래 간다 싶어 병원을 찾았을 때였습니다. 두꺼비 낯을 한 비뇨기과 의사는 친절하게도 키다리의 증상을 전립선질환에서 오는 배변장애라고 망설임 없이 말했습니다. 장애라니, 그것도 배변장애라니. 철퇴를 맞는 기분이었습니다. 키다리로선 아내의 췌장암 진단만큼 받아들이기 힘든 고통이었습니다.

　요즘 키다리에겐 물방귀 한번이 너무 두렵습니다. 비뇨기에서 분사된 물질이 기체일지, 액체일지, 고체일지를 가늠할 수 없기 때문입니다. 먼저처럼 남의 묘지를 이용한 배변이나 가스분출이 몰래 카메라 같은 문방구의 감각기관에 잡히는 날이면 그 재앙은 상상할 수도 없습니다. 눈덩이처럼 커지는 혐오와 수치는 문방구의 확성기를 빌릴 것도 없이 키다리는 오라질 놈의 개새끼가 되기에 충분하기 때문입니다.

문방구가 컵라면 쓰레기를 들고 광견병 걸린 개처럼 짖어대지만 더 이상의 응원군은 나타날 기미가 없습니다. 사실 많은 응원군이 필요한 건 아니었습니다. 똑 한 사람, 인물 훤칠하고 지적으로나 물질적으로나 든게 있어 보이는 키다리의 호응이면 문방구는 족했을 것입니다. 헌데 지금 키다리는 잘 하던 물구나무를 버리고 비척거리며 문방구의 곁을 뜹니다. 컵라면과 나무젓가락은 완전범죄가 될 모양입니다. 모두들 다행이라고 생각합니다. 문방구의 상식이 좀 더 길었더라면 유엔평화유지군에 유니세프까지 떠버리고 누구를 붙들어 자수를 요구할지 모를 일입니다.

"아침─부터 이런 고옹─해가 없군."

라디오에 귀를 모으던 중풍노인이 자신의 라디오가 제 몫을 못하자 심통이 났습니다. 그가 어눌한 발음으로 문방구에게 한마디 했습니다.

"보─소, 다람쥐가 다 먹어─치우기 전에 가서 도토리 좀 주─우소."

"와요! 얼라 맹키로 옳은 말 듣자니 귀가 거슬리요. 넘이 새빠지게 바른 말 하믄 새기 들을 줄 알아야 일등시민이제. 에구, 오나가나 니 씨부리라 낸 모린다. 이라니 정이(正義)도 읍고 나라 경제가 이 꼴인기라."

식은땀으로 등이 축축한 키다리가 중풍노인을 지나치듯 다가가 슬며시 검지를 입에 세웁니다. 맞서지 말라는 신호입니다. 운동기구에 매달린 남자들은 연산군 치하의 유생(儒生)들처럼 입을 열려고 하지 않습니다. 메아리 없는 허공에 대고 상식을 운운하던 문방구의 확성기는 냄비속의 개구리처럼 서서히 죽어갔습니다.

그 때, 주먹만 한 선글라스를 코에 얹고 도토리봉지를 들고 숲에서 나오는 여자를 문방구가 발견했습니다. 문방구와는 체격이랑 말투, 나이까지 엇비슷한 여자입니다. 둘은 견원지간처럼 티격태격하면서도 쌍둥이처럼 붙어 다닙니다. 문방구가 반색 합니다. 죽어가던 그녀의 확성기가 부활했습니다.

"어제는 와 안 왔노. 내, 죽었능가 켓다."

"문디, 낼 다 기다릿나."

"그라믄, 니 같은 웬수도 만날 보다 안 본게 섭하더만."

"내사 어제 하루 맘먹고 돈 많고 맹 짜린 남자 있능가 복지관서 헤맸다."

"그래, 찾았나."

"미칫나, 그랬으믄 내가 여 와서 눈 부릅뜨고 도토리나 뒤지것나."

"대충도 없등가베?"

"읍드라."

"우짜노. 니 쌍꺼풀 수술 한 거 말짱 헛돈 쓴 거 아이가."

"와 아니라. 백만 원 떡 사 묵웃다. 죄다 돈은 읍고 맹은 길겠드만. 하기 사 돈 많고 맹짜린 사내가 복지관에서 얼쩡거리것나. 종합병원 특실에 쳐박힛겠지. 뭐하노."

문방구는 그새 삼강오륜과 육두문자를 잊어버렸습니다. 복지관의 분위기가 궁금하기 때문입니다. 문방구가 꿈에 본 돈 아쉬워하듯 간절한 시선을 모아 한 번 더 키다리를 흘끔거립니다. 그리고 맹짜린 남자를 읊는 선글라스를 따라 편백나무 숲으로 들어갔습니다.

"거 참, 고양이−와 쥐도 함께 먹−이를 먹는 동안은 싸우지 않는−다더만. 허허…"

중풍노인이 입 가로 흐르는 침을 팔뚝으로 쓱− 닦으며 허허거립니다. 키다리가 안도의 한숨을 쉽니다.

"윽- 거 마늘 냄새하고는… 원, 몸에 좋다고 하면 뱀도 잡을 여자여."

"그러게, 아침부터 악다구니 치는 거 보믄 마늘이 효과가 있기는 있는 갑소. 허허."

문방구가 사라지자 남자들이 그녀를 도마에 올리고 바쁘게 칼질을 합니다. 키다리가 괴로운 갈매기 주름을 이마에 그리며 자리를 뜹니다. 아까부터 청각을 선글라스의 주파수에 맞추고 도끼눈으로 바라보던 핑크모자가 허리 돌리기를 하는 남편 곁으로 바쁘게 갔습니다. 남자의 허리는 예전보다 많이 부드러워졌습니다.

"저어기, 생각해 봤는데."

잠깐 말이 끊겼습니다. 여자의 입에서 무슨 말이 나올지 두려운 남자가 지그시 눈을 감습니다. 예나 제나 여편네가 자신을 홀아비로 만들까봐 두려운 남자입니다.

"새 여자 집에 들이더라도 하나 있는 집문서, 덜렁 여자 앞으로 넘겨주진 마세요."

남자는 누구에게 하는 말인지 못 알아들은 척, 눈을 감은 채 반응이 없습니다.

"에구, 어벙벙한 사람. 물가 내 논 얼라처럼 안심찮아서…"

집 등기문서 관리가 지상최대의 과제였던 핑크모자였습니다. 25년 전, 은행대출을 받아 처음 집을 샀을 때입니다. 남편이 20평 아파트 등기문서, 그 무거운 짐을 가냘픈 핑크모자의 어깨에 얹었습니다. 그 이후 여자의 어깨는 집문서를 지키기 위한 투쟁으로 휘었습니다. 돈이 되는 일이면 헐한 일 궂은 일 마다않고 들소처럼 쫓아다니던 여자였습니다. 그런 까닭에 여자의 냉장고는 빵이나 피자 음료 등, 가공식품이 널브러져 있곤 했습니다. 그런 그녀가 시어머니가 중풍으로 쓰러졌을 적에는 석 달을 꼬박 갖가지 전통 죽과 밑반찬을 만들어 시어머님 냉장고를 채워놓곤 했습니다. 없는 형편에 집이 잡히지 않으려면 몸이 헌신해야 했습니다.

친정오라비 사업이 부도를 맞았을 때는 여자가 먼저 깨갱거리며 없는 척, 모른 척, 죽는 척 앙살을 부렸습니다. 행여 집을 담보로 대출 얘기가 나올까 봐 선수를 친 것입니다. 남편의 집에 대한 관리는 그의 허리처럼 부실해서 그녀 자신의 지난 한 고행이 아니었다면 집 등기문서는 온전하지 못했을 거라고 믿는 여자입니다.

깡통로봇처럼 허리를 돌리던 남자가 입을 열었습니다.

"염려 말어, 낸 계산이 웂나?"

여전히 눈을 꾹 감은 채 잠꼬대처럼 대꾸합니다.

"무슨 계산?"

창백하게 일그러졌던 여자가 법정에 선 원고처럼 두 눈을 부릅뜨고 남자를 올려다봅니다. 남자의 허리 돌리기는 아내의 브레이크에 한 템포 느려졌습니다. 그가 피고처럼 원고의 눈을 피해 맥없는 시선을 허공으로 던졌습니다.

"아, 그렇잖냐구. 어느 여자가 빈 몸뚱이에게 오려 하것어. 지금 생각했는데, 애들 앞으로 들어 논 보험을 재혼할 때 생각해서 회수할까 생각 중이야. 집이야 당연히 재혼하면 여자에게 등기해야 제. 그사 뭐, 당연한 거고…."

갑자기 남자가 악– 소리를 지르며 나동그라졌습니다. 가녀린 핑크모자가 허리 부실한 남편의 정강이를 걷어찼기 때문입니다. 여기저기서 킥! 키킥, 소리가 팝콘 터지듯이 합니다.

"아따, 아팠다더니 여즉 힘 좋네."

벤치에 앉아 도토리를 고르던 노파가 불난 집에 기름을 붓습니다.

"아, 방송 좀 크게 하세요오! 소리가 작아서 지방까지 들리지 않아요!"

홀라후프를 돌리던 나이키가 메가톤처럼 두 손을 입에 모으고 소리칩니다. 나동그라진 남자가 꾸역꾸역 일어나 나이키에게 두 팔을 엇갈려

X를 만들었습니다. 더 이상의 방송은 없다는 표시입니다. 하지만 부부 싸움이란 한 번 밀리면 회복하기 어렵습니다. 그가 분노로 이글거리는 여자의 시선을 피하며 마무리 합니다.

"아, 내 말 그르냐구! 이왕에 팔자 바꾸는 거, 내는 젊은 여시가 좋아. 수더분한 늙은이는 이제 싫다구. 그건 내 입맛이여. 허리도 못 씀시러, 늙은이가 젊은 여자에게 재물이라도 앵겨야 허지 않것어?"

언제나 민주주의가 매를 법니다. 뚫린 입이라고 하고 싶은 말 다 하고 살아선 흥부처럼 매를 벌게 돼 있습니다. 팽— 토라진 핑크모자가 벤치에 얌전히 놓여있는 남편의 지팡이를 들었습니다. 그리고 겨우 일어선 남편의 장딴지를 다시 후려칩니다.

"억! 깽! 깨갱— 어이쿠! 내 다리…"

허리 부실한 남자가 다시 고꾸라집니다.

"더 작신하게 패소. 거 시근 없는 사나아는 몽둥이가 약이라카이."

"혀도, 아무데나 막 패믄 쓰남? 거 씰모 없는 허리랑 주둥이를 좀 골라 감서 패소."

화톳불에 장작개비 보태듯 여기저기서 던져지는 말입니다. 핑크모자가 쓰러진 남편의 얼굴에 이글거리는 눈총을 박습니다. 남자가 쇼트트랙의 오노처럼 할리우드 액션을 취하며 죽을 듯이 엄살을 부립니다. 오노액션은 성공했습니다. 여자가 지팡이를 팽개친 것입니다. 액션도 멈췄습니다. 여자가 팽— 돌아서 동백나무 사잇길로 올라갑니다. 남자가 엉거주춤 일어나 지팡이를 주워들고 벤치에 엎드려있는 배낭을 둘러맵니다.

"갑니다—!"

"가소—!"

남자의 독창에 남은 사람들이 합창으로 대꾸했습니다.

"거 입조심이 정 안되겠거던 아랫도리 간수나 여물게 하소."

키다리가 후렴을 읊었습니다. 남자가 휘청휘청 여자 뒤를 따르며 한 손 높이 들어 흔듭니다. 알았다는 표시입니다. 부부가 골짜기로 사라지자 공원은 다시 적막해 졌습니다. 그 때였습니다. 온 산을 울리는 고함이 터져 나왔습니다.

"와아— 심! 봤! 다아!!"

공원에 있는 사람들이 일제히 하던 운동을 멈추고 소리 나는 곳으로 고개를 돌렸습니다. 언제 나타났는지 핑크모자에게 변호사라는 별명을 얻은 대머리남자가 공원 가운데서 양팔을 높이 치켜 올리고 고함을 거푸 지릅니다.

"심! 봤! 다아—!!"

너도나도 대머리에게 시선이 쏠려 있을 때, 그에 손에는 도토리 두 알이 쌍둥이처럼 들어 있었습니다.

설정실 | 서울출생. 2010년 《문학도시》 수필 등단. 부산도시철도 공모에 동시로 최우수상 수상.

범

박 명 호

　우리는 호랑이 보호구역에서 완벽하게 실종돼버렸다. 사지가 멀쩡한 남자 넷과 여자 셋은 막연히 하늘만 바라보며 구조를 기다리고 있을 뿐이었다. 도무지 우리가 낯설기 그지없는 그 호랑이 보호구역에서 실종되었다는 것은 꿈에서조차 상상할 수 없는 일이었다. 백두산에 호랑이가 산다는 말은 들어왔지만 기실 호랑이라는 것이 우리에게 이미 전설이나 관념이 되어버린 지 오래고 보면 처음 그 보호구역을 들어간다는 것만으로도 우리는 마치 신화나 전설의 주인공이 된 것처럼 가벼운 흥분에 젖어 있었던 것이 사실이었다.

　우리의 유일한 구명줄은 우리를 그곳에 안내한 백두산 사냥꾼 박 씨였다. 그러나 다음날 차를 몰고 우리를 데리려 와야 할 박 씨는 엄청나게 쏟아진 큰비로 길이 막혀버려 그도 난감해 하고 있음을 짐작할 수 있었다. 그러나 아무리 상황이 다급해도 그는 결코 당국에 신고하지 않았을 것이다. 그로서는 외지 관광객이 들어갈 수 없는 그 보호구역에 우리를 안내한 책임을 면할 길이 없기 때문에 스스로 자살골을 넣을 리가 만무했다. 더구나 그 불법의 마을에는 탈북 여성 한 명까지 불법으로 거주하고 있었으므로 당국에 신고하여 협조를 얻는 다는 것은 언감생심이었다. 그러므로 우리는 완벽하게 실종된 것이었다.

　기왕 신화 속의 인물이 되려면 차라리 실종은 우리가 바라던 일이었는지 모른다. 일행 일곱 사람 가운데 최소한 나와 趙와 權, 우리 셋은 그랬다. 왜냐하면 작곡을 하며 대학 시간강사로 뛰는 '權'이나 시를 쓰며 여고 교사를 하고 있는 '趙'나 소설을 쓰는 나 모두는 사십대 중반을 힘겹게 넘기고 있었다. 우리가 힘겨워 하는 것은 경제적 어려움이나 가정불화 같은 것은 아니었다. 그러기에 그 힘겨움이 다소 막연할 수도 있었지만 우리는 그것이 무엇인지 분명 느끼고 있었다.

이를테면 창작하는 사람으로서 보다 실존적인 문제에 직면해 있었다. 언제부턴가 서로의 모습에서 삶의 탄력이 없어져버렸다는 것, 그러다가 서서히 말라 죽어가는 병든 나무와 같은 자신의 모습을 발견했다고나 할까. 그래서 우리는 모두 유배를 꿈꾸고 있었다. 멀리 세상과 완전히 단절된 오지로 유배되어 한없이 빈둥대다 마침내 세월까지 망각해버리는 그런 유배를 꿈꾸고 있었다. 현실적으로 그러한 유배가 정말 꿈과 같다고 해도 '쉬고 또 쉬면 쇠나무에도 꽃이 핀다'는 말이 있듯이 어디 가서 한동안 일상을 잊어버리고 빈둥거리다 보면 새로운 자극을 받을 수 있지 않을까 며 그 쉴 공간을 찾고 있었다.

그때 우리 앞에 나타난 곳이 바로 저 두만강 건너 있는 만주 땅이었다. 거기 가면 뭔가 새로운 자극을 받을 수 있을 것 같았다. 그러기에 우리는 구체적목적지 없이 막연히 떠났다. 배를 타고 압록강 하구에 있는 단동에 도착한 우리는 쉬엄쉬엄 압록강을 거슬러 이레 만에 연길에 도착했다. 그리고 옛 발해의 흔적을 따라 북쪽으로 갈 수 있는 데까지 갈 작정이었다.

그런데 우리 사이에서 '큰 범' 형으로 통하는 대범 형이 연길 공항에 나타남으로 우리의 여행은 전혀 새로운 국면으로 전환되고 말았다. 범 말하면 범 온다더니, 전날 밤우리는 대범 형 이야기를 많이 했다. 특히 '대범'이라는 이름이 무색할 정도로 소심한 결백증세들이 우리의 좋은 술안주가 되어주었다. 사실 평소에도 삼총사랄 수 있는 우리 셋의 술자리나 여행길을 같이 하는 것을 무척 좋아하는 선배이고 보면 이번 만주 여행

길에 동행하지 못한 것을 못내 아쉬워했었다. 그래서 우리는 여행 틈틈이 전화로 우리의 근황을 알려 주어야 했다.

공교롭게도 그 날은 아침부터 비가 오락가락하다가 그가 도착할 오후 무렵에는 여우비까지 내리고 있었다. 그야말로 범 장가가는 날이 되고 만 꼴이었으니 우리 스스로 생각해도 기가 막히는 날이었다.

공항에 마중 갔던 우리는 더 기가 막혀버렸다. 그는 혼자가 아니었다. 그 무슨 유명 배우처럼 아래 위 하얀 양복의 말끔한 차림으로 선글라스까지 끼고 양옆과 뒤쪽에 여자들을 호위병처럼 거느리고 나타난 것이었다. 거기에 유난히 눈부신 만주의 여름 햇살 사이로 여우비까지 내리고 있었으므로 마치 영화의 한 장면을 보는 것 같았다. 우리는 모두 딱 벌어진 입을 다물 수가 없었다. 평소에도 그의 의상은 항상 최선의 차림이었다. 아무리 더운 날이어도 날이 선 바지에 얼룩이나 티끌 하나 찾을 수 없는 말쑥한 정장이었다. 그렇지만 험하기로 소문난 먼 만주 여행까지 그런 차림으로 나타나리란 것은 전혀 예상치 못한 일이었다. 사실 우리를 놀라게 한 것은 그의 그런 옷차림이 아니라 그와 같이 온 여자들 때문이었다. 알고 보니 같이 온 여자는 셋이었지만 워낙 영화 같은 장면이 있는지라 처음엔 여자들의 숫자가 한 타스 쯤 되는 것으로 착각했었다.

그 상황에서 우리는 떠나올 때 그의 마지막 농담을 떠올리지 않을 수 없었다.

"야, 불범 같은 머스마끼리 무슨 재미로 가노? 내 여자들을 한 타스 정도 비행기로 붙여 줄께."

정말 그 말이 농담이 아니고, 한 타스나 되는 여자들을 본인이 직접 대동해서 오는구나 하는 생각으로 잠시 멍해 있었다. 물론 한 타스에서 셋으로 줄기는 했지만 평소 아무리 유명 의사 작가로서 여성 팬들이 많다지만 그가 여자 셋과 더불어 먼 만주까지 온다는 것만으로도 놀랄 일이 아닐 수 없었다.

굳이 따지자면 호랑이가 장가가는 것이 아니라 우리가 뜻하지 않게 도둑장가라도 갈 판이었다. 하지만 사실은 여우비에 괜스레 분위기만 들떴지 장가하고는 거리가 한참이나 멀었다. 대범 형의 열렬 팬이라는 玉을 제외하면 그녀의 친구인 蓮과 姬는 여성적 매력이 그렇게 있는 편이 아니었다. 게다가 거의 생불 같은 趙나 여자들을 많이 가리는 權은 그런 노처녀들을 소 닭 보듯 하여 장가 문제는 그냥 농담꺼리밖에 되지 못했다.

"발해? 유배간다는 놈들이 고적답사가 뭐꼬? 지금 아니면 갈 수 없는 곳으로 한 번 가보자구. 하늘 아래 첫 동네 같은 델 말이야..."

대범 형은 우리의 여행일정과 행선지에 대해선 보자마자 바로 붉은 줄을 쫙 그어버렸다. 모든 것이 분명해야 하는 그에게 우리의 고답적인 일정이 마음에 들 리가 없었다. 사실 우리도 처음에는 그런 오지를 생각하지 않았던 것은 아니었지만 막상 중국에 도착하니 여행 다니기가 보통 불편한 것이 아니었다. 그래서 적당히 편한 길을 택했던 것이었다. 아무튼 그의 등장으로 우리가 애초 막연하게나마 마음먹고 있었던 오지를 다시 찾게 되었다.

"야, 너거들 만주 벌판을 헤매고 있을 거 생각하니 도무지 일손이 잡혀야지"

종합병원 외과의사인 대범 형은 우리가 만주여행을 간다고 했을 때 이미 여름휴가를 쓴 뒤였다. 그래서 멀쩡하게 살아 있는 사촌 형의 죽음을 팔고서 4박5일이라는 짧은 일정으로부랴부랴 쫓아온 것이었다.

아무리 오지를 찾아가기로 했지만 '호랑이 보호 구역'에 들어가리란 것은 그때까지도 상상할 수도 없는 일이었다. 그냥 백두산 기슭 어디쯤엔가 있음직한 오지를 찾기 위해 이도백하에서 잠시 어슬렁거리고 있었다.

그때 우리를 발견한 것은 백두산 사냥꾼 박 씨였다. 그의 눈에 비친 우리는 영락없는 한국의 졸부였다. 그의 경험상 이도백하에서 백두산을 가지 않고 그곳에서 어슬렁거리는 족속들은 십중팔구 곰쓸개니 산삼이니 하는 보양제를 찾는 졸부였다. 그런 졸부야말로 그가 찾는 사냥감들인 것이다.

한국 졸부들을 상대로 돈맛을 톡톡히 본 그는 그 졸부들을 어떻게 다루는가를 잘 알고 있었다. 속된 말로 '처녀 불알 빼고는 원하는 것 다 구해 줄 수 있다'는 그는 일단 최대한 친절을 베풀어 상대로 하여금 자신을 믿도록 했다. 박 씨 입장에선 우리도 그의 좋은 사냥감이었다. 그는 노련한 사냥꾼답게 전혀 사냥꾼 냄새를 풍기지 않게 우리에게 다가왔다.

'된장국 잘하는 조선족 식당을 알고 있다'고 했다. 마침 점심 식사 전이었기에 쉽게 따라갔다. 된장국은 그의 말대로 우리 입맛에 잘 맞았다. 그는 우리가 식사하는 중에도 곁에 앉아서 이것저것 우리가 목말라 하는 그곳의 정보들을 친절하게 전해주었다. 그 사이 우리가 뭘 원하는지 간파한 그가 길림성 간부들만 찾는 신비의 약수터를 지나는 말로 슬쩍 흘리곤 했다.

"하루 정도 머물다 올 수 있는 오지 마을은 없습니까?"

대범 형이 그렇게 묻자 그는 기다렸다는 듯이 예의 그 호랑이 보호 구역을 제시한 것이었다. 백두산 호랑이란 말은 들어봤지만 보호구역까지는 금시초문이었다.

"보통은 '야생동물보호구역'이라지만 우리는 그냥 '범 보호구역'이라고 하지요. 선생님들께서 원하시면 언제든지 갈 수 있습니다."

박 씨는 그곳에 사람이 살고 있다 했다. 거기에 들어가는 것은 불법이지만 너무 오지라서 단속이 불가능하다며 우리의 호기심을 자극시켰다. 어차피 우리가 오지를 찾아왔고, 색다른 경험을 원한다면 그곳보다 좋은 곳이 없을 듯했다.

"호랑이를 직접 본 적이 있습니까?"

대범 형이 그곳에 가기로 결정한 듯 박 씨에게 물었다.

"있다마다요. 여러 번 마주쳤지요."

"위험하지 않았습니까?"

"범은 말이죠... 몇 번 마주쳤지만 마주치기도 전에 느낌이 먼저 다가옵니다. 등어리가 서늘해지는 그런 기운 같은..."

"세상에..."

처음부터 대범 형 주변을 떠나지 않던 玉이 그 기회다 싶었는지 대범 형의 팔을 가슴팍 쪽으로 바짝 끌어당기며 놀래는 표정을 지었다.

"사냥을 다니다 보면 그런 느낌이 있어요. 우리는 그것을 '신끼'라고 합니다만 직접 마주치지는 않아도 범은 우리를 보고 있다는 것을 느끼지요."

蓮과 姬도 어마나, 어마나 하면서 자리를 우리 쪽으로 바짝 다가앉았다. 그 바람에 신이 난 것은 박 씨였다. 박 씨는 여자들의 장단에 고무되었는지 호랑이 이야기를 쏟아냈다.

"한 스무 해 전에 이야깁니다만 우리 마을 사냥꾼 가운데 아직 덜 자란 범 새끼를 총으로 잡았다가 보름 뒤에 범 어미에게 물려 죽은 사건이 있었습니다. 범은 꼬박 보름을 그 자리에서 기다리다가 그 사람을 덮쳐 목을 물어 죽였습니다. 고기를 먹지 않았다는 것은 순전히 복수만 한 것입니다. 영물은 영물이지요."

박 씨는 승합차 정도의 큰 택시를 불러왔다. 두 시간 정도의 거리에 요금은 중국돈으로 150원이라 했다. 여덟 명이 탈 수 있는 택시는 이도백하에서 그 차가 유일하다며 은근히 자신의 능력을 과시했다.

"내일 밤 기차를 놓치면 안 됩니다."

문을 잠글 때도 언제나 두 번 이상 확인해야 안심할 수 있다는 대범 형은 뭔가 못미더운지 그에게 재차 다짐을 했다. 박 씨는 우리를 백하역까지 데리고 가서 다음 날 자정에 심양으로 떠나는 기차 시간을 확인해 줬다. 그러면서 내일 12시까지 꼭 일곱 장의 기차표를 싸 가지고 오겠다며 우리를 안심시켰다.

차는 이도백하 시내를 벗어나 한동안 포장길을 달리다가 곧바로 비포장길로 접어들었다. 끝없는 숲길이 이어졌다. 먼지가 자욱이 일어나는 숲길이었다. 창밖으로 백두산의 우람한 산세가 보일 수도 있으련만 가도 가도 똑같은 숲이었다. 마치 망망한 바다 한가운데를 노 저어 가는 작은 쪽배를 탄 느낌이었다. 어디가 동쪽이고 어디가 서쪽인지 알 수 없는 그저 넓디넓은 숲이라는 늪 속을 허우적거릴 뿐이었다. 주위를 살펴보니 여자들은 피곤한지 주로 눈을 감고 있었고 趙와 權은 끝없는 숲길에 아직도 감탄을 하고 있는 듯 눈을 크게 뜨고 스쳐가는 풍경들을 보고 있었다.

때때로 앞자리에 앉은 박씨가 '어디어디'라고 말했지만 생소할 뿐이었다. 그와 운전기사가 없다면 우리는 영원히 숲 속을 벗어날 수 없을 것 같았다. 들어갈수록 나는 자꾸만 돌아올 걱정이 커지기 시작했다. 이제 우리가 믿을 수 있는 것은 박 씨뿐이었다. 우리에게는 아무런 통신장비가 없었고, 우리 스스로 움직일 수 있는 것은 그 무엇도 없었다. 오로지 언어가 통하는 그 조선족 중국인에게 우리 일곱의 운명을 맡길 뿐이었다.

특히 옆자리의 대범 형은 '여행 중에 잠깐 만난 사람에게 이렇게 우리의 운명을 맡겨도 되는가?'며 아무래도 안심이 안 되는지 수첩에다 이정표와 특징들을 꼼꼼히 메모하면서 몇 번이고 내 쪽으로 눈길을 보내왔다. 하지만 나는 애써 태연해 했다. 굳이 우리의 안전핀이라 한다면 아 이러니하게도 그의 좋은 사냥감인 척하는 것뿐이었다. 그래서 나는 가능한 한국의 졸부 냄새를 풍기려 애를 썼다. 그나마 다소 안심이 되는 것은 과도한 그의 친절이었다. 그것은 우리가 놓칠 수 없는 그의 좋은 사냥감이란 사실을 입증하기 때문이었다.

두 시간을 조금 넘게 달렸을까. 박 씨가 소리를 치며 가리키는 것이 있었다. '야생동물 보호구역'이라는 중국어 안내판이었다. 붉은 글씨가 뚜렷한 그것은 안내판이라기보다는 들어가지 말라는 경고판 같았다.

"괜히 무슨 일 생기는 것 아닙니까?"

여전히 마음을 놓지 못하는 대범 형이 다시 확인했다.

"아, 일없습니다. 우리 사냥꾼밖에는 아무도 올 수가 없는 곳입니다. 밤에 혼자 돌아다니지만 않으면 일없습니다."

박 씨가 우리의 호기심을 자극하기 위해서 과장하는 것인지, 정말 위험한 것인지 알 수는 없었지만 '호랑이 보호구역'은 자꾸만 커져가는 불안과 호기심으로 다가왔다.

택시는 보호구역 간판을 지나 20여 분을 더 달려 멈췄다. 가뭄으로 물이 줄어든 계곡을 건너 초라한 집 두 채가 보였다. 그런대로 제법 옛스러움이 있는 만주식 토담집이었다.

차에서 내린 우리는 약간 이국적이면서도 한적한 경치에 모두 감탄사를 내질렀다.

"그래, 바로 이 맛이야!"

대범 형도 아주 만족해했다.

"역시, 범은 범 있는 곳을 알아보네요."

"야, 대한민국 어느 작가가 이런 곳을 경험할 수 있겠어..."

대범 형은 우리의 맞장구에 무척 고무된 표정이었다. 하루가 아쉬울지 몰라도 유배지 맛은 충분히 느낄 수 있을 것 같았다. 더구나 잘하면 호랑이까지 볼 수 있는 곳이 아닌가.

"오늘 밤 비라도 쾅쾅 내려 한 달쯤 여기에 갇혔으면 좋겠네..."

들뜬 마음에 權이 진담 같은 농담을 했다.

먼저 개울을 건너 간 박 씨가 우리 쪽으로 손짓을 했다. 우리는 얕은 물을 쉽게 건넜다. 아이와 함께 나온 옆 집 여자가 마중나와 있었다. 주인이 백하에 나가 있어 그녀가 음식 등 다른 편리를 봐 줄 것이라 했다. 그녀는 이른바 탈북자였다. 그녀의 중국인 남편도 백하에 돈 벌러 나가 있다고 했다. 박 씨는 내일 12시 이전에 기차표를 자기 돈으로 구해서 가지고 오겠다며 우리를 거듭 안심시켰다. 여행 책임자인 나는 운전기사에게 30위안을 더 보태 180위안을 주면서 내일 나가는 요금은배가 되는 300위안 주겠노라고 했다. 혹시나 하는 걱정에 졸부 냄새를 마음껏 풍겼다. 중국돈 100위안은 우리 돈 2만 원 조금 모자라는 액수지만 건장한 노동자의 하루 일당이 50위안이고 보면 결코 작은 돈이 아니었다.

처음에 슬금슬금 내리기 시작하던 비는 곧 소나기로 쏟아지기 시작했다. 무릇 모든 소나기가 그렇듯 잠시 그러다 말겠거니 했다. 그러나 웬걸 소나기 같은 비는 밤 내 쏟아졌다.

"이러다 내일 못 나가는 거 아이가…"

"아이고 마, 오지에 가자고 한 사람이 누군데 그깟 비 걱정을 다 하능교?"

만사 느긋한 趙가 불안해하는 대범 형에게 면박을 주듯이 술잔을 들이밀었다.

"야, 임마. 비행기 놓치면 내 모가지 짤린다 말이야."

"늘 좋은 소나무에 목메고 싶다더니 잘 됐네요, 뭐."

아까 큰비 왔으면 좋겠다고 농담한 權이 합세했다. 대범 형을 제외하고 우리 중에는 아무도 그런 비에 대해 걱정하는 이는 없었다. 정말 큰비가 와서 한동안 그곳에 갇히길 바라기라도 하듯이 우리는 즐거워했다. 한반도와 만주를 합쳐 가장 오지인 백두산 기슭 첩첩 산중 낯설고 물 설은 곳이었기에 오히려 비는 정서적인 안정감을 갖게 했다. 어디선가 호랑이 울음소리가 들려오는 것 같았다. 원시 신화가 숨 쉬는 것 같은 호랑이 보호구역에서, 마치 우리가 호랑이들의 보호를 받는 것 같은 묘한 맛이 있었다. 그래서인지 술맛도 좋았고, 잠도 잘 잤다.

아침 무렵 빗소리는 한층 굵어졌다. 굵어진 정도가 아니라 하늘이 뚫려 엄청난 물이 그대로 쏟아지는 것 같았다. 나는 노아 홍수를 생각했다. 다행히 우리의 숙소는 개울로부터 조금 떨어진 곳이라 불어난 개울물 소리도 저만큼 떨어진 곳에서 들려왔으므로 노아의 방주처럼 안전해 보였다. 안심이 되니 아침잠을 더욱 달콤하게 했다.

그때였다. 바깥에서 사람 부르는 소리가 들렸다. 아니 부르는 소리라기보다는 흐느끼는 소리 같았다. 그 소리는 비오는 소리와 함께 들려왔기 때문에 우리는 그냥 비 소리의 일부로 여기고 있었다. '산중에 빗소리는 여인네가 우는 소리 같다' 며 누군가가 잠꼬대 같이 중얼거리기도 했지만 그 소리는 몇 번이고 더 들렸다. 분명 빗소리는 아니었다. 내가 먼저 일어나 문을 열어봤다.

여자였다. 비를 흠뻑 뒤집어 쓴 그 탈북 여자가 마당에 서 있었다. 울고 있는지 분명치는 않았지만 굵은 빗줄기에 범벅이 되어 있었다. 들어오라고 손짓을 하자 여자는 만주식 캉 바닥으로 들어왔다. 내가 건네주는 수건으로 얼굴을 닦자 모든 것이 분명해졌다. 여자의 어깨는 그때까지도 심하게 들썩이고 있었고, 새파랗게 겁에 질려 그야말로 익사직전의 생쥐 꼴이었다. 그러한 여자의 얼굴에는 여자로서는 담당할 수 없는 일이 스쳐간 흔적이 역력했다.

호랑이 보호구역이라더니 호랑이를 본 것인가. 하는 표정으로 나는 여자의 대답을 기다렸다.

"아, 아..."

겁에 질린 여자는 말을 잘 잇지 못했다. 그녀가 손가락질하는 쪽으로 고개를 돌렸다. 아뿔싸, 어제까지 멀쩡하던 그녀의 집이 흔적 없이 사라지고 큰 개울물만 콸콸 흘러가고 있었다. 아침녘에 잠깐 화장실 간 사이에 물길이 덮쳐 집이 통째로 쓸려간 것이었다. 자고 있던 아이와 함께였다. 조선을 탈출해 어떻게든 살아보려던 여자의 꿈도 함께 쓸어가 버린 것이었다. 여자는 울 기력까지 잃어버린 것 같았다. 비록 오두막이었지만 개울가 약간 높은 평지에 큰 나무를 배경으로 하고 있어 제법 풍경이 있었는데 그렇듯 큰비를 미처 예상하지 못한 것 같았다. 그 사이에 趙와 權, 그리고 간밤에 뒤척이다 늦잠이 든 대범 형까지 깨어나 부스스한 눈을 비비며 북쪽 여자를 역시 멍하니 보고 있을 따름이었다. 그러나 같이 따라온 여자 셋은 칸막이 없는 윗방에서 아직 잠결에 들어 있는지 기척이 없었다.

그날 아침은 그렇게 어수선하게 밝아왔다. 뒤늦게 잠에서 깨어난 노처녀들도 뭔가 일이 꼬이고 있음을 알았는지 부스스한 차림 그대로 조용히 앉아 있었다. 약간의 시장기가 있었지만 식사를 책임져야 할 북쪽 여자는 스스로 몸도 못 가눌 정도였으니, 보다 못한 '權'이 간밤에 먹다 남은 음식을 추슬러 아침상을 장만했다. 그러나 그 누구도 선뜻 수저를 들지 못했다. 아이를 잃은 북쪽 여자도 여자지만 그날 나가야 하는 우리도 막막하기는 마찬가지였다. 무엇보다 사촌의 죽음을 팔고 온 대범 형이 문제였다. 하늘이 두 조각으로 갈라져도 그날 자정에 떠나는 기차 시간을 맞춰야 한다며 안절부절 못했다.

하지만 기차 시간은커녕 홍수로 불어난 물이 빠지기 전에는 그곳에서 꼼짝할 수 없었다. 더구나 그 물이 언제 빠질지는 알 수 없었다. 말이 씨가 된다고 權의 농담이 정말 현실이 되고 말았다. 열흘이 갈지 한 달이 갈지 앞일을 전혀 예측할 수 없었다.

"기왕 이렇게 된 것 술이나 합시다."

그 상황에서도 여유를 잃지 않은 趙가 밥 대신 술잔을 돌렸다. 밥 생각이 없던 사람들도 술잔은 쉽게 받아 마셨다. 대범 형은 연거푸 그 독하다는 뚱빠이주 몇 잔을 안주 없이 털어 넣었다.

"-불귀 불귀 다시 불귀, 삼수갑산에 다시 불귀-"

분위기 전환에 애를 쓰던 '趙'는 기어이 김소월의 노래를 불렀다. 사실 우리가 떠날 때도 그 노래를 불렀다. 조선 최고의 유배지 삼수갑산은 못 가더라도 삼수갑산 건너편에 있는 장백이라도 가보자며 압록강을 거슬러 올랐던 것이었다. 그렇게 보면 우리의 실종은 우리가 그렇게 노래불렀던 불귀(不歸)가 실현된 것이 아닌가 하는 생각이 들기도 했다. 하지만 대범 형의 표정이 너무 심각했으므로 우리의 기분대로만 할 수는 없었다. 사실 유배라는 것도 막상 앞날이 어떻게 될지 모르는 실종의 상황에선 오히려 편해빠진 자들의 어설픈 낭만처럼 느껴지기도 했다.

사냥꾼 박 씨가 우리를 데리러 온다는 점심때가 가까워오자 그동안 술이나 자기 최면으로 짓눌러 있던 불안이 서서히 바깥으로 비집고 나오기 시작했다. 대범 형은 몇 번이고 배낭을 챙겼다 풀었다를 반복했고, 비교적 느긋해 보이던 趙나 權마저도 개울가로 나가 상황을 살피곤 했다.

결국 박 씨는 나타나지 않았다. 비는 오후 들어서 오락가락 했지만 개울의 물살은 조금도 줄어들지 않았다. 오후는 오히려 오전보다 평온했다. 하지만 대범 형의 불안은 점점 정도를 넘어가고 있었다.

시간은 정말 더디게 흘렀다. 그동안 들락날락 극도의 불안증세를 보이던 대범 형마저 포기했는지 배낭을 베고 누워 버렸고, 모두가 우두커니 벽을 기대고 앉아 언제 줄어들지 모르는 사나운 물소리만 듣고 있었다. 할 말을 잃어버린 것은 북쪽 여자만이 아니었다.우리도 기다리는 것 외에 달리 아무 것도 할 수 없었다. 그래서 모두가 혼 빠진 사람처럼 멍해 있었다. 그 침묵이 점차 숨이 막혀왔다. 마치 곧 깨어날 악몽을 꾸는 것 같았다. 아니 곧 깨어날 악몽을 관망하고 있는 것 같았다. 숨이 막히면서 가슴이 점차 뛰기 시작했다. 나는 아, 하며 소리라도 지르고 싶었다. 악몽은 언제나 깨어나기 직전 가위눌림 같은 극단의 흥분을 만들어낸다.

누군가가 이 꿈에서 흔들어줘야 하는데...

"미칠 것 같다..."

역시 그 숨막힐듯한 분위기를 깨트린 것은 역시 대범 형이었다. 그가 배낭을 챙겨 메고 일어났다.

"안 됩니다."

趙가 재빠르게 그의 팔을 잡았다.

"놔라카이!"

趙가 저만큼 쿵하고 나가 떨어졌다. 나와 權이 달려들었다. 그는 수놈 버팔로처럼 힘이 대단했다. 급기야는 여자들까지 달려들었지만 그의 힘을 당해낼 수가 없었다. 그렇다고 그를 사지로 보낼 수 없는 우리 또한 쉽게 포기할 수 없었다. 그것은마치 사자들의 버팔로 사냥과 같았다.

한 무리의 사자 떼가 도망치는 버팔로에게 달려든다. 뒤뚱거리던 버팔로가 힘을 모아 용솟음 하듯 몸부림친다. 사자들이 우두두 나가떨어진다. 사자들이 다시 달려들고, 버팔로가 몸무림친다. 사자들의 답답한 버팔로 사냥은 반복된다.

사자들은 숫적 우세에도 불구하고 도망가려고 몸부림치는 버팔로를 쉽게 제압할 수가 없다. 그러기에 우리는 물을 건너려는 그에게 달려들어 그의 힘이 빠질 때까지 버티는 수밖에 없었다. 그는 우리의 숫적 기세에 눌러 포기한 듯 가만히 앉았다가 생각이 미치면 다시 배낭을 챙겨 들었다. 그렇게 한 차례씩 버팔로 사냥을 치르고 나면 그도 우리도 기진맥진 하기는 마찬가지였다. 그가 돌아가는 날짜에 그렇듯 집착하는 이유를 이해할 수 없었다. 술자리에만 앉으면 인생이 허무하다고 노래하는 그가 그 허무한 일상으로 그렇게 돌아가고자 하는 이유가 무엇인가.

'대범 형은 허무주의자가 아니라 완벽주의자야.'

언젠가 權이 대범 형을 그렇게 정의한 적이 있었다. 학창 시절부터 줄곧 수석으로만 살아온 그는 스스로에게나 남들로부터 완벽해야 했다. 그래서 그는 유능한 의사와 유명 소설가가 되었지만 언제부턴가 그가 추구하는 최고라는 완벽에 한계를 느끼기 시작했을 것이고, 허무라는 것은 그 한계에 대한 자기 위안이오, 남들에게는 위장의 몸짓일 수가 있다는 것이다. 그의 지나친 결백증세는 곧 완벽주의의 다른 모습이라고 했다.

그런 완벽주의자에게 제날짜에 돌아가지 않아 거짓말이 들통난다는 것은 있을 수 없는 일일 것이다. 아니, 사촌의 죽음까지 팔고 여자들과 외국에 유람갔다는 오명을 그로서는 감당할 수 없었을지 모른다.

악몽 속의 가위눌림 같던 그 답답한 버팔로 사냥은, 아니 완벽주의에 대한 우리의 처절한 저항은 玉이 그의 배낭을 잡고 한바탕 대성통곡하기까지 계속되었다.

"선생님, 제발 가지 마세요. 선생님이 가면 저도 죽어요."

모두의 눈시울이 붉어졌고, 그의 눈에서도 굵은 눈물이 두둑 떨어져 내렸다.

"그래, 내가 잠시 실성했어. 거기가 어디라고..."

비는 한층 가늘어져 거의 가랑비로 내리고 있었다. 폭풍이 쓸고 간 바닷가처럼 평온한 시간이 찾아들었다. 버팔로 소동으로 힘이 다 소진한 우리는 사나운 개울물 소리에도 불구하고 금새 곤한 잠 속으로 빠져들고 말았다.

뭔가 흐느끼는 소리에 잠에서 깨어났다. 분명 玉의 소리였다. 기어이 올 것이 오고 말았다. 그러나 나는 웬일인지 얼른 눈이 떠지지 않았다.

"큰일 났어!"

눈을 뜨지 않아도 상황은 뻔했다. 역시 대범 형이 사라진 것이었다. 물을 건너지 말라고 했는데 기어이 물을 건너고 말았다. 꿈을 꾸는 것 같았다. 그것이 꿈이라면 도대체 어디서부터 꿈이고 어디서까지가 생시인지 분간이 어려웠다. 玉의 울음소리는 공무도하... 만류를 뿌리치고 기어이 물을 건너려다 물에 빠져 죽은 님을 부르는 공무도하가 가락이었다. 정말 그의 행동을 이해할 수 없었다.

완벽주의가 극단으로 가면 자아도취증이나 강박신경증, 심지어 자살까지 일으킬 수 있다는 權의 지적처럼 정말 그가 극단으로 가버린 것일까.

그가 물을 건넌다 해도, 그의 수첩에 아무리 꼼꼼하게 이정표와 길의 특징들을 메모했다 해도 그 첩첩오지 호랑이보호구역에서 무사히 그곳을 벗어난다는 것은 어려워 보였다. 게다가 잘못하면 국경이 애매한 그곳에서 북한으로 넘어갈 수도 있었다. 하지만 그 사정을 그도 잘 알기 때문에 길을 찾다가 곧 포기하고 돌아오기를 기다릴 수밖에 없었다.

그가 떠나자 우리마저 북쪽 여자와 똑 같은 처지가 되고 말았다. 아니 여행 내내 대범 형 곁을 떠나지 않던 玉의 모습이야말로 북쪽 여자와 쌍둥이처럼 닮아 있었다.

玉의 울음은 어두워질 때까지 계속됐다. 때맞추어 아홍 하는 호랑이 소리가 골짜기에 메아리쳤다. 처음 듣는 소리였지만 우리는 그것이 호랑이 소리라는 것을 직감적으로 알 수 있었다. 그 바람에 노처녀들이 소스라치게 놀라며 우리 쪽으로 바싹 다가왔다. 玉마저 울음을 멈추고 내 쪽으로 바싹 다가왔다. 權이 얼른 불을 켰다. 호랑이처럼 저 만큼 숨어 있던 공포가 바야흐로 엄습하고 있었다. 우리는 비로소 호랑이보호구역에서의 실종이라는 현실을 실감하기 시작했다. 바깥의 밤은 칠흑처럼 어두웠다. 호랑이 소리는 한두 번 더 골짝에 울렸다.

그가 무사히 개울물을 건너갔을까. 權이 '대범 형은 범의 운을 타고 난 사람이니 결코 호랑이에게 물려 죽지는 않는다고 했지만 그에 대한 우리의 염려는 우리 앞에 닥쳐진 두려움과 함께 점점 커져가고만 있었다.

이미 울음까지 잃어버린 북쪽 여자가 玉 쪽을 멀뚱하게 바라보고 있었다. 애초 그녀가 압록강을 건넜을 때는 죽음까지 각오했던 처지이고 보면 더 잃을 것이 없는 그녀보다 그런 일을 처음 겪는 우리의 불안감이 훨씬 컸다고 할 수 있었다.

그때 權이 호랑이 이야기를 하자며 분위기 반전을 시도했다.

"호랑이 똥이 어디에 쓰이는지 아세요?"

그동안 주로 權 옆에 웅크리고 있던 姬가 얼른 합세했다.

姬는 시골에서 야생동물 퇴치하는데 호랑이 똥이 최고라는 신문기사를 소개했다. 방안의 분위기가 다소 밝아졌다. 그 분위기를 놓치지 않으려고 趙가 얼른 이야기를 이어갔다. 몇 해 전 진주 동물원에서 우리를 탈출한 호랑이가 출동한 경찰들에게 사살되었는데 그 해가 공교롭게도 호랑이 해였고, 게다가 그 기(氣)가 가장 왕성하다는 정월 보름날이었다고 했다.

호랑이 이야기는 오히려 호랑이에 대한 두려움을 잊게 해 주고 있었다. 하지만 호랑이 이야기는 곧 고갈되어 버리고 밤을 보낼 일이 더 막막했다. 그러나 밤은 마냥 막막하지만은 않았다. 처음부터 뭔가가 있을 것 같았는데 우리는 그것을 잊어먹고 있었다.

오늘의 즐거움을 내일로 미루지 말라.

우리가 일찍이 술자리에서 수없이 되풀이한 우리들의 건배구호였고, 주제어이며, 삶에 대한 우리들의 태도였다. 지금 이 순간이야말로 삶에 가장 소중한 순간임을 자각할 것. 과거에 얽매이거나 미래에 대한 지나친 우려로 찌든 삶을 살아가는 보통의 사람들을 비웃으며 우리야말로 행복을 누릴 줄 아는 진정한 인생의 고수들이라고 자부하지 않았던가. 잔뜩 겁먹은 여자들과 별반 다름이 없는 우리들의 모습은 우리가 그렇게 못 마땅해 하던 병든 나무와 같은 모습이었다. 해답은 언제나 가까이에 있는 법이다. 진정한 인생의 고수들은 어떠한 경우에라도 삶을 즐길 자세가 되어 있다. 작가란 인생의 고수가 되어야 한다. 그것이야말로 작가

적 실존의 문제를 해결하는 열쇠가 아닐까. 생각하면 아직 풋풋한 젊음을 간직하고 있는 여성들과 낯선 오지에서 고립된다는 것은 일상에서 얼마나 꿈꾸던 일이었던가. 그 꿈이 눈앞에 펼쳐지고 있는 것이다.

"까르뻬 디엠(carpe diem)!"

내가 술잔을 들며 그 위대한 우리의 건배구호를 외쳤다.

"이건 완벽한 유배야. 우리가 그렇게 원했던…"

그제서야 趙와 權도 그 상황이 불행이 아니라 행운일지 모른다는 생각을 조금씩 하는 것 같았다. 그러면서 가장 먼저 보이기 시작한 것은 여자들이었다. 사실 그날 낮까지만 해도 나는 그녀들에게 여성적 매력을 별로 느끼지 못하고 있었다.

그 사이 북쪽 여자는 저 만큼 윗목 한 구석에서 새우잠이 들어 있었고 누가 정한 것도 아니었지만 玉은 내 옆에 蓮은 趙와, 姬는 權 옆에서 마치 부부 계모임 온 것처럼 짝을 지어 앉아 있었다.

호랑이를 잡으려면 호랑이 굴속으로 가라고 우리는 호랑이 이야기로 어느 정도 여유를 찾고 있었다. 그래서 權부터 다시 호랑이 관련 속담을 이어가기로 했다.

"범 무서워 산에 못 갈까."

"하룻강아지 범 무서운 줄 모른다."

재치가 있어 보이는 姬가 權의 말을 바로 받아쳤다.

"범도 고슴도치는 못 잡아먹는다."

蓮이 조금은 생각을 하다가 말을 이어갔다.

"고슴도치 놀란 범이 밤송이 보고 절한다."

시인답게 趙가 쉽게 대구했다.

나는 '호랑이 꼬리를 밟은 격이다'고 속담을 이었지만 아직 얼굴에 짙은 슬픔이 드리워져 있는 玉이 우리의 놀이 속으로 합류하지 않을 것 같아 정말 호랑이 꼬리를 밟은 것처럼 조마조마했다.

"배고픈 범이 중이나 개를 헤아릴까…"

너무나 뜻밖이었다. 순간 모두는 박수를 쳤다. 사실 그 상황에서 그녀만 걱정하고 그녀만 슬픈 것은 아니었다. 정말 배고픈 호랑이 중이나 개를 가리지 않듯 우리야 말로 어떻게든 심리적으로나마 그 두려움의 상황을 벗어나는 것이 급선무였다. 아직 얼굴에 짙은 슬픔이 드리워져 있었지만 玉은 여유를 찾은 듯했다. 아니 여유가 있는 것처럼 하려고 애쓰는지 몰랐다.

속담 이어가기가 한 바퀴 돌자 한량기가 다분한 權이 다시 기가 막히는 제안을 했다. 일 분 안에 호랑이 속담을 잇지 못하면 옷 하나씩 벗기였다. 그런데 나와 趙는 물론이었지만 여자들의 반응이 너무 뜻밖이었다. 오히려 그녀들이 더 적극성을 띄고 있었기 때문이었다. 그 때문이었을까. 모두의 얼굴에는 핏기가 돌기 시작했다. 權의 얼굴에도 어느덧 장난기 많은 평상시 표정으로 돌아와 있었다.

權부터 다시 속담 이어가기가 시작됐다.

여우를 만나려다 범을 만난다. 범에게 물려갈 줄 미리 알면 누가 산에 가나. 범에게 물려가도 정신만 차리면 산다…

아, 그런데 다시 玉 차례에서 문제가 발생했다. 그녀는 일 분이 지나도 입을 굳게 다물고 있었다. 분위기가 다시 굳어지려는 찰나, 그녀는 스스럼없이 웃옷을 벗어버렸다. 여름이라 브래지어 하나만 걸친 탐스런 우유빛 속살이 그대로 드러났다. 그녀의 살 냄새가 내 아랫도리를 강하게 자극하고 있었다. 우리가 잠시 얼떨떨해 하는 차에 權의 차례가 왔다. 玉이 옷을 벗는 충격 때문이었는지 權도 속담을 내뱉지 못했고 웃옷을 벗었다. 그러나 맨살의 그의 상체는 갈비뼈가 드러날 정도로 볼품이 없었다. 이번에는 여자들이 즐거워했다. 姬도 속담을 잇지 못했고, 趙와 蓮, 나까지 속담이 막혀버렸다.

우리가 정말 속담이 막혀버린 것인지 아니면 옷 하나 벗는 것이 그렇듯 서로에게 즐거움을 가져다준다는 위대한 철학을 깨달은 것인지 차례로 옷을 벗었다. 사실 나는 내 차례가 오기 직전까지 '범 가는데 바람 간다'는 속담을 생각하고 있었다. 그런데 그것이 갑자기 떠오르지 않았다. 어쩌면 나도 벗고 싶었는지 모른다.

순서가 이어지면서 우리는 우리의 본능들을 두껍게 감싸고 있던 거추장스러운 껍데기들을 벗겨낸 듯이, 그것이 마치 허물이라도 되는 양 아무런 거리낌 없이 옷을 벗어 던졌다. 이상하게도 우리는 옷을 벗어버리면서 그동안 우리를 무겁게 짓누르고 있던 두려움마저 벗어 던져 버린 느낌이었다. 더더욱 이상한 것은 여자들이었다. 옷을 벗는 그녀들이 마치 여우가 둔갑술을 펴는 듯 차츰 매력이 넘치는 미녀로 변해가고 있었다. 여자들의 최고 미용은 좋은 옷을 입는 것이 아니라 그 옷을 벗는 것이 아닐까 하는 생각까지 들었다. 특히 우리 앞에 갑자기 전체의 모습을 드러낸 출렁거리는 젖통들이야말로 충만한 생의 환희 속으로 빠져들게 했다. 아니, 그제야 비로소 신화 속의 주인공이 된 듯했다. 아무튼 우리는 그 원시의 주인공들처럼 모두 벗어버리고 싶었다.

그러나 우리가 모든 것을 벗어버리려는 순간 '아홍'하는 호랑이 울음이 집 가까이서 들려왔고, 에그머니! 여자들의 비명으로 그만 중단되고 말았다. 그 소리에 놀란 여자들이 남자들에게 엉겨 붙은 탓도 있었지만 순간적으로 맹수 앞에 벌거벗은 우리의 모습이 너무 초라하게 느껴졌기 때문이었다. 그때를 이용해서 이미 속이 달아오를 대로 단 權이 姬를 끌어안고 이불 속으로 들어가 버렸고, 蓮마저 생불 같던 趙를 끌어안고 눕는 바람에 거의 알몸의 玉과 나 둘만 남았다. 우리는 남은 술 한두 잔을 더 주고받았지만 또 언제 달려올지 모르는 호랑이 소리를 우리만 기다릴 수는 없었다.

玉과 나는 꼭 끌어안고 잤다. 내가 그녀를 범했던 그녀가 나를 범했던 그것은 범(虎) 때문이었고, 또한 서로를 위한 위로라고 확실히 말할 수 있었다. 그것은 그들도 마찬가지였을지 모른다.

다음 날 아침까지도 대범 형은 돌아오지 않았다. 그런데 玉은 아침 내내 개울가에 혼자 앉아 있었다. 내가 다가가자 그녀는 다시 소리 내어 울기 시작했다. 간밤에 우리가 쌓은 만리장성으로도 그녀의 슬픔을 걷어낼 수는 없었다. 그녀가 내 여자가 아니라는 것을 나는 인정했다. 사지로 떠난 선배의 애인을 범했다는 죄의식이 아니라 서로가 최선의 선택을 했다는 생각이 들었다. 악(惡)이란 것도 상황에 따라선 얼마든지 선(善)으로 바뀔 수 있는 것이다.

비가 다시 쏟아졌다. 이제 우리의 구조는 영영 글러 먹은 것 같았다. 아무도 구조를 기다리지는 않았다. 대범 형만 무사하다면 그리 걱정이 되지도 않았다. 그 집 부엌에는 허기를 면할 수 있는 감자가 있었고, 기분을 달래 줄 술도 남아 있었다. 아니, 이미 옷을 벗어버린 노처녀들의 싱싱한 젖가슴 같은 원시의 삶이 건재하고 있었고 무엇보다 지금을 즐길 수 있는 우리의 철학이 있었다. 더구나 북쪽 여자마저 생기를 찾은 듯 음식을 장만하기 시작했으니 유배치고는 꽤 괜찮은 유배일지 모른다는 생각이 들었다. 문제는 대범 형뿐이었다.

그날도 아흥, 하는 호랑이 소리와 함께 어둠이 밀려왔다. 그제는 호랑이 소리가 그리 두렵게만 들리지는 않았다. 어쩌면 우리가 호랑이의 보호를 완벽하게 받고 있을지 모를 일이었다. 호랑이 소리가 마치 보호구역을 빠져나가려는 대범 형의 어리석음을 경고하는 것 같기도 했다. 정말 대범 형이 내를 건너려다 호랑이 소리를 듣고 혼자서는 결코 보호구역을 빠져나가지 못한다는 사실을 깨닫고 돌아와 주기를 바랐다.

나는 호랑이 소리가 한번 씩골짝을 메아리칠 때마다 내를 건너려다 실패한 그가 탕자처럼 돌아오는 그림을 떠올렸다. '범 제 말하면 온다.'는 말처럼 저 만큼 삽짝 문 앞에서 우리의 큰 범 형이 아흥, 하며 다시 한 번 우리를 놀래주기를 바라고 있었다. '아흥' 멀리서 아니 가까이서 호랑이 소리가 보호구역 골짝에 메아리치고 있었다.

박명호 | 1992년 부산일보 신춘문예 당선. 제5회 부산작가상 수상. 장편 『가롯의 창세기』 외.